A HOCHZEIT UND A LEICH

Fabian Borkner kam 1976 in Rosenheim zur Welt. Nach dem Abitur wählte er das Unterhaltungsfach und ist bis heute als Solo-Künstler mit seiner Gitarre auf der Bühne zu sehen. Seine Arbeit beim Radio als Comedian und Producer brachte ihm im Jahr 2014 den BLM-Hörfunkpreis für die beste Unterhaltung und Comedy ein. Borkner lebt mit seiner Frau und seinen beiden Söhnen in Schwandorf. »A Hochzeit und a Leich« ist sein dritter Kriminalroman.

FABIAN BORKNER

A HOCHZEIT UND A LEICH

Oberpfalz Krimi

emons:

© Emons Verlag GmbH
Cäcilienstraße 48, 50667 Köln
info@emons-verlag.de
Alle Rechte vorbehalten
Umschlagmotiv: inMotion PARK Seenland GmbH
Umschlaggestaltung: Nina Schäfer, nach einem Konzept
von Leonardo Magrelli und Nina Schäfer
Umsetzung: Tobias Doetsch
Gestaltung Innenteil: César Satz & Grafik GmbH, Köln
Lektorat: Susanne Bartel
Druck und Bindung: sourc-e GmbH, Köln
Printed in Europe 2026
Erstausgabe 2019
ISBN 978-3-7408-0611-8
Oberpfalz Krimi
Originalausgabe
4. Auflage

Unser Newsletter informiert Sie
regelmäßig über Neues von emons:
Kostenlos bestellen unter
www.emons-verlag.de

Dieser Roman wurde vermittelt durch die
Verlagsagentur Lianne Kolf, München.

Dieser Roman ist meinem zweiten Sohn Vinzent gewidmet,
der während der Entstehung mit seinem sonnigen Lächeln
jeden noch so trüben Wintertag wieder hell machte.

Prolog

Die vielen Leute schauten nach oben und suchten das imposante Bauwerk ab. Doch von unten konnten sie die Frau nicht sehen. Nur vereinzelt erhaschten sie einen Blick auf den Brautschleier, denn der Wind blies trotz des schönen Frühlingstages überraschend stark. Der Schleier und auch die rot-weißen Zierbänder des Brautstraußes flatterten immer wieder durch die Luft und verrieten so, dass die Frau nun am Einstieg der Röhre stand, durch die sie gleich rutschen wollte. Der Mann im schwarzen Anzug positionierte sich am unteren Ende der Röhre. Er legte seinen Halsschmuck ab – eine Paketschnur, in die in unregelmäßigen Abständen etwa zehn Sektkorken eingeknotet waren. »Ich fange dich auf!«, rief er.

Ein anderer Mann drängelte sich durch eine Gruppe von Musikanten und lief rasch hinter ihm vorbei, damit er auf dem Display seines Camcorders freien Blick auf das dunkle Innere der Röhre hatte. Der Mann im schwarzen Anzug reckte den erhobenen Daumen in die Kamera und konzentrierte sich wieder auf die Frau, die dreißig Meter über ihm auf der Plattform stand. »Flieg los, mein Schatz!«, schrie er.

Neben der Röhre begann der Schlagzeuger der Kapelle einen Trommelwirbel. Die Augen aller starrten gebannt auf das obere Ende der Röhre, die geformt war wie ein überdimensionaler Korkenzieher und von wo aus ein schrilles »Huiii!« zu hören war, was wohl den Start der Rutschfahrt markierte.

Der Trommelwirbel schwoll an. Die Umstehenden gingen ein wenig in die Knie, streckten die Arme aus, wackelten schnell mit den Fingern und ließen ein tiefes Brummen ertönen. So wie die Fußballfans im Stadion bei der »La Ola« gespannt darauf warteten, dass die Welle sie erreichte, so harrten die Hochzeitsgäste nun dem Auftauchen der Frau, bis zu dem es nur wenige Sekunden dauern konnte. Tatsächlich vibrierte die Metallröhre schon, dann tauchten als Erstes die Schuhe aus der Dunkelheit auf, Sekundenbruchteile später folgte der Brautstrauß, und schließlich erschien auch der Kopf mit dem Schleier. Die Musikanten folgten dem Zeichen des Schlagzeugers und spielten einen fulminanten Tusch. Die Menschenmenge stieß einen Schrei der Freude aus und riss die Arme nach oben. Der Mann im schwarzen Anzug stand halb gebückt da und wollte seine Braut in die Arme schließen, doch die hatte sich mit dem Oberkörper flach auf die Rutsche gelegt und glitt unter dem Mann hindurch, bevor sie hinter ihm zum Liegen kam. Der Mann reagierte flink und sprang behände einen Schritt zurück. »Du bist ja schneller, als die Polizei erlaubt!«, rief er vergnügt und wollte die Frau an den Schultern hochziehen.

Doch sie rührte sich nicht. Stattdessen sackte ihr Kopf auf unnatürliche Weise nach hinten.

Jemand schrie Richtung Musik: »Hörts sofort auf zum spielen!«

Der Mann im schwarzen Anzug ließ den leblosen Körper der Frau wieder zu Boden gleiten. Sein Blick fiel auf den Schleier, der nicht mehr weiß, sondern leuchtend rot war. Seine Augen glitten an der roten Spur entlang zur Öffnung der Rutsche. So weit man in deren Inneres sehen konnte, zog sich der breite Film einer dunkelroten Flüssigkeit.

Ohne ein Wort richtete sich der Mann auf. Eine ältere Dame, die neben ihm stand, begann zu zittern und flüsterte: »Oh mein Gott …«

1

»Warum fährst du denn so extrem langsam?«, fragte Agathe Viersen ungeduldig. »›So schnell wie möglich‹, hat es doch geheißen!«

Auf dem Fahrersitz des weißen BMW X5 zog Gerhard Leitner die Mundwinkel leicht auseinander. Es war nicht direkt ein Schmunzeln, aber zu einem gewissen Grad amüsierte ihn die Art seiner aus Norddeutschland stammenden Kollegin immer wieder. Leitner war klar, dass einem das Leben in der Oberpfalz immer ein bisschen langsamer und ruhiger vorkommen musste, wenn man, so wie Agathe, die meiste Zeit seines Lebens in Städten wie Lübeck, Hamburg oder München verbracht hatte. Sie passierten soeben das Schwandorfer Krankenhaus St. Barbara stadtauswärts, und Leitner ließ seinen Blick über die Gebäude schweifen, die gerade im Entstehen waren. »In Schwandorf wurden vor nicht allzu langer Zeit elf neue Stellen angekündigt, an denen geblitzt wird«, sagte er fast beiläufig. »Und das Krankenhaus gehört dazu. Hier ist Tempo dreißig vorgeschrieben.«

Agathe blies hörbar genervt die Luft durch die Lippen. »Du hast ja auch nicht mit der Wendell gesprochen. Die hat am Telefon vorhin ganz schön Druck gemacht.«

Doch Leitner blieb hart und fror seinen rechten Fuß auf dem Gaspedal ein. »Die Wendell zahlt aber nicht den Strafzettel, wenn die Kollegen in Blau ein Porträtfoto von mir schießen«, gab er zurück und ließ den Wagen mit exakt dreißig Stundenkilometern an dem großen Gebäudekomplex vorbeigleiten. Auch er dachte nun an Chris Wendell, seit wenigen Monaten die Chefin von ihm und Agathe. Beide arbeiteten für die weltweit agierende Jacortia-Versicherung, die seit etwas über einem Jahr einen Sitz in Regensburg unterhielt. Von dort aus wurden die Oberpfälzer Fälle an die jeweiligen Mitarbeiter, Agenten und Vertreter delegiert – und bei Unklarheiten eben auch an Versicherungsdetektive wie sie.

Agathe hatte in diesem Beruf schon seit mehreren Jahren für die Jacortia gearbeitet, als sie vor zwei Jahren bei einem Ermittlungsfall Gerhard Leitner kennenlernte, der zu dieser Zeit noch hauptberuflicher Musikant war. Eigentlich ging es bei den Ermittlungen damals um eine verschwundene Industriemaschine, doch der Fund einer verfaulten Leiche in einem Gülletank ließ die Geschichte schnell zu einem ausgewachsenen Mordfall wuchern, und ehe Leitner sich's versah, bildete er unfreiwillig mit Agathe ein Ermittlerteam.

Nachdem der Fall erfolgreich abgeschlossen war, hatte auch Leitner auf Agathes Empfehlung hin die Laufbahn eines Versicherungsdetektivs eingeschlagen, und so teilten sie sich nun aus Kostengründen in Schwandorf eine gemeinsame Wohnung. Was gegenüber den in Regensburg zu zahlenden Mieten seine Vorteile hatte, aber auch bedeutete, dass man zu persönlichen Besprechungen mit der Chefin die etwa hundert Kilometer in die Domstadt und nach Schwandorf zurück auf sich nehmen musste.

Agathe rutschte auf dem Beifahrersitz unruhig hin und her. »Aber sie hat ausdrücklich gesagt, wir sollen uns beeilen.«

»Ist ja recht, Agathe. Die fängt die Besprechung schon nicht ohne uns an, wetten?«

Agathes Instinkt gab ihrem Kollegen recht. Dennoch ließ sie die Stimme der Vernunft sprechen. »Ich weiß nur nicht, ob das so eine gute Idee ist, davor noch den Abstecher zu dieser … Konstruktion zu machen.«

Leitner ließ das Ortsschild von Schwandorf auf der Staatsstraße 2145 hinter sich und beschleunigte den Wagen auf knapp hundert, obwohl nur siebzig Stundenkilometer erlaubt waren, doch auch sein Adrenalinspiegel war inzwischen angestiegen.

»Diese ›Konstruktion‹, wie du sie nennst, ist schon was Außergewöhnliches. Du hast ja noch nicht mal den Rohbau gesehen, oder?«

Agathe schüttelte stumm den Kopf und sah auf ihr Handy.

»Dann wirst du Augen machen«, versprach Leitner und setzte nach dem Waldstück den Blinker links, um zum Steinberger Ortsteil Oder zu gelangen. »Da!«, sagte er schließlich und zeigte mit dem Finger Richtung See.

Agathe blickte auf und war in der Tat einen Moment lang sprachlos. Hinter den Feldern, an denen sie nun vorbeifuhren, verlief eine Baumreihe, und dahinter erstreckte sich der Steinberger See, der größte des Oberpfälzer Seenlandes. Allein dessen Anblick entzückte Agathe, aber etwas weiter rechts stand ebenjene neu erbaute Konstruktion, über die sie und Leitner gerade noch gesprochen hatten. Agathe ließ das kuriose Bauwerk auf sich wirken, während Leitner am Traditionswirtshaus Haller vorbei auf die Parkflächen des neuen Freizeitparks zusteuerte. Nachdem er den Wagen abgestellt hatte, gingen er und Agathe zum Ende des Parkplatzes und blieben dort stehen.

»Na, ist das nichts?«, fragte Leitner.

Ans Geländer gelehnt, ließ Agathe ihren Blick in Zeitlupe an dem Bauwerk emporwandern. Einzelne riesige Holzstreben ragten als Kreissegmente wie Halbmonde in den Himmel. Ihre Enden liefen am Boden zusammen, ebenso wie oben auf der Aussichtsplattform. Zusammen formten die Streben eine Kugel. Eine gigantische, begehbare Kugel aus Holz.

»Die größte Holzkugel der Welt«, sagte Leitner, nicht ohne einen Hauch von Stolz in der Stimme.

Agathe verzog respektvoll ihren Mund zu einem umgedrehten U und murmelte: »Das ist schon ein Riesending ...«

»Na, komm«, ermunterte Leitner seine Kollegin, und sie gingen näher zu der Kugel.

»Wie hoch ist denn das Teil?«, fragte Agathe währenddessen.

»Wenn du oben auf der Aussichtsplattform stehst, kannst du vierzig Meter nach unten schauen.«

Kurz vor dem Eingangstor am Zaun, der das Areal mit der Kugel umgab, stellte sich ihnen ein Polizeibeamter in Uniform in den Weg.

»Halt, da können S' jetzt nicht durch, da ist geschlossen«, sagte er barsch.

Leitner und Agathe sahen an ihm vorbei und nahmen erst jetzt die vielen Autos wahr, die rund um die Kugel parkten. Alle mit Blaulichtern auf dem Dach, die jedoch ausgeschaltet waren. Am Fuß der Kugel liefen rund fünfundzwanzig Menschen hin und her, die meisten davon mit weißen Latexhandschuhen und Plastiküberzügen an ihren Schuhen.

Agathe betrachtete die Kugel genauer. In ihrem Inneren stand eine ebenfalls aus Holz gefertigte Säule, deren Form sie entfernt an ein Weizenglas erinnerte. Um diese Säule herum wand sich eine silberfarbene Röhre wie ein Korkenzieher vom oberen Ende der Kugel nach unten. In der Höhe wirkte sie nicht besonders breit, aber je weiter man ihren Verlauf verfolgte, desto deutlicher wurde ihr Durchmesser im Vergleich zu den Menschen und Autos daneben. An der Außenwand der Kugel entdeckte Agathe eine Art Laufsteg, der spiralförmig nach oben führte. Sie musste an die Kuppel des Reichstages in Berlin denken, die in den Nachrichten häufig eingeblendet wurde. Agathe verstand den Sinn sofort: Man konnte auf der Spirale nach oben gehen und anschließend in Windeseile durch die steile Röhre wieder zu Boden rutschen. Sie wollte sich gerade ausmalen, mit welchem Karacho man wohl unterwegs wäre, als Leitners Stimme ihre Gedanken unterbrach.

»Es wäre notwendig, uns kurz ein bisschen umzuschauen.«

»Das geht jetzt nicht, hier laufen kriminalpolizeiliche Untersuchungen«, erwiderte der Beamte.

»Es ist uns bekannt, dass es einen Zwischenfall gegeben hat. Wir kommen von der Jacortia-Versicherung und sind hier, weil die Betreiber der Kugel bei uns versichert sind. Es tut uns leid, aber wir müssen uns das kurz anschauen«, setzte Leitner nach.

»Aber nicht jetzt. Bitte gehen Sie, Sie behindern ansonsten die Polizei bei der Arbeit.«

Der Ton des Beamten war rauer geworden, und Agathe zupfte, die fortgeschrittene Uhrzeit und die geplante Einsatzbesprechung mit ihrer Chefin im Hinterkopf, an Leitners Ärmel.

»Gerhard, komm! Die sind hier sowieso noch eine Weile beschäftigt. Stimmt doch, oder?«, fragte sie in Richtung des Polizisten.

»Heut geht da gar nichts mehr«, entgegnete der in strengem Amtston. »Das Gelände ist jetzt erst einmal für die Öffentlichkeit gesperrt.« Damit verfiel er in ein hochoffiziell wirkendes Schweigen.

Leitner und Agathe wandten sich ab und schlugen ihren Weg zurück Richtung Parkplatz ein, als von links aus dem dazugehörigen Selbstbedienungsrestaurant eine etwa vierzigjährige Frau gelaufen kam. Als sie sich den Detektiven näherte, rief sie in fast flehendem Tonfall: »Seien S' nicht bös! Unsere Erlebniskugel ist bald wieder geöffnet, versprochen. Wenn Sie wollen, können Sie sich in der ›Kugelwirtschaft‹ etwas zu trinken kaufen.«

»Vielen Dank, aber nein«, erwiderte Agathe. »Wir sind beruflich hier.«

Die Frau wich ein wenig zurück: »Sind Sie von der Presse?«

»Nein«, antwortete Leitner, »wir arbeiten für die Jacortia-Versicherung.«

Die Frau drückte ihr Rückgrat durch. »Dann schaut, dass ihr schnell in die Gänge kommt«, sagte sie feindselig. »Jede Minute länger, die die Polizei die Kugel sperrt, bedeutet für mich einen Ausfall an Betriebseinnahmen.«

»Dafür sind wir nicht zuständig«, versuchte Leitner, sie zu beruhigen.

Doch die Frau war in Fahrt. »Das ist mir wurscht, dann soll eure Kasperl-Firma eben jemanden herschicken, der zuständig ist! Was glaubts denn ihr überhaupt? Ich weiß nicht mehr, wo mir der Kopf steht, und ihr fangts hier das Herumalbern an!«

»Wir kommen später noch mal wieder, wir müssen jetzt in die Zentrale fahren«, sagte Agathe zu der aufgebrachten Frau und zog Leitner abermals am Ärmel. »Dann werden wir uns auch um den Fall kümmern, versprochen.«

Die Frau wirkte nicht beruhigt. »Das will ich auch hoffen, wo wir schon bis zur Eröffnung so viele Verzögerungen hatten.«

Die Frau entfernte sich in Richtung der Polizeiabsperrung, um dem armen diensthabenden Beamten eine Kopfwäsche zu verpassen.

Als Leitner und Agathe wenig später im Auto saßen und

auf der A 93 Richtung Regensburg unterwegs waren, meinte Agathe: »Ich habe dir schon häufiger gesagt, dass das nicht besonders schlau ist.«

»Was meinst du?«

»Na ja, du musst nicht jedem sofort auf die Nase binden, dass wir für eine Versicherung arbeiten.«

»Wieso denn nicht?«, fragte Leitner, sah in den Rückspiegel und setzte dann den Blinker, um einen Lastwagen zu überholen.

Agathe wiegte kurz den Kopf, fragte sich, wie oft sie ihrem Kollegen das Folgende schon erklärt hatte, und seufzte. »Wir sind Versicherungsdetektive, so weit hast du das kapiert, nicht wahr?«

»Das weiß ich doch!«

»Okay, und das bedeutet, dass wir für unsere Gesellschaft ermitteln. Nicht für die Klienten. Erfolg heißt für uns, wenn bei einem Fall unser Versicherungsschutz nicht greift. Damit die Jacortia nicht zahlen muss.«

»Das ist mir schon klar, aber –«

Agathe unterbrach ihn. »Wenn wir also zu einem Fall gerufen werden, sammeln wir zunächst mal so viele Infos wie möglich, bevor wir uns zu erkennen geben. Diese Frau gerade eben, die hat uns für harmlose Besucher des Freizeitparks gehalten. Die perfekte Voraussetzung.«

»Und du glaubst, sie hätte uns als Besuchern mehr erzählt als jetzt, als Detektiven der Versicherung?«, meinte Leitner kleinlaut.

»Natürlich. Du hast doch gesehen, wie sie sofort in den Angriffsmodus geschaltet hat. Was verständlich ist, denn hier geht's um Kohle.«

Leitner gab auf. »Gut, jetzt hab ich's wirklich verstanden. Ich bin ja immer noch in der Lernphase, Frau Meisterdetektivin.«

Die weitere Fahrt verlief wortlos, und gut zwanzig Minuten später hatten sie ihr Ziel im Regensburger Stadtwesten erreicht.

Sie betraten das Bürogebäude, in welchem die Jacortia saß, und gingen nach einem kurzen Nicken der Vorzimmerdame geradewegs zum Büro ihrer Vorgesetzten. Durch die halb geöffnete Tür konnten Agathe und Leitner die Stimme von Chris Wendell hören.

»Kommen Sie, kommen Sie, wir haben nicht den ganzen Tag Zeit!«

Die Detektive blickten sich an und verdrehten die Augen. Immer wenn es in der Vergangenheit so ausgesehen hatte, als könnte Wendell ihnen ein wenig sympathisch werden, hatte diese wieder einen patzigen Spruch gebracht und damit das zart keimende Pflänzchen Sympathie erstickt.

»Setzen Sie sich und ersparen Sie mir Ihre Ausreden für die Verspätung. Ich weiß, dass auf der Autobahn immer viel los ist. Ein kleiner Tipp: Wenn man eine Viertelstunde früher losfährt, kommt man trotzdem pünktlich an.«

Da Leitner die Verspätung durch den kurzen Stopp an der Kugel verursacht hatte, war er auf den Rüffel vorbereitet gewesen und stellte seine Ohren auf Durchzug. Agathes Nerven hingegen wurden sowohl vom Tonfall ihrer Chefin als auch von der Tatsache strapaziert, dass sie Leitner in diesem Augenblick kein gehässiges »Ich hab's dir doch gleich gesagt!« zuzischen durfte.

»Wie auch immer ...«, fuhr Chris Wendell fort, und vier Augen fokussierten sich wie auf Befehl auf die schlanke Frau im dezenten braunen Kostüm, deren geometrisch-streng gezeichnete Gesichtszüge keinerlei Herzlichkeit ausstrahlten. »Wir haben es hier mit einem außergewöhnlichen Fall zu tun. Ich habe es vorhin am Telefon ja schon kurz angedeutet. Sie kennen die neue Riesenkugel, die man vor ein paar Monaten am Steinberger See hingebaut hat?«

Agathe legte Frost in ihre Stimme. »Natürlich. Die größte begehbare Holzkugel der Welt. Vierzig Meter hoch, wenn mich nicht alles täuscht.« Da sie ihren Blick, einem Urinstinkt folgend, nicht einen Millimeter von der Gefahrenquelle nahm, die ihr gegenübersaß, sah sie nicht, wie Leitner nur mit Mühe ein Kichern unterdrücken konnte.

»Gut«, fuhr Chris Wendell fort. »Am letzten Samstag, also vor zwei Tagen, hat auf der Aussichtsplattform der Kugel eine

Hochzeitsgesellschaft gefeiert. Irgendjemand kam auf die Idee, dass es lustig wäre, wenn die Braut die lange Röhre hinunterrutschte, aber als diese unten ankam, war sie tot. Erschossen.«

»Gibt's doch nicht«, sagte Leitner mehr zu sich selbst.

»Gibt's doch«, erwiderte Wendell. »Seit Samstag ist die Polizei vor Ort und stellt allerlei Untersuchungen an. Sie wissen schon, das Übliche: Kugel überprüfen und Fußabdrücke sicherstellen, Schussrichtung et cetera bestimmen.«

Leitner wollte eben erzählen, dass er und Agathe sich dessen bewusst waren, weil sie den Tatort bereits vor nicht einmal einer halben Stunde besichtigt hatten. Aber als er merkte, dass Agathe ihren Fuß auf seinen gestellt hatte und immer fester zudrückte, biss er die Zähne zusammen und sah sie an.

»Kann ich mir vorstellen, dass die Kripo dort jeden Stein umdreht«, entgegnete Agathe kühl.

Die Chefin, die freilich wusste, dass sie im früheren Beruf Polizeibeamtin in Hamburg gewesen war, nickte kurz. »Solange die Beamten damit beschäftigt sind, muss der Freizeitpark seinen Betrieb unterbrechen. Und hier kommt nun die Jacortia ins Spiel, denn dadurch entsteht ein hoher Ausfall der Betriebseinnahmen, und genau dagegen hat sie sich versichert.«

»Hat sich wer versichert?«, fragte Agathe.

»Renate Huber, die Betreiberin des Selbstbedienungsrestaurants. In unseren Verträgen ist sie auch als die Sprecherin der Betreibergesellschaft aufgeführt.«

Leitner rief sich die Holzkugel mit ihrer Rutschbahn ins Gedächtnis und brummte: »Merkwürdig …«

»Was ist daran merkwürdig, Herr Leitner? Die Holzkugel ist ein Millionenprojekt mit überregionaler Sogwirkung. Selbstverständlich müssen sich die Betreiber gegen einen solchen Fall versichern. Erst recht, da unsere Gesellschaft vor einigen Monaten schon einmal einen Schadensfall ausbezahlen musste. Die Brandstiftung am Gastronomiegebäude.«

»Das leuchtet mir schon ein, aber das habe ich nicht gemeint. Ich dachte mehr an die Rutsche …«

Beide Frauen betrachteten mit Ungeduld ihren Kollegen, der

abwesend in eine Ecke des Büros starrte. Nach einigen Sekunden, die ihr wie Minuten vorgekommen waren, fragte Agathe: »Bei denen hat es gebrannt? Warum haben Sie uns nicht schon damals auf den Fall angesetzt?«

»Weil die Lage leider eindeutig und von der Polizei bestätigt war und wir Farbe bekennen mussten. Aber diesmal möchte ich genau wissen, was dort Sache ist. Fahren Sie nach Steinberg am See und sehen Sie dort nach dem Rechten.«

»Wie können wir denn die Zahlungsverpflichtung unserer Gesellschaft so gering wie möglich halten?«, erkundigte sich Agathe vorsichtig.

Wendell nahm ihre Brille mit dem dünnen Gestell ab und fokussierte sie. »Natürlich können Sie nicht die Arbeit der Kriminalpolizei beschleunigen, so viel dürfte klar sein. Für uns ist interessant, wie sich dieser Todesfall genau zugetragen hat. Vielleicht finden Sie ja ein Schlupfloch, durch das wir hindurchkriechen können.«

Agathe sortierte im Kopf flink die ihnen zur Verfügung stehenden Möglichkeiten. »Dann läuft wohl alles auf die Antwort auf die Frage hinaus, ob es sich bei dem Tod der Frau um einen Unfall handelte oder ob es Mord war. Im ersten Fall müssten wir zahlen, im zweiten nicht, richtig?«

»Das ist eine korrekte Beurteilung, Frau Viersen«, gab Chris Wendell mit einem verächtlichen Lächeln zurück.

Als Agathe und Leitner wenig später auf der A 93 wieder in nördliche Richtung fuhren, sagte Agathe mit zusammengepressten Zähnen: »Die bringt mich irgendwann noch so weit, dass ich ihr den ganzen Scheiß vor die Füße werfe.«

Leitner teilte Agathes Abneigung gegen Wendell, versuchte aber, die Situation nicht eskalieren zu lassen. »Dann schlage ich vor, wir besuchen noch mal die Wirtin der ›Kugelwirtschaft‹, diese Frau Huber, und versuchen, aus ihr noch mehr Informationen zu dem Vorgang vorgestern herauszuholen.«

Agathe war einverstanden, und so bogen sie zum zweiten Mal an diesem Montagmorgen auf den Parkplatz an der großen

Holzkugel ein. Ihr Weg führte sie diesmal schnurstracks zur »Kugelwirtschaft«. Mit einem Blick zur Seite konnte Leitner sehen, dass der Polizeibeamte, der sie vorhin abgewiesen hatte, nun etwas lockerer dastand. Er hatte sich wohl innerlich schon auf eine zweite Diskussion mit den neugierigen Störenfrieden vorbereitet und war erleichtert, als Leitner und seine Kollegin das Restaurant ansteuerten. Es wirkte – nicht weiter verwunderlich für ein erst kürzlich eröffnetes Lokal – gepflegt und modern. Die hellen Wände hatten noch keine Patina, wie sie jeder gastronomische Betrieb früher oder später bekommt. Auch die Regale und Kühltheken wiesen keinerlei Gebrauchsspuren auf. Zu ihrer Rechten erblickte Agathe einen Kletterraum für Kinder, davor viele hohe Tische mit ebenso hohen Barhockern. Weiter oben vor den großen Glasfenstern sahen die Tische rustikaler aus.

An der Stirnseite des Raums fiel Leitner ein sehr langer, aus einem Stück gefertigter Holztisch auf, der ihn an eine Rittertafel erinnerte. Dann suchte sein Blick die linke Seite des Restaurants ab, wo die Selbstbedienungstheke stand. An der Wand knapp unter der Decke hingen mehrere Schiefertafeln, auf denen die Tagesgerichte angepriesen wurden. Auf einem Schild las Leitner »Kugelgulasch«, und – ob er es sich nur einbildete oder nicht – auf einmal zog ihm der Duft eines würzigen Rindergulaschs in die Nase.

Agathe sah die Betreiberin als Erste, als diese durch die Schwingtür der Küche in den Gastraum trat. Die wohlgenährte Frau mit tiefschwarzem Haar – wahrscheinlich gefärbt – wirkte auf den zweiten Blick doch etwas älter als vierzig. Ihr Haar hatte sie von der Stirn her in einer Welle nach hinten geschlagen und dort zu einem kleinen Zopf zusammengebunden. Agathe dachte bei ihrem Anblick an eine Opernsängerin, wozu auch das starke Make-up und die auffälligen roten Lippen beitrugen. Renate Huber mochte einen Meter siebzig messen und war damit in etwa so groß wie Agathe selbst.

Als die Wirtin die beiden Detektive entdeckte, drehte sie ihren Kopf kurz zur Seite, um einmal tief durchzuschnaufen, dann ging sie auf Leitner und Agathe zu. »Sie also noch mal! Dann setzen wir uns am besten nach oben.«

Sie deutete zu einem der Holztische am Fenster und rief mit kurzem Blick über ihre Schulter dem Mitarbeiter, der in der Mitte des Raumes an der digitalen Kasse saß, zu: »Robert, bring uns drei Kaffee!«

Leitner und Agathe wollten die Gesprächsbereitschaft der Frau nicht auf die Probe stellen und folgten ihrer Anweisung. Als sie Platz genommen hatten, begann Agathe: »Frau Huber, das ist ja wirklich eine unschöne Situation, in der Sie sich –«

Renate Huber verdrehte die Augen zur Decke. »Unschön? Das ist auch eine Art, es auszudrücken. So etwas wie das da draußen kann ich im Augenblick gebrauchen wie eine Wurzelbehandlung ohne Narkose.«

»Das glaube ich Ihnen«, gab sich Agathe verständnisvoll.

»Zuerst hat alles gut ausgeschaut«, fuhr Renate Huber fort. »Die Planungen der Holzkugel und des Parks gingen voran, wir alle waren mit Eifer und Vorfreude bei dem Projekt dabei. Aber dann begannen die Rückschläge.«

»Zuerst der Brand …«, resümierte Leitner.

Renate Huber gab ihm mit einem emotionslosen Nicken recht. »Lange bevor die eigentliche Kugel gebaut wurde, stand hier schon der Rohbau des Gastronomiegebäudes, von dem ein Teil einem Brandanschlag zum Opfer fiel.« Sie seufzte. »Die Jungs und Mädels von der Feuerwehr haben gute Arbeit geleistet, sodass durch die Löscharbeiten kaum zusätzlicher Schaden entstanden ist, aber ein großes Ärgernis war es trotzdem.«

Agathe spitzte die Lippen. »Nun, Sie haben den Schaden immerhin ersetzt bekommen, nicht wahr?«

»Das ist richtig. Aber ich habe auch nicht vom Geld geredet.«

»Sondern?«

»Von der Zeit! Mit jedem Tag, den sich unsere Eröffnung hinausgezögert hat, stiegen die Kosten, weil wir keine Einnahmen generieren konnten.« Mit großer Geste lehnte sich Renate Huber in ihrem Stuhl zurück und hob theatralisch die Hand an die Stirn. »Dann kamen die Ämter und Behörden, und es gab immer neue Inspektionen und immer weitere Sicherheitsvorschriften, deren Einhaltung überprüft werden musste. Das hat sich gezogen wie Kaugummi!«

»Und jetzt …«, baute Leitner ihr eine Brücke.

»Jetzt ist vor vier Wochen der Startschuss gefallen. Das Projekt läuft endlich, und die Kugel rollt! Und was ist? Da draußen rutscht diese verdammte Leiche aus der Röhre!«

Nachdem der Mitarbeiter ihren Kaffee an den Tisch gebracht hatte, nutzte Agathe die so entstandene Pause, um die Wirtin zum Reden aufzufordern. »Vielleicht sollten Sie uns kurz erzählen, was genau passiert ist, Frau Huber.«

Die Angesprochene kippte so viel Milch in ihre Tasse, dass die Flüssigkeit fast über den Rand schwappte. Unter deutlichem Schlürfen nahm sie einen Schluck Milchkaffee, bevor sie begann: »Also gut. Wenige Tage nach der Eröffnung rief mich eine Frau aus Schwandorf an. Sie erzählte mir, ihre Freundin werde bald heiraten und sie selbst sei die Trauzeugin, sei also auch zuständig für das ganze Drumherum der Hochzeit.«

»Die Frau wollte die Hochzeit bei Ihnen organisieren?«, fragte Leitner.

»Nein, für die eigentliche Traufeier war der ›Fenzl‹ in Steinberg vorgesehen. Aber die Brautentführung, die sollte bei uns an der Kugel ihren Höhepunkt haben. Oben auf der Plattform, mit Sektempfang und Häppchen.«

Da Leitner früher als Musikant bei Dutzenden von Brautentführungen gespielt hatte und fast alle Örtlichkeiten der näheren Oberpfalz kannte, an denen sie üblicherweise stattfanden, konnte er sich gut vorstellen, dass es Laune machte, auf vierzig Metern Höhe das Brautpaar zusammenzuführen.

»Wir kamen dem Wunsch natürlich gern nach und richteten für den vergangenen Samstag alles her«, erzählte Renate Huber weiter. »Die Hochzeitsgesellschaft traf ein, sogar halbwegs pünktlich und mit einer ganzen Blaskapelle im Schlepptau. Jeder war bester Laune, und alle stiegen voller Neugier den Rundweg nach oben rauf. Der Bräutigam kam erst sehr spät mit seinen Männern nach.«

Auch das leuchtete Leitner ein. Üblicherweise musste der Bräutigam vorher verschiedene Plätze, Kneipen oder Vereinsheime abklappern, die er mit seiner Braut vor der Hochzeit oft besucht hatte, bevor der Trauzeuge dafür sorgte, dass er die Braut endlich fand. »Wahrscheinlich musste er vorher eine größere Tour absolvieren.«

»Und in der Zwischenzeit haben die Gäste bestimmt fleißig gebechert, nicht wahr?«, führte Agathe den Gedanken fort.

»Freilich«, sagte Renate Huber. »Am Samstag war ja ein Traumwetter, und von den Gästen war bis dahin auch noch keiner auf der Kugel gewesen. Das hat denen einwandfrei getaugt.«

»Und dann kam irgendwann der Bräutigam«, lenkte Agathe wieder zum eigentlichen Thema hin.

Die Wirtin setzte sich seitlich auf ihren Stuhl und ließ einen Arm hinter der Stuhllehne hinunterbaumeln. »Ja, nach fast drei Stunden. Das war ein großes Hallo, wie die vom Parkplatz zur Kugel gegangen sind. Sie haben an der Blasmusik schon erkannt, dass es die richtige Gesellschaft war. Der Bräutigam und sein Gefolge wollten sich schon an den Aufstieg machen, aber die Trauzeugin sorgte dafür, dass einige Freunde sie unten aufhielten.«

»Normalerweise folgt jetzt die Verhandlung über die Freilassung der Braut«, sagte Leitner.

»Das war auch hier der Fall. Zunächst sollte der Bräutigam sich ans Rutschenende stellen und seine Angebetete auffangen. So haben es mir die Gäste später erzählt.«

»Wo waren Sie währenddessen, Frau Huber?«, fragte Leitner.

»Ich war die ganze Zeit hier unten, weil ich ein Auge auf unsere Mitarbeiter im Service und in der Küche haben musste. Als alle Gäste wieder unten standen, bin ich auch zum Rutschenende gegangen, weil ich zusehen wollte.« Sie nahm den Kaffeelöffel und rührte sinnlos in ihrer Tasse herum.

Mit einem leichten Heben der Augenbrauen forderte Leitner Agathe stumm auf, die Wirtin zum Weiterreden zu bewegen. »Und ... was ist dann passiert?«, fragte sie.

Renate Huber klappte die Handflächen nach außen und wieder nach innen. »Ja mei, was ist passiert? Auf einmal rutscht da diese tote Frau raus. Das ist passiert.«

»Wie … wie ist sie denn …?«

»Eine Kugel hat sie in den Kopf gekriegt. Von vorn. Das Gesicht und der Schleier waren noch da, aber den Hinterkopf und das halbe Hirn hat sie in der Rutsche gelassen.« Und als ob die Tote etwas dafür könnte, fauchte Renate Huber noch hinterher: »Die blöde Gans!«

Nach einem Moment des Nachdenkens fragte Leitner: »Aber wer hätte denn eine Kugel auf die Rutsche abfeuern sollen?«

Die Wirtin schmiss klirrend ihren Löffel auf die Untertasse und setzte sich aufrecht hin. »Was weiß denn ich? Sie sehen doch selbst, dass am Seeufer viel Wald ist. Vielleicht war's ein Jäger, und die Kugel ist irgendwo abgeprallt und umgelenkt worden. Wäre ja nicht das erste Mal bei uns.«

Agathe wollte nachfragen, aber Leitner bedeutete ihr, jetzt nichts zu sagen. Er würde ihr später vom traurigen Fall eines vor einiger Zeit aus Versehen bei der Jagd getöteten Passanten in Nittenau erzählen. »Frau Huber, wir müssen jetzt leider weiter«, bereitete er das Gesprächsende vor. »Wie war denn der Name des Brautpaares? Wir müssten uns auch mit dem Bräutigam unterhalten.«

»Rester. Aus Wackersdorf.«

»Rester … Den Vornamen haben Sie wohl nicht zufällig?«

»Ich glaube, er heißt Paul, an ihren Vornamen erinnere ich mich nicht mehr.« Renate Huber schüttelte den Kopf. »Ich glaube, die war eine Doktorin oder so was.«

Leitner prägte sich die Informationen gut ein. »Und die Frau, die das organisiert hat?«, fragte er dann. »Die Trauzeugin?«

»Die hat … Geiger geheißen. Emma Geiger. Aus Schwandorf.«

»Nun gut, Frau Huber«, meinte Agathe, »Sie haben uns schon mal ein gutes Stück weitergeholfen.«

»Jaja, aber schauts bloß, dass das mit eurer Fragerei nicht allzu lange dauert«, gab die Wirtin zurück. »Die entgangenen

Einnahmen müssen der Betreibergesellschaft ersetzt werden. Für mich geht's hier um alles, wir müssen schnellstmöglich wieder aufsperren und den normalen Betrieb aufnehmen.«

»Es ist auch in unserem Sinn, dass der Fall so schnell wie möglich abgeschlossen wird«, sagte Agathe.

Als die Detektive sich schon verabschiedet und zur Tür gewandt hatten, drehte sich Leitner noch einmal zu Frau Huber um. »Wissen Sie zufällig, welche Kapelle an dem Brautverzug gespielt hat?«

Die Wirtin musste nur kurz überlegen. »Ich glaube, irgendwelche Kirwamusikanten. Ganz aus der Nähe. Ja, genau, es waren die Wirkendorfer Kirwamusikanten.«

Als sie beide wieder im Wagen saßen, murmelte Agathe missgelaunt: »Also viel haben wir ja nicht herausgefunden. Kennst du vielleicht das Brautpaar oder die Trauzeugin?«

Leitner lächelte verschmitzt. »Nein, deren Namen sagen mir so auf die Schnelle nichts.«

»Was dann man richtig kacke is«, brach der norddeutsche Dialekt der in Lübeck geborenen Agathe hervor.

»Na, na, nur nicht gleich die Flinte ins Korn werfen.«

Doch Agathe blieb skeptisch. »Also müssen wir das ganze Telefonbuch nach Resters durchsuchen. Wo sonst sollen wir ansetzen?«

Das Lächeln auf Leitners Lippen wurde breiter. Er trat ein wenig fester auf das Gaspedal und meinte vergnügt: »Es ist oft die Klarinette, die das Spiel entscheidet ...«

2

Agathe Viersen kannte den Hof vor der alten Halle, auf welchen Leitner den BMW lenkte. Es war früher seine Bleibe und auch sein Geschäftsgebäude gewesen. Hier hatte Agathe ihren späteren Kollegen während ihres ersten gemeinsamen Falles – die Leiche im Güllefass auf der Wirkendorfer Kirwa – näher kennengelernt. Bevor Leitner zur Jacortia stieß, hatte er einen Verleih für Bühnentechnik, Licht und Ton betrieben, den er nach seinem beruflichen Wechsel Dominik Kammerl, seinerseits Klarinettenspieler der Wirkendorfer Kirwamusik, übergeben hatte. Genau ihn wollte Leitner nun sprechen. Er war sich sicher, dass Kammerl beim Brautverzug auf der Kugel dabei gewesen war.

Leitner und Agathe traten durch das große Schiebetor und erwarteten das gemütliche Chaos, welches zu Leitners Zeiten hier geherrscht hatte. Doch sie wurden überrascht. Der schwarze Flügel, um welchen stets Dutzende Musikinstrumente wie Tenorhörner, Bässe, Gitarren und Posaunen sowie Pappkartons, Lichttraversen und Mischpulte herumgestanden hatten, war weg. Das ganze Equipment war verschwunden.

»Ja, schau mal einer an«, grummelte Leitner, den der veränderte Anblick seines früheren Zuhauses kurz überforderte.

Dann trat Dominik Kammerl aus dem Bretterverschlag, in dem sich eine Nasszelle und das Schlafzimmer Leitners befunden hatten. Er trug einen Umzugskarton, den er sofort abstellte, als er seine beiden Besucher sah.

»So eine Überraschung«, begrüßte Kammerl die beiden fröhlich.

»Servus, du alter Lump!«, sagte Leitner, obwohl Kammerl im Gegensatz zu ihm die dreißig noch nicht geknackt hatte.

»Tag, Dominik«, sagte Agathe und betrachtete den Musikanten genauer. In ihren Augen hatte Kammerl einen gewaltigen Entwicklungsschub gemacht. Als sie ihn vor knapp drei Jahren kennenlernte, hatte er noch einen jugendlich-kurzen Haarschnitt mit hochgegelten Igelstacheln gehabt. Sein Gesicht war eher knabenhaft als männlich gewesen. Nun war das Babyface einer reiferen Version gewichen, wenngleich auch diese noch eine gehörige Portion ungetrübter guter Laune versprühte.

»Servus, Agathe«, erwiderte Kammerl und umarmte sie herzlich. »Was treibt ihr denn hier?«

»Das Gleiche könnte ich dich fragen, Dominik«, meinte Leitner. »Wo ist das ganze Equipment?«

Kammerl sah sich kurz in der jetzt so gut wie leeren Halle um und sagte dann: »Das habe ich verkauft. Und das Geld gleich wieder investiert.«

Demonstrativ schnappte er sich ein Pad, das auf einer der Umzugskisten lag, und hob es in die Luft. »Ich leihe mir jetzt für Veranstaltungen die nötige Ausrüstung und steuere alles vor Ort selbst mit einer neuen Software. Außerdem bin ich dabei, hier ein kleines Tonstudio einzurichten, damit ich Musik und Videos selbst produzieren kann.«

Leitner nickte mit einigem Respekt, weil er dem jungen Mann so viel Unternehmergeist bis vor Kurzem nicht zugetraut hätte.

Plötzlich schnippte Kammerl mit den Fingern. »Mann, das muss ich euch erzählen! Wisst ihr, was am Wochenende passiert ist? Das war echt der Hammer!«

»Warst du zufällig auf der neuen Holzkugel?«, klopfte Leitner auf den Busch.

Kammerl zeigte auf Leitner, um anzudeuten, dass er richtig geraten hatte. »Woher weißt du das denn schon wieder?«

»Ich habe es nicht gewusst, sondern mir gedacht.«

»Hast du mitbekommen, wie das mit der toten Frau passiert ist?«, schaltete sich Agathe ein.

»Mitbekommen?« Kammerl grinste überheblich. »Ich bin keine zwei Meter danebengestanden!«

Leitner sah auf die Uhr auf seinem Handy. »Wenn ich dich jetzt zum Mittagessen einlade, magst du uns das dann ein bisschen näher schildern?«

Kammerl legte das Steuerungspad auf den Umzugskarton. »Passt mir perfekt!«

Eine Viertelstunde später saßen Agathe, Leitner und Dominik Kammerl im Gasthaus Mehrl in Schwandorf, unweit von dem Haus in der Klosterstraße, in welchem sich Agathe und Leitner eine Wohnung teilten. Der unter der Woche täglich angebotene Mittagstisch hatte mit Handwerkern, Autohändlern, Bankangestellten und Mitarbeitern des Rathauses Schwandorf die üblichen Gäste angelockt. Auch die stets um diese Zeit anwesenden Rentner und Pensionäre waren schon vor Ort und sparten nicht mit freundschaftlichem Spott, als das Trio den Gastraum betrat.

»Jaja, die Musikanten müssen halt nix arbeiten!«, rief ein älterer Mann.

Ein anderer sagte, auf seinen Gehstock gestützt: »So schön möchte ich es auch einmal haben, dass ich schon am Tag ins Wirtshaus gehen kann.« Es folgte Gelächter, denn jedem war bewusst, dass dieser Mann täglich mit zu den ersten Gästen gehörte, wenn das Gasthaus am Vormittag seine Eingangstür aufsperrte.

Die drei neuen Besucher fanden einen freien Tisch und bestellten jeweils eine Halbe Kneitinger sowie das Tagesgericht. Bis die Fleischpflanzerl mit »Schnee« – so hieß hier das Kartoffelpüree – serviert wurden, unterhielten sich die beiden Musikanten über die neuesten Entwicklungen in der Licht- und Tontechnik. Als sich endlich alle mit großem Appetit über die Pflanzerl hermachten, forderte Agathe Dominik Kammerl auf: »Jetzt aber man Butter bei die Fische. Schieß los, ich bin wirklich gespannt.«

Kammerl ließ sich nicht lange bitten. »Nun, angefangen hat alles damit, dass mich eine Frau anrief und fragte, ob wir auch bei einem Brautverzug spielen würden.«

»Und da hast du gesagt: ›Gern, selbstverständlich! Haben wir schon hundertmal gemacht, irgendwann muss es ja mal klappen!‹«, scherzte Leitner.

»Idiot«, schalt Agathe ihren Kollegen und sah aufmerksam wieder zu Kammerl.

»Du weißt ja selbst, Gerhard«, sagte der, »dass eine Brautentführung eine von unseren vielen Paradedisziplinen ist. Logischerweise habe ich zugesagt, und so sind wir verpflichtet worden. Das Ganze sollte dann eben da oben auf der Plattform der Kugel stattfinden.«

»So weit sind wir im Bilde«, sagte Agathe.

»Am letzten Samstag sind wir also raus nach Steinberg gefahren«, fuhr Kammerl fort. »Vorher hatte ich wie immer den Senftleben abholen müssen, das Gschiss kennst du ja auch noch, Gerhard.«

Der nickte lächelnd. Der Trompeter Klaus Senftleben war aller Wahrscheinlichkeit nach vom Auftritt am Freitagabend erst Samstagfrüh heimgekehrt und daher außerstande gewesen, ein Auto zu lenken.

»Diesmal stand der Klaus sogar pünktlich bereit«, erzählte Kammerl weiter, »und so trafen wir alle zum vereinbarten Zeitpunkt an dem Holzding ein. Wie am Telefon ausgemacht schnappten wir uns gleich die Instrumente, meldeten uns bei der Betreiberin von der Wirtschaft und gingen nach oben. Noch bevor die Braut mit ihren Entführern angerauscht kam.«

»Wie spät war es da?«, wollte Agathe wissen.

»Genau zwei, als wir ankamen. Alles in allem vielleicht kurz vor halb drei, bis wir schließlich da raufgehatscht sind. Gegen drei sollte dann die Brautgesellschaft eintrudeln.«

»Was auch geschah?«

»Genau wie vorher besprochen.«

Agathe notierte sich in Gedanken die Uhrzeiten. »Was waren das für Gäste?«, fragte sie nach. »Ich meine, eher ruhigere oder Partypeople?«

»Schon Feierbiester. Zumindest nach dem, was ich in der kurzen Zeit beobachten konnte. Die haben so geschluckt, dass ich mich gefragt habe, ob der eine oder andere den Abend noch erleben wird. Aber es gab noch keine Ausfälle. Im Gegenteil. Es herrschte beste Stimmung.«

»Und wie viele Leute waren da oben auf der Kugel?«, fragte Leitner.

»Na ... vielleicht so dreißig, vierzig. Ohne uns Musikanten. Auf jeden Fall war das einer der längeren Brautverzüge. Der

Bräutigam hat Ewigkeiten gebraucht, bis er zur Kugel gekommen ist. Aber uns war es recht, weil es immer frisches Bier gab. Extra eingebraut. Schon mal probiert? Die nennen es ›Kugelhalbe‹.«

»Kenne ich, macht der Fuchsberger«, sagte Leitner mampfend.

»Aber irgendwann ist er doch gekommen, der Bräutigam, nicht wahr?«, fragte Agathe.

»Klar. Den Tross Autos, der auf den Parkplatz rollte, hat man schon von Weitem gesehen. Da haben sich dann alle an die Brüstung gelehnt und runtergeschrien. Zuerst wollte der Paul –«

»Das ist der Bräutigam?«, fiel Agathe Kammerl ins Wort.

»Genau, der Bräutigam. Der wollte zuerst zu uns heraufkommen. Aber sie hatte dafür gesorgt, dass zwei Männer von den Gästen ihn am Aufgang abfingen.«

»Wer hat dafür gesorgt?«

»Na, sie. Die Trauzeugin. Emma Geiger, die auch uns verpflichtet hat.«

»Okay«, murmelte Agathe.

»Na, jedenfalls ist der Paul deshalb nicht raufgestiegen. Stattdessen brüllte die Emma runter, dass er jetzt als Pflicht auferlegt bekäme, seine Braut im Flug aufzufangen. Wir, also die Musik und die anderen Gäste, sind dann wieder nach unten marschiert. Das war witzig, weil dort ein Turm Bierkisten aufgestapelt war und die Emma gesagt hat, der Paul muss so lange Kisten von A nach B tragen, bis die ganze Gesellschaft wieder Boden unter den Füßen hat. Und was er von den Kisten nicht schafft, muss er dann zahlen. Die Emma hat uns also ganz schön Feuer unter dem Hintern gemacht, damit der Paul möglichst viel blechen musste.«

Leitner schnitt eben sein zweites Fleischpflanzerl an und wollte wissen: »Da ist also die ganze Herde nach unten gedüst, während der Paul Kisten geschleppt und dabei wahrscheinlich seinen Anzug komplett durchgeschwitzt hat?«

»Freilich! Kannst du dir ja denken, bei dem Bombenwetter.«

»Und irgendwann waren alle bis auf die Braut unten?«
Kammerl trank von seinem Kneitinger und nickte gleichzeitig, was zu einem Überschwappen des Gerstensaftes führte. Agathe grinste. Dominik Kammerl war eben doch noch mehr ein großer Bub als ein junger Mann.

»So was Blödes«, brummte der Musiker, als er sich mit der Papierserviette Mund und Hals abtrocknete. Dann knüllte er den Zellstoff zusammen, warf die Kugel auf den Tisch und sah unsicher zu Agathe. »Wo war ich stehen geblieben?«

»Bis auf die Braut waren alle unten an der Kugel.«

»Ach ja, genau. Alle bis auf die Braut und ihre Trauzeugin.«

»Die beiden sind oben geblieben?«

»Ja. Etwa zehn Meter unter der oberen Plattform gibt es eine zweite, auf der man in die Rutsche einsteigen kann. Dahin sind die beiden gegangen. Wir haben zunächst dem Bräutigam eine Erholung vom Kistenschleppen gegönnt und einen Walzer als Pausenfüller gespielt. Dann hat's geheißen, wir sollen uns um das Loch stellen, wo man beim Rutschen rauskommt. Der Fritz hat einen Trommelwirbel mit Crescendo gespielt, und dann sind alle wie im Stadion beim Fußball runter in die Knie gegangen. Weißt schon, wie bei so einer Welle. Alles brodelt, alles brummt, und wir schauen also gespannt in die Röhre. Dann kommt tatsächlich ein Paar Haxen um die Kurve und –«

»Passt bei euch alles?«, fragte just in dem Moment die Bedienung, die wegen der vielen Gäste recht im Stress war.

»Alles gut, Sabine«, sagte Leitner etwas schroffer als beabsichtigt und forderte die Klarinette mit einer Geste auf, weiterzuerzählen.

Kammerl kam seinem Wunsch nach. »Na, und dann rutscht sie da raus aus dem Ding. Aber halt nicht so, wie alle es erwartet haben. Mit vor Freude ausgestreckten Armen oder so was. Einfach brettflach und reglos wie ein Sack Kartoffeln, daran hat sie mich tatsächlich erinnert.«

»Und der Bräutigam?«, forschte Agathe nach.

»Der Paul hat zunächst genauso blöd geschaut wie wir alle. Schließlich war das ganze Brimborium ja nur mit dem Ziel organisiert worden, dass sich am Schluss ein vor Glück strahlendes Paar taumelnd in den Armen liegt. Aber so kam es nicht, und drum hat er wie wir alle seiner Frau hinterhergeschaut, als sie ihm im wahrsten Sinne des Wortes durch die Hände geglitten ist. Dann hat er ein paar Schritte nach hinten gemacht, weil er ihr beim Aufstehen helfen wollte, und da hab ich schon die Sauerei gesehen, die aus der Röhre getropft ist.«

Agathe zögerte kurz, bevor sie sich einen weiteren Bissen vom Fleischpflanzerl in den Mund schob.

»Ein Gemisch aus Blut und gelbem Brei«, erzählte Kammerl weiter. »Ich hab gedacht: Ach du Scheiße!, zu der Braut geschaut, und dann ist mir ganz anders geworden.«

Agathe schob ihren Teller zur Tischmitte. Sie hatte keinen Appetit mehr.

Leitner nahm Kammerls Faden auf. »Das glaub ich dir gern. War bestimmt kein schöner Anblick.«

»Natürlich nicht. Der hatte es den halben Kopf weggerissen, wie damals dem Kennedy in Dallas. Vorn ging's ja noch, aber hinten …«

»Und wie hat der Paul reagiert, als er seine Braut da tot liegen sah?«

»Das war ja das Beste!«, rief Kammerl.

»Das Beste?«, entfuhr es Agathe.

»Nein, natürlich nicht das Beste … Ich meine, das war die Krönung der Überraschung! Sozusagen das i-Tüpfelchen.«

»Das i-Tüpfelchen? Dominik, was faselst du da? Das ist doch kein Spaß, wenn man auf diese Art und Weise seine Frau verliert.«

»Du verstehst mich nicht, Agathe. Das genau war ja der Witz. Also, die Braut.«

»Was war denn mit ihr?«

»Ja, mit ihr war eben nichts.«

»Bitte?« Agathe klang ein bisschen genervt.

»Na, weil die Tote in der Röhre eben *nicht* die Braut war. Sondern die andere!«

»Die andere?«

»Ja, die Trauzeugin!«

Sowohl Agathes als auch Leitners Oberkörper sanken zurück gegen ihre Stuhllehnen. Sekundenlang brachte keiner von beiden ein Wort über die Lippen.

Die Tote war gar nicht die Braut, sondern ihre Trauzeugin? Diese Information hatte ihnen weder ihre Chefin noch die Wirtin Huber von der »Kugelwirtschaft« mitgeteilt.

Dominik Kammerl sah in die überraschten Augen seiner Freunde. »Da schaut ihr, was? Ich hab's ja selbst kaum glauben können!«

Leitner fand vor Agathe seine Sprache wieder. »Das heißt, diese Frau, die euch Musikanten und überhaupt die ganze Feier organisiert hat, diese ...«

»Emma Geiger«, half Kammerl Leitner.

»Emma Geiger wurde also getötet?«

Kammerl nickte stumm, bevor er erklärte: »Ich hab das erst nicht gesehen. Weil sie ja auch den Brautstrauß in der Hand gehabt hat. Und den Brautschleier trug, zumindest das, was davon noch übrig war.«

»Dann kam also die falsche Braut aus der Röhre ...«, murmelte Agathe.

»Erst ging natürlich ein großes Geschrei los, man könnte auch sagen, fast schon eine Panik.« Kammerls Augen glänzten, als er weitererzählte. »Jeder hat ja sofort gesehen, dass da was nicht stimmte. Und je mehr die Blutspur sahen, desto hektischer wurde die Atmosphäre. Wir Musikanten hörten auf zu spielen, logisch, und dann haben wir uns ein bisschen zurückgezogen und gewartet. Da gehörte ja nicht viel dazu, um zu wissen, dass wir Zeugen eines Verbrechens geworden waren und uns die Polizei bestimmt verhören wollen würde.«

»Wie ging es weiter?«, fragte Leitner.

Kammerl deutete mit seinem Messer auf den großen Flachbildschirm, der im Gastraum an der Wand hing. »Wie du es aus dem Fernsehen kennst. Zuerst kam die Polizeistreife, dann der Notarzt, zusammen mit dem Rettungswagen. Ein einziges großes Lalülala. Aber da war nix mehr zu retten. Die hatten mit den Gästen mehr zu tun als mit der Toten. Einige haben einen Weinkrampf bekommen, aber die meisten sind fassungslos in der Gegend herumgestanden und haben Löcher in die Luft gestiert.«

»Und ihr? Die Kirwamusikanten?«

»Na ja, die Wirtin hat gefragt, ob jemand einen Schnaps haben will.«

Leitner sah seinen Musikerfreund milde amüsiert an. »Da habts ihr natürlich nicht Nein gesagt?«

»Wenn sie schon fragt ...«

»Und der Senftleben hat logischerweise einen Doppelten gekippt?«, riet Leitner.

»Logischerweise ...«, bestätigte Kammerl. »Dann hat die Polizei Verstärkung gerufen, und die beiden Cops haben damit angefangen, die Personalien von allen Gästen aufzunehmen. Die Leiche hatten sie mit einem Tuch zugedeckt, aber da ist oben immer noch das Blut durchgesickert. Und das bei an die hundert Schaulustigen.«

»Kein Kunststück«, sagte Leitner. »Bei dem Wetter waren ja genügend Radler, Segway-Fahrer und Jogger am See unterwegs.«

Kammerl nickte. »Die Polizisten hatten alle Hände voll damit zu tun, dass die nicht auf das Kugelareal gelatscht sind und irgendwelche Spuren kaputt gemacht haben. Aber ich denke, wir und die Hochzeitsgäste hatten eh schon genug platt getrampelt.«

»Sehr wahrscheinlich«, sagte Agathe, die aus ihrer Zeit als Polizeibeamtin in Hamburg wusste, wie schnell Personen an einem Tatort wichtige Hinweise unbrauchbar machen konnten.

»Schließlich haben uns die Jungs von der Kripo nach Hause geschickt. Das war's.« Kammerl blickte Leitner und Agathe an.

»Aha. Das war's«, wiederholte Leitner.

»Aber noch nicht ganz«, warf Agathe ein. »Was war denn mit der echten Braut? Wie ist die zu den anderen runtergekommen?«

»Ach so. Stimmt ja, die war freilich noch oben an der Rutsche und hat gewartet. Als allen klar war, dass etwas Schreckliches passiert ist, sind zwei von ihren Freundinnen raufgelaufen und haben sie runterbegleitet.«

»Und wie hat sie reagiert, als sie den Schlamassel erblickt hat?«, wollte Agathe wissen.

Kammerl schwieg einen Moment, und weder Agathe noch Leitner entging, dass er sie beide mit Unbehagen musterte. Schließlich meinte er: »Die hat's zusammengedreht. Kerzengerade umgefallen ist sie, als sie ihre Trauzeugin da hat liegen sehen. Das hat mich dann doch schon ein bisschen überrascht.«

Agathe hob den Kopf. »Also bitte! Wenn ich heirate und jemand meine Trauzeugin erschießt, würden meine Knie wahrscheinlich auch ihren Dienst versagen.«

»Kann schon sein, aber bis zu dem Zeitpunkt war sie mir gar nicht so sensibel vorgekommen. Du, Gerhard ... kennst sie ja auch.«

Agathes Blick schoss zu Leitner.

»Ich kenne sie?«, wiederholte der verdattert.

»Sie war früher mal Kirwamoidl bei uns. Die Chiara.«

Leitner zuckte bei dem Namen kurz zusammen. Aufmerksam verfolgte Agathe jede Regung im Gesicht ihres Kollegen.

»Chiara?«, fragte Leitner vorsichtig. »Chiara kenne ich eigentlich nur eine. Die Schuhbauer Chiara aus Klardorf.«

»Volltreffer!«, sagte Dominik Kammerl. »Nur dass sie seit Samstag eben nicht mehr Chiara Schuhbauer, sondern Chiara Rester heißt. *Dr.* Chiara Rester, um genau zu sein.«

»Ist ihr Bräutigam Arzt, hat sie auf dem Standesamt promoviert?«, fragte Agathe spitz.

»Nein, nein. Die hat doch Medizin studiert, irgendwo da in Franken. Nürnberg oder Erlangen oder so.«

»Erlangen«, sagte Leitner in einem Tonfall, der sich für Agathe nach Gewissheit anhörte.

Sie verdrängte jegliche Theorie, die sie sich am liebsten sofort gebastelt hätte, und sortierte in Gedanken die Informationen, die sie noch benötigte. »Und was ist mit Emma Geiger, der Trauzeugin? Kennt ihr die vielleicht auch von früher?«

Leitner schüttelte den Kopf, und auch Kammerl pflichtete ihm bei: »Nein, die kannte ich vorher nicht.«

»Die war also keins von euren Kirchweihmädchen?«

»Nein. Wäre wohl in jüngeren Jahren auch nicht der Typ dazu gewesen. Du weißt schon, feierfreudig, offen gegenüber anderen Menschen und so – das alles war sie meiner Einschätzung nach nicht. Im Vorfeld der Brautentführung und währenddessen kam sie mir im Gegensatz zu Chiara eher unscheinbar vor. Ein bisschen pummelig war sie auch.«

»Das muss ja nu nix zu bedeuten haben«, rüffelte Agathe Kammerl, der in sehr männlichen Kategorien zu denken schien.

»Natürlich nicht«, lenkte er schnell ein. »So habe ich das ja auch nicht gemeint. Mir ist nur aufgefallen, dass die Chiara und ihre Trauzeugin nach außen hin ziemlich gegensätzlich waren. Die schönen schwarzen Haare von der Chiara und das Straßenköterblond von der Geigerin. Die Chiara mit ihren Rehaugen, die Geigerin mit ihrem seelenlosen Blick. Die Chiara rank und schlank, die andere eben eher mopsig. Das ist doch vollkommen wertfrei.«

»Das kommt öfter vor im Leben, dass sich beste Freundinnen in dieser Weise ergänzen«, meinte Agathe, und Kammerl fuhr in seinen Beschreibungen der Damen nicht weiter fort.

»Sag mal, Dominik«, meldete sich Leitner wieder zu Wort, »hast du denn auch mitbekommen, wie genau diese Emma Geiger gestorben ist? Wirklich durch eine Kugel?«

Kammerl lehnte sich zur Seite, um der Bedienung zum Abräumen der leeren Teller Platz zu machen. »Ich kann mir nichts anderes vorstellen, das diese Art von Verletzung hervorruft. Für mich hat das einwandfrei nach einer Gewehrkugel ausgesehen.«

»Habt ihr einen Schuss gehört?«

»Nein, Gerhard. Alle haben sich auf die La Ola vorbereitet, dazu der Trommelwirbel … Einen Schuss hab ich nicht gehört. Und doch muss einer gefallen sein, sonst wäre die arme Frau ja jetzt nicht tot.«

»Merkwürdig, durch die Röhre hindurch«, brummte Leitner. Es war das gleiche Brummen, das er schon im Büro von Chris Wendell von sich gegeben hatte.

Bevor Agathe dem nachgehen konnte, sagte Leitner zu Kammerl: »Weißt du, wo die Chiara jetzt wohnt?«

»Ja, in Wackersdorf, gleich links, wenn du reinfährst. Du siehst das Haus von der Straße aus, wenn du von Schwandorf kommst. Liegt oben am Wald, so ein größerer moderner Klotz mit viel Glas.«

»Kenne ich«, sagte Leitner.

»Das Haus gehört Paul Rester. Da wohnen beide, seit sie zusammen sind.«

»Rester ... Rester ... Rester ... Irgendwas sagt mir der Name doch. Ist das nicht ein Rechtsanwalt oder so was?«, versuchte Leitner, seinem Gedächtnis auf die Sprünge zu helfen.

»Steuerberater und Unternehmensberater. Ist dick im Geschäft, wenn du mich fragst. Geld spielt bei dem offenbar keine Rolle, so jedenfalls habe ich ihn auf der Brautentführung erlebt, bevor dann dieser Mist passiert ist. Obwohl ich ihn auf den ersten Blick so nicht eingeschätzt habe, das muss ich zugeben.«

Agathe ging Kammerls Beurteilung von Paul Rester wie schon zuvor die der Trauzeugin ein wenig zu fix. Allerdings hatte sie in den letzten Monaten und Jahren festgestellt, dass Musiker wie Gerhard Leitner und Dominik Kammerl durch ihren Beruf durchaus über ein schnelles Einschätzungsvermögen ihrer Mitmenschen verfügten. Wahrscheinlich, weil man als Musiker die Menschen immer von ihrer ehrlichsten Seite erlebte, nämlich wenn sie ausgelassen feierten, ihre alltäglichen Zwänge vergaßen und ihre Fassade fallen ließen.

»Was ist er denn sonst für ein Typ?«, fragte sie.

»Eigentlich total unscheinbar. Kann mir nicht vorstellen, dass der viel über einen Zentner wiegt. Er ist ein bisschen kleiner als du, Agathe.«

»Damit ist der Mann ja schon mal kein Riese, nicht?«

»Nein«, kicherte Kammerl. »Im Gegenteil. Zwerg trifft's eher.«

Nachdem alle befreit gelacht hatten, winkte Leitner der Bedienung und zahlte die Rechnung.

Auf der Straße verabschiedeten sich Leitner und Agathe von Dominik Kammerl und gingen die paar Schritte zu ihrer Wohnung in Richtung Sparkasse.

In der Küche entlockte Agathe dem Kaffeevollautomaten einen Espresso, bot Leitner auch einen an, aber der lehnte ab. Er hatte schon sein Notebook aufgeklappt und tippte etwas in die Suchmaschine.

»Was suchst du denn?«, wollte Agathe wissen.

»Ich will wissen, ob die Resters im Telefonbuch stehen. Ich denke, wir werden uns mit beiden unterhalten müssen, oder was meinst du?«

»Unbedingt«, sagte Agathe und pustete auf ihren Espresso.

Leitner fand einen Eintrag im Telefonbuch mit der passenden Adresse und versuchte sofort sein Glück. Es dauerte nicht lange, dann meldete sich Chiara Rester. Doch statt einem selbstbewussten »Hallo« drang nur eine zitternde Stimme aus dem Hörer. »Bitte, lassen Sie uns in Ruhe. Wir geben keine Interviews, und wir wollen auch kein Kamerateam bei uns im Haus.«

»Chiara, hier ist der Gerhard ...«, begann er vorsichtig.

Am anderen Ende herrschte Schweigen.

»Der Leitner Gerhard. Hallo? Chiara? Bist du noch dran?«

Agathe fragte per Geste, was diese sagte, doch Leitner zuckte nur mit den Schultern. Gar nichts, formte er mit den Lippen.

»Gerhard? Wir haben lange nichts voneinander gehört.«

»Das stimmt ...«, sagte Leitner zögerlich und gab sich dann einen Ruck. »Ich habe erfahren, was euch vorgestern passiert ist. Es ... es tut mir schrecklich leid.«

Wieder eine unendlich lange Pause.

»Chiara?«

»Ja, ich bin noch da.«

»Hast du gehört, was ich gesagt habe?«

»Ja. Entschuldige bitte, ich bin noch ganz durcheinander.«

»Das kann ich mir vorstellen. Ich wollte dich auch nicht belästigen, aber ... wir müssen miteinander sprechen.«

»Warum?«

»Das kann ich dir am Telefon schlecht erklären ...« Er machte eine Pause und sah zu Agathe, die ihre Ungeduld nur mühsam im Zaum halten konnte. Im Telefon knackte es, dann hörte Leitner wieder Chiaras Stimme.

»Warum kommst du dann nicht bei uns vorbei?«

Damit hatte er nicht gerechnet. Perplex sagte er: »Okay …«

Chiara kicherte kurz. »Es tut sehr gut, deine Stimme zu hören. Weißt du, wo ich wohne?«

»Ja, deine Adresse steht im Telefonbuch.«

Sie kicherte noch einmal, und Leitner schalt sich einen Narren, den letzten Satz gesagt zu haben. Rasch fragte er: »Wann würde es dir denn passen?«

Diesmal kam die Antwort sofort. »Komm heute Abend zu uns. So um sechs, ja?«

»Ist gut …«

»Bis dann!«

Chiara hatte ohne ein weiteres Wort aufgelegt. Nachdenklich starrte Leitner auf das Display seines Smartphones.

Agathe betrachtete ihren Kollegen mit einigem Abstand. »Na und? Was is nu?«

»Wir sollen vorbeikommen. Heute Abend um sechs.«

»Aber das ist doch wunderbar. Und deswegen guckst du wie vom Donner gerührt? Ich würde vorschlagen, dass du gleich den ersten Teil unseres Berichtes für unsere Chef-Schreckschraube tippst, ich in der Zwischenzeit noch ein paar Sachen im Supermarkt besorge, und wenn wir beide fertig sind, können wir bestimmt schon losfahren.« Agathe schnappte sich einen Stoffbeutel und ließ ihren Geldbeutel hineinfallen.

Leitner rief schon das Schreibprogramm auf seinem Notebook auf, als er meinte: »Warum muss eigentlich ich tippen?«

»Weil du dran bist«, flötete Agathe und zog die Küchentür hinter sich zu.

Leitner begann also ohne große Lust, den Bericht zu verfassen, und rechnete nebenher nach – es kam ihm so vor, als hätte er die lästige berufliche Pflicht schon die letzten drei Male übernehmen müssen. Von wegen abwechselnd. Aber irgendwie war er ja auch selbst dran schuld. Er nahm sich vor, in Zukunft besser aufzupassen.

3

Das Haus in der Eichenstraße in Wackersdorf fiel einem in der Tat bereits auf der B 85 auf, sofern man den Blick schweifen ließ. Es handelte sich um einen Bau mit quadratischer Grundfläche und drei Stockwerken. Die Architekten hatten manche Fenster und Balkone ein wenig zurückgesetzt, sodass einige Ecken zu fehlen schienen, was jedoch zum besonderen Reiz des Gebäudes beitrug und ihm das Prädikat »Hingucker« verlieh.

Agathe und Leitner suchten an der Haustür nach der Klingel. Auf dem Bedienfeld daneben waren außer der Zahlentastatur noch weitere Knöpfe mit verschiedenen Symbolen darauf. Leitner versuchte mit zusammengekniffenen Augen, den Knopf mit dem Klingelzeichen zu erkennen.

»Das hätten sie auch noch kleiner draufmalen können«, brummte er, als er fündig wurde.

Es dauerte nur wenige Sekunden, bevor Dr. Chiara Rester ihnen öffnete. »Hallo, Gerhard!«, sagte sie freundlich.

»Servus, Chiara«, erwiderte Leitner.

Nach einem Moment gab sich Chiara einen Ruck, umarmte Leitner zur Begrüßung und drückte ihm einen schnellen Kuss auf die Wange. »Schön, dich wiederzusehen!«

Leitner ging einen Schritt zur Seite. »Dürfen wir reinkommen?«, fragte er.

Erst jetzt bemerkte Chiara auch Agathe und streckte ihr die Hand hin. »Aber natürlich, gern. Kommt, ich gehe mal voraus.«

Die drei gingen durch einen breiten Korridor mit grauem Marmorboden in Richtung Wohnzimmer. Durch dessen Glaswände hatte man einen atemberaubenden Blick auf das abendliche Schwandorf. Der Raum bestand aus zwei Bereichen, mit einem großen Esstisch aus Massivholz in einem und einer gemütlich aussehenden Ledercouchgarnitur im anderen. Dorthin führte Chiara ihre Gäste und bot ihnen einen Sitzplatz an. »Wollt ihr etwas trinken?«, fragte sie. Als Leitner und Agathe kurz zögerten, fügte sie hinzu: »Ich habe mir gerade einen Gin Tonic gemacht, den hatte ich bitter nötig …«

Sie ging zu einer Anrichte aus Edelstahl und Glas, in der sich die Hausbar verbarg. Leitner verfolgte jede ihrer Bewegungen, was wiederum Agathe nicht entging. Sie konnte verstehen, dass ein Mann Chiara Rester gern ansah. Agathe schätzte sie auf eins fünfundsechzig und vom Alter her auf knapp unter dreißig, sie hatte eine zierliche Figur und weder Bäuchlein noch sonstige Problemzonen. Ihre pechschwarzen Haare trug sie offen, sodass sie ihre Schultern umspielten. Sie hatten die gleiche Farbe wie Chiaras Augen, die trotz ihrer Dunkelheit aus ihrem hellen Gesicht mit dem makellosen Teint zu leuchten schienen. Auch für Agathe herrschte kein Zweifel – Chiara Rester war eine attraktive junge Frau.

Sie brachte ihren Gästen zwei Longdrinkgläser, die mit einer Zitronenscheibe dekoriert waren. »Ich nehme an, es ist kein Zufall, dass ihr beiden mich ausgerechnet heute besucht?«

Leitner räusperte sich. »Das stimmt. Wir haben gehört, was an deiner Hochzeit passiert ist. Draußen an der Kugel.«

Chiaras Körper versteifte sich. »Das habe ich mir gedacht. Denn sonst haben wir uns ja nie groß für unsere gegenseitigen Beziehungen interessiert.«

Als ihr Blick auf Agathe fiel, sagte Leitner rasch: »Damit hast du recht. Aber das hier ist nicht so, wie du denkst. Agathe und ich sind Kollegen. Wir sind sozusagen beruflich hier.«

»Ach so. Berufliche Kollegen. Was muss ich mir denn darunter vorstellen?«

»Chiara – wir können uns doch duzen, oder?«, mischte sich Agathe ein.

»Natürlich.«

»Wunderbar. Also, Chiara, wir sind hier, weil wir ermitteln, wie der Todesfall an der Kugel passieren konnte.«

Chiara sah zu Leitner. »Ihr seid doch nicht etwa bei der Kripo? Ich dachte, du lebst von der Musik und von deinem Technikverleih, Gerhard?«

»Nicht mehr, das Geschäft hat der Kammerl Dominik übernommen.« In kurzen Worten erklärte Leitner ihr, was sein und Agathes Beruf war.

Daraufhin setzte sich auch Chiara zu ihnen auf das Sofa. »Und was wollt ihr jetzt genau wissen?«, fragte sie schließlich.

»Magst du uns vielleicht erzählen, was passiert ist, als dein Mann an deiner Brautentführung an der Kugel eintraf?«, fragte Agathe.

Chiara nahm einen kleinen Schluck Gin Tonic, um sich zu sammeln.

Den Detektiven kam es so vor, als würde es ihr nach dem harmlosen Vorgeplänkel schwerer fallen als gedacht, sich auf den Todesfall zu konzentrieren. Die leisen Worte kamen ihr nur schleppend über die Lippen.

»Paul hat lange gebraucht, bis er uns fand. Seine Kumpel hatten ihn vorher zum Sportheim geschickt, wo er früher Tennis gespielt hat, und dann noch in die ›Kostbar‹, weil wir da häufig gemeinsam sind. Aber schließlich traf er doch bei uns am Steinberger See ein. Wir feierten oben auf der Kugel so ausgiebig, dass ich das am Anfang gar nicht mitbekommen habe. Erst die Emma …« Chiara schluckte kurz. »Die Emma hat sie als Erste gesehen.« Sie musste sich eine Träne aus den Augen wischen. »Paul hat dann raufgeschrien, dass er mich schon lange vermisst habe und froh sei, mich endlich gefunden zu haben.«

»Die Kugel ist doch vierzig Meter hoch, und die Kapelle war auch dabei, trotzdem hast du ihn ohne Weiteres verstanden?«, fragte Agathe behutsam.

Chiara lächelte durch ihr Schniefen hindurch. »Das war alles schon im Vorfeld organisiert worden. Wir hatten zwei Megafone von der Freiwilligen Feuerwehr dabei. Eins für den Paul unten und eins für mich oben. Damit ging's.«

»Was geschah weiter?«, wollte Leitner wissen.

Chiara wurde von einem Weinkrampf geschüttelt. »Ich hatte die schlimmste Idee meines Lebens …«, flüsterte sie, dann versagte ihre Stimme.

Leitner und Agathe tauschten ratlose Blicke. Leitner wollte schon aufstehen und sich neben Chiara setzen, um sie zu trösten, als diese fortfuhr: »Emma hatte mir gesagt, dass sie planten, mich durch die Röhre nach unten zu schicken. Ich sollte Paul mit Schwung in die Arme rutschen.«

Wieder entstand eine Pause. »Aber so kam es nicht?«, fragte Agathe schließlich.

Chiara schüttelte den Kopf. »Nein ... so kam es nicht. Ich ... ich habe Emma in den Tod geschickt.«

Nun gewann ihre Trauer die Oberhand. Leitner erhob sich und nahm neben ihr Platz. Er drückte sie an seine Schulter und wartete, bis sie sich ein bisschen beruhigt hatte. »Du hast sie nicht in den Tod geschickt, Chiara. Erzähl uns einfach, was dann passiert ist. Ganz langsam.«

Sie rang um Fassung und sagte schließlich: »Auch Axel Frimberger war Teil der Hochzeitsgesellschaft.«

»Wer ist das?«, fragte Leitner.

»Der Verlobte von Emma. Sie wollten als Nächstes in unserem Freundeskreis heiraten, darum bin ich ja überhaupt erst auf die Idee gekommen.«

Weitere Schluchzer veranlassten Agathe, ihre Taschen nach einem Papiertaschentuch zu durchsuchen. Da sie keines fand, schweifte ihr Blick durch das Wohnzimmer, und sie erblickte im Wandregal neben der Hausbar eine Box mit Taschentüchern. Sie stand auf, holte sie und reichte sie Chiara. »Welche Idee?«, fragte sie.

Als Agathe die Box wieder an ihren Platz zurückstellte, fielen ihr die zahlreichen Wimpel, Abzeichen und Glasfiguren auf, die in einem verglasten Fach des Regals standen. Die Wimpel sahen nach Sportverein aus. Zu viel Schnickschnack für Agathes Geschmack. Sie wandte sich wieder Chiara zu, die sich zwischenzeitlich die Tränen weggewischt hatte.

»Auf welche Idee bist du gekommen, Chiara?«, hakte Leitner sanft nach.

Sie warf das benutzte Taschentuch auf den Wohnzimmertisch. »Zu tauschen.«

»Wer hat was getauscht?«

»Ich mit Emma. Den Brautstrauß und den Schleier.«

Leitner und Agathe blickten sich kurz verständnislos an.

Als Chiara das bemerkte, sagte sie: »Kennt ihr das nicht? Passiert auf jeder Hochzeitsfeier. Normalerweise wird gegen Mitternacht der Braut der Schleier abgetanzt, die dann auch den Strauß wirft, sodass die nächste Braut ihn fangen kann.«

»Stimmt, das ist der Brauch«, meinte Leitner.

»Und ich wollte ihn eben ein wenig abändern. Ich dachte, es wäre eine witzige Überraschung, wenn unten aus der Röhre nicht ich, sondern die nächste Braut rausrutscht, eben nicht erst um Mitternacht.«

»Ach so, jetzt kapiere ich«, sagte Leitner.

Um Verständnis flehend sagte Chiara zu Agathe: »Das hätte bestimmt ein Riesenhallo gegeben, weil niemand damit gerechnet hätte. Ich hatte mir das so lustig ausgemalt …«

Agathe versuchte, sich die Situation vorzustellen. »Das war also eine spontane Idee?«

Chiara nickte heftig. »Aus dem Bauch raus. Wir waren alle so ausgelassen und fröhlich, da hielten Emma und ich es für eine tolle Sache.«

Nun war es Agathe, die die Mundwinkel leicht verzog und dabei nickte, als hätte sie jetzt erst die Situation in Gänze erfasst. »Also habt ihr gewartet, bis eure Gäste unten waren? Ich meine, Emma und du?«

»Genau. Nur noch wir beide waren oben auf der Plattform. Dass wir getauscht hatten, konnte von unten niemand sehen. Dann ist Emma in die Rutsche gestiegen, und irgendwo auf halber Höhe muss sie diese Kugel erwischt haben.« Chiara beruhigte sich mit einem weiteren Schluck Gin Tonic.

Agathe kehrte wieder zur Sitzgruppe zurück und nahm Platz. »Wie hast du bemerkt, dass etwas nicht stimmte? Hast du einen Schuss gehört?«

»Nein, ich habe das erst mitbekommen, als die Musik zu spielen aufhörte. Nachdem Emma losgerutscht war, bin ich sofort nach rechts zum Geländer der Plattform gelaufen. Von dort sah ich, wie Emma unten aus der Rutsche auftauchte. Aber ich habe nicht sofort bemerkt, dass mit ihr etwas nicht in Ordnung war. Es kam mir zwar ein bisschen merkwürdig vor, dass sie sich nicht aufrichtete und aufstand, aber erst, als die Musik verstummt ist und jemand laut aufgeschrien hat, bin auch ich nach unten gelaufen.« Ihr Blick glitt ins Leere. »Ich werde das nie vergessen, wie sie dann da unten vor mir lag. Mit ihrem zerfetzten Schädel ...«

Wieder rannen Tränen über Chiaras Wangen, und wieder drückte Leitner sie an sich.

»Was macht ihr denn da?«, schnitt plötzlich eine zwar leise, aber scharfe Stimme durch die Stille.

Leitner und Chiara zuckten zusammen, als hätte man sie bei einem anstößigeren Akt erwischt als einer tröstenden Umarmung, und auch Agathe fuhr erschrocken herum. Von der Wohnzimmertür her näherte sich ein kleiner und sehr schlanker Mann. Die drei erhoben sich.

Chiara trocknete ihr Gesicht mit einem weiteren Taschentuch und stammelte: »Das ... das sind der Gerhard und seine Kollegin ...« Sie hielt inne, weil Agathes Name bislang nicht gefallen war.

Leitner ergriff die Initiative und stellte sich vor: »Ich heiße Gerhard Leitner.«

»Und ich Agathe Viersen. Guten Abend.«

Agathe fiel auf, dass der Mann weder lächelte noch die Lachfältchen hatte, die ein heiterer Vierzigjähriger normalerweise aufweist. Dafür hatte er Segelohren und eine Glatze, die nicht nach Absicht aussah. Argwöhnisch beäugte der Mann die Gäste.

Chiara versuchte, die Situation zu entspannen. »Das ist mein Mann, Paul Rester.« Sie wandte sich zu ihm um. »Gerhard und Agathe arbeiten für die Versicherung von der ›Kugelwirtschaft‹.«

Rester blieb auf Distanz. »Glauben Sie nicht, Sie hätten für Ihren Besuch einen anderen Zeitpunkt wählen sollen? Das schreckliche Unglück ist erst vorgestern passiert. Uns allen steckt noch der Schock in den Knochen.«

Instinktiv fühlte Agathe, dass sie besser mit Paul Rester klarkommen würde als ihr Kollege, und sie erwiderte: »Das ist uns natürlich bewusst, aber wir haben keine andere Möglichkeit. In diesem Fall drängt die Zeit.«

»Was nicht unser Problem ist.«

Agathe schwieg aus Höflichkeit eine Sekunde.

Paul Rester ließ die Pause nicht ungenutzt und wandte sich an Leitner. »Außerdem: Gehört es bei Ihrer Versicherungsgesellschaft zum üblichen Geschäftsgebaren, dass Sie in fremden Häusern auftauchen und Frauen umarmen?«

Leitner stellten sich beim Klang von Resters Stimme die Nackenhaare auf. Der Tonfall, der in seinen Ohren nach einem Dominantseptakkord in H-Dur klang, löste unmittelbar Antipathie in ihm aus.

Da ihm auf Resters Vorwurf jedoch um die Burg keine passende Antwort einfiel, war er froh, als Chiara sagte: »Paul, Gerhard und ich kennen uns von früher. Ich habe doch vor einigen Jahren als Kirwamoidl um den Baum getanzt. In Wirkendorf, weißt du?«

»Und?«, gab Rester barsch zurück.

»Zu der Zeit war der Gerhard noch Kirwamusikant. Da sind wir uns begegnet.«

Resters Augen wanderten feindselig von Chiara zu Leitner.

»Sehen Sie, Herr Rester«, versuchte Agathe noch einmal ihr Glück, »es wäre wirklich hilfreich, wenn Sie uns noch einige Informationen über den Verlauf des Samstagnachmittags geben könnten.«

»Nein!« Rester baute sich wie ein Schutzschild vor seiner Frau auf. »Die Unterhaltung ist hiermit beendet. Sie sehen doch selbst, dass Chiara noch unter Schock steht, und mit Ihrer Anwesenheit beschwören Sie womöglich einen weiteren hysterischen Anfall herauf.«

Einen weiteren?, dachte Agathe. Chiara hat geweint, was nach dem Tod ihrer besten Freundin auf der eigenen Hochzeit durchaus verständlich ist. Von einem hysterischen Anfall keine Spur! Ist anscheinend ein Sensibelchen, der kleine Rester …

»Können Sie uns nicht wenigstens verraten, ob Sie einen Schuss gehört haben oder –«

»Nein!«, schrie Rester abermals. »Dieser Jagdunfall geht uns nichts weiter an und Ihre Versicherung ebenso wenig. Ich darf Sie nun höflich bitten zu gehen!«

Leitner suchte Blickkontakt zu Chiara, aber die sah ins Leere. Er wollte auf sie zugehen, doch Rester durchbohrte ihn mit seinem stechenden Blick.

Agathe stellte sich neben das Ehepaar. »Wir gehen natürlich, wenn Sie es wünschen. Vielleicht können wir uns ja ein andermal etwas ausführlicher unterhalten, wenn es Ihrer Frau wieder besser geht.«

Ohne Leitner aus den Augen zu lassen, sagte Rester: »Das wird noch einige Zeit dauern. Guten Tag!«

Nach dieser Abfuhr schlenderten Leitner und Agathe langsam von Resters Haus zu ihrem Wagen.

»Das ist vielleicht ein Trottel«, sagte Agathe.

Leitner pflichtete ihr bei: »Ich hatte diesen Typen vorher noch nie gesehen, aber es hat nur einen Satz von ihm gebraucht, dass er mir unsympathisch war.« Er sperrte das Auto auf.

»Hast du seine abstehenden Ohren bemerkt? Irgendwie passend zu seinem Eierkopf.«

»Ich tippe darauf, dass Dominik recht hatte und er ein sehr erfolgreicher Mann ist. Wegen des Aussehens oder seiner Herzlichkeit kann Chiara ihn jedenfalls nicht geheiratet haben. Außerdem scheint er noch keinen wirklichen hysterischen Anfall einer Frau mitbekommen zu haben, wenn ihn das bisschen Rumgeheule schon aus der Bahn wirft.«

Als die Detektive losfuhren, schmunzelten sie noch immer über den Auftritt dieses Giftzwerges.

»Aber Chiara ist sehr hübsch«, sagte Agathe dann.

»Das stimmt«, murmelte Leitner, bog zweimal rechts ab und steuerte den BMW wieder auf die Bundesstraße Richtung Schwandorf.

Auf Höhe der Supermärkte und Discounter sagte Agathe: »Wirklich ergiebig war unser Gespräch nicht.«

»Nein, das kann man nicht gerade behaupten«, stimmte ihr Leitner zu.

»Wir wissen ja noch nicht einmal, was das genau für eine Kugel war, die Emma Geiger getötet hat.« Sie zog eine Schnute, was sie meistens dann tat, wenn sie sich einen Plan zurechtlegte. Leitner bemerkte das und fragte: »Hast du eine Idee, wo wir weitermachen können?«

»Allerdings«, erwiderte sie mit fester Stimme.

Er musste nicht hinsehen. Er erkannte an ihrem Tonfall, dass die Schnute einem Lächeln gewichen und das ihm so vertraute schwarze Funkeln in Agathes Augen getreten war. »Schieß los.«

»Du kennst doch bestimmt ein paar Jäger aus der Gegend, nicht wahr?«

»Selbstverständlich«, sagte Leitner.

»Gut. Wo kann man die treffen?«

»Die sitzen fast jeden Abend auf einer Jagdhütte oder an den verschiedenen Stammtischen beieinander.«

»Und wo sitzen die heute?«

»Heute?« Leitner sah auf die Uhr am Armaturenbrett. Es war achtzehn Uhr sechsundfünfzig.

»Heute ist Montag … da treffen sie sich in Kreith.«

»Na fein!« Agathe klatschte in die Hände. »Dann wirfst du mich an der Wohnung raus und fragst mal bei den Jägern nach, ob unser Fall wirklich ein Jagdunfall gewesen sein könnte.«

Leitner ging kurz im Kopf durch, ob dieser Plan durchführbar war. »Kann ich machen«, sagte er schließlich. »Die sind zwar gern unter sich, aber ein paar Fragen werden sie mir schon beantworten.«

»Siehste!«

»Und du?«

»Ich mache für heute Feierabend und fahre morgen als Erstes nach Amberg zur Kripo.«

Leitner winkte ab. »Ach ja, zu unserem alten Freund Hauptkommissar Deckert.«

»Just zu jenem.«

»Der hat uns doch beim letzten Mal schon gesagt, dass er uns eigentlich keine Details zu einem laufenden Fall verraten darf.«

Jetzt war es Agathe, die abwinkte. »Der wird schon reden, vertrau mir.«

»Warum bist du dir so sicher?«

Sie lächelte. »Weil wir erstens schon zweimal Mordfälle aufgeklärt haben, bei denen die Polizei zuerst nicht mal von einem Verbrechen ausging. Und weil die Verhaftungen der Mörder in den Augen der Öffentlichkeit immerhin seine Erfolge waren. Also hat er einen Kranz aus Lorbeeren auf dem Kopf, den wir für ihn gewunden haben.«

Leitner dachte einen Augenblick darüber nach, dann fragte er: »Und zweitens?«

»Zweitens will ich ja nicht wirklich verbotene Sachen erfahren. Ich will nur *früher* ein paar Dinge wissen, die später sowieso in der offiziellen Mitteilung an die Zeitungen und das Fernsehen gehen.«

»Versuchen kannst du es ja.«

»Genau. Hoffentlich sagt er mir, was für ein Projektil Emma Geiger getötet hat.«

Damit endete die Unterhaltung der beiden Detektive. Leitner ließ Agathe wie gewünscht in der Klosterstraße aussteigen und fuhr weiter über den Adolf-Kolping-Platz zur Naabuferstraße. Dort setzte er den Blinker rechts und stand nach wenigen Minuten vor dem Gasthaus Späth im westlichsten Stadtteil von Schwandorf.

4

Als Leitner die kleine Steintreppe des Gasthauses hinaufstieg, sah er bereits durch die Fenster, dass der Stammtisch heute gut besucht war. Da Leitners Vater ebenfalls zur jagenden Zunft gehörte, kannte er die meisten der Jäger in und um Schwandorf. Durch die geschlossene Tür vernahm er eine von Karl Einerdingers berühmten Schimpftiraden. In den Ohren von Nicht-Einheimischen klang das manchmal sehr grob, sodass sich so mancher Übernachtungsgast schon gefragt hatte, ob die eine oder andere Wortkanonade Einerdingers nicht ein gerichtliches Nachspiel haben würde.

»Du willst mir jetzt also erzählen, dass du einen Fuchs mit bloßer Hand vom Bau weggezogen hast?«, schrie Einerdinger soeben jemanden an.

Der Mann verteidigte sich. »Glaub mir's halt! Der ist vom Hasenbau weg, und zwar so blöd, dass ich ihn mit der Hand erwischt und an den nächsten Baum geschleudert habe.«

Leitner öffnete die Tür und lauschte weiter dem Jägerlatein.

»Freilich! Ist schon klar. Und wann war das noch mal genau?«, erkundigte sich Einerdinger gerade mit ironischem Unterton.

»Vor ein paar Monaten, im Winter.«

»Aber sicher, und der Fuchs ist auf den Baum geklettert, und dann sind wahrscheinlich auch noch Nüsse und Äpfel runtergefallen. Tut doch dem Mann mal das Bier weg.«

Die anderen Anwesenden feixten.

»Wirtin! Der Sepp kriegt jetzt kein Bier mehr, bloß noch eine Limo!«, schrie Einerdinger, und die anderen zehn Stammtischbrüder kamen mit dem Kichern und Glucksen kaum noch nach.

Leitner näherte sich dem Tisch, als der erste Jäger rief: »Auweh, jetzt kommt die Marschmusik!«

Ein anderer heuchelte Enttäuschung. »Bisher war das so ein

schöner Abend, und jetzt muss ausgerechnet der Sohn vom Staudenjäger daherkommen.«

Leitner steckte die erwarteten »Höflichkeiten« weg und zog sich einen Stuhl heran.

»Was soll denn das?«, tat Einerdinger empört. »Jetzt will sich der Bettelmusikant auch noch zu den anständigen Leuten hersetzen?«

»Rutsch halt einen Meter!«, parierte Leitner. »Wir stehen auf, wenn anständige Menschen kommen, aber bis jetzt seh ich hier noch keinen …«

Die anderen grinsten breit, weil sie es mochten, wenn jemand Karl Einerdinger Kontra gab.

Der ließ sich natürlich nicht lange bitten und fuhr fort: »Du glaubst es nicht! Früher waren die armen Musikanten froh, wenn sie von uns einen Schluck Bier und eine Streichwurstsemmel bekommen haben.«

»Ja mei«, mischte sich Bernd Karstl, ein anderer Jäger, ein. »Die Zeiten ändern sich. Vielleicht mögen sie heute keine Streichwurst mehr, sondern nur noch vegane Kost? Das wär doch auch mal was für dich.«

Leitner nickte kurz der Wirtin zu, um ein Bier zu ordern. Andere Getränke hätte man laut bestellen müssen.

»Vegan?«, schrie Einerdinger und tat so, als stünde er kurz vor einem Herzinfarkt. »Vegan, vegan! Dir geb ich gleich vegan! Früher haben wir im Garten die Brennnesseln und den Giersch ausgerissen, damit was Gescheites wächst, und heute sollen wir's fressen?«

Karstl triezte Einerdinger weiter. »Nun ja, das ist gut für die Figur, davon wird man rank und schlank. Du derschnaufst ja nicht mal mehr die drei Stufen ins Wirtshaus, aber als Veganer wirst du wieder leicht und frei wie ein Vogel.«

Einerdinger nahm sein Bierglas. »Vogel?«, murmelte er, bevor er seinen Schnauzbart ins Bier tunkte. »Ja, da herinnen, wenn ich mich umschaue, da hocken schon ein paar Vögel herum …«

Als der Jäger ausgetrunken hatte, meinte Leitner: »Du, sag mal, Karl –«

Weiter kam er nicht, denn Einerdinger steckte gerade voll in seiner Paraderolle als Grantler. »Was willst denn du eigentlich schon wieder? Jetzt hast du schon einen Sitzplatz und darfst sogar ein Bier saufen und willst auch noch das Erzählen anfangen? Kann man hier nicht einmal einen ruhigen Abend haben?«

»Schon«, meinte Bernd Karstl trocken, »aber dafür musst du zu Hause bleiben, Karl.«

Wieder gab es Gelächter unter den Anwesenden.

Um das Thema zu wechseln, sagte Leitner: »Siehst du, hier wird wenigstens gelacht. Ich war heute bei der Holzkugel, da draußen herrscht keine gute Stimmung.«

»Ist ja auch logisch!«, sagte Einerdinger im Brustton der Überzeugung.

»Warum denn?«, warf ein anderer Jäger ein, der sich bislang nicht an der Unterhaltung beteiligt hatte. »Was ist passiert?«

»Ja, das glaube ich gern, dass du davon nix mitbekommen hast.« Einerdinger wurde wieder lauter und fuchtelte mit der Hand herum. »Du merkst ja nicht einmal, dass du schon dreißig Jahre verheiratet bist, obwohl du mit deiner Frau vor dem Pfarrer gestanden bist!«

Wieder Lachen, aber keine Erklärung für den Unwissenden. Den übrigen Jägern war es freilich nicht entgangen, dass vor zwei Tagen eine junge Frau gestorben war. Da es sich um eine Schussverletzung handelte, rückten in der Öffentlichkeit natürlich auch die Jäger und Förster in den Fokus.

»Die von der Kugel haben im Augenblick wirklich wenig Grund zum Lachen, mit einer Leiche in der Rutsche«, nahm nun Bernd Karstl das Thema wieder auf. »Das wirft natürlich Schatten.«

»Hör mir bloß auf!«, winkte Einerdinger ab. »Den ganzen Vormittag ist bei mir das Telefon nicht stillgestanden. Eine Zeitung nach der anderen, das Radio und Fernsehen und was weiß ich noch alles!«

Leitner nickte, er hatte damit gerechnet, dass sich die Medien nach einem solchen Zwischenfall beim Vorsitzenden des

Schwandorfer Jägervereines melden würden. »Denen wär's am liebsten, ich könnte ihnen sagen, wer da draußen geschossen hat und warum. Aber das weiß ich doch auch nicht! Und dann wollten sie auch noch was von mir zu härteren Waffengesetzen wissen und so weiter ...«

»Wenn man wenigstens mehr darüber erfahren würde, wie es dazu gekommen ist ...«, klopfte Leitner ein wenig auf den Busch.

Bernd Karstl zuckte mit den Schultern und meinte wie selbstverständlich: »Das war ein Abpraller. Anders kann ich es mir nicht erklären.«

»Du meinst, jemand hat eigentlich auf etwas anderes im Wald gezielt, aber dann ist die Kugel auf etwas getroffen, das sie abgelenkt hat?«

Karstl nickte. »Die braucht bloß blöd gegen einen Stein am Boden geknallt zu sein.«

»Ein Stück hartes Holz langt schon, dass die Kugel abgelenkt wird. Kommt halt ganz auf den Winkel drauf an«, fügte Einerdinger hinzu. »Darum gibt es bei einer Jagd ja Mindestabstände zu Straßen, Häusern und Wegen, ab denen man erst schießen darf. Vorschriften zur Absicherung. Registrierung der Waffen und so weiter.«

»Apropos Registrierung«, hakte Leitner ein, »es ist doch nur eine Frage der Zeit, bis die Polizei die richtige Waffe zu der Kugel findet, oder?«

»Kommt ganz drauf an«, sagte Karstl. »Wenn sie das Projektil haben, schon. Anders sieht es aus, wenn es zu stark verformt ist, was bei Querschlägern immer mal passieren kann.«

»Du bist auch so ein Querschläger«, sagte Einerdinger abfällig. »Schau dich mal im Spiegel an, wie verformt du bist!«

Durch diese Bemerkung wurde die Stimmung am Tisch wieder etwas fröhlicher.

»Wir als Jäger können nur hoffen, dass es keiner von uns war, der da Blödsinn gemacht hat«, merkte Karstl noch an. »Hatten wir ja erst vor gar nicht allzu langer Zeit in Nittenau. Solche Vorkommnisse bringen immer unseren ganzen Stand in Verruf.«

»In Verruf? Du bist doch schon in Verruf geraten, bloß weißt du das nicht, weil es dir keiner sagt!«, frotzelte Einerdinger.

Leitner hörte der Gaudi noch ein paar Minuten zu, dann bezahlte er sein Bier und sagte zu Karstl: »Du kennst doch das Areal da unten an der Kugel. Das nächste Waldstück ist ein paar hundert Meter entfernt, fliegen eure Gewehrkugeln überhaupt so weit?«

»*Dem seine* bestimmt nicht, weil der ja mit der Erbsenpistole schießt«, antwortete Einerdinger in Richtung Karstl.

Der wandte sich grinsend an Leitner. »Na ja, zielgenau ist die Munition, die wir verwenden, auf vielleicht hundertzwanzig Meter. Alles darüber hinaus ist Glückssache. Aber Abpraller können sehr weit fliegen und damit auch zu einem solchen Unfall führen.«

Leitner speicherte rasch das Gehörte ab. »Danke für die Auskunft«, sagte er schließlich. »Obwohl mein Vater Jäger ist, habe ich selbst nie einen richtigen Bezug dazu entwickelt, aber jetzt weiß ich schon mehr.«

»Hast du gehört, was du angerichtet hast, Karstl? Jetzt weiß er mehr über Waffen. Das nächste Mal, wenn er auf die Bühne geht, lädt er seine Trompete mit einer .357er Magnum, so weit kommt's noch!«

Auch Leitner musste nun schmunzeln. Er wusste, dass Einerdinger stets so gut informiert war, dass ihm eigentlich bekannt sein musste, dass er schon seit einiger Zeit nicht mehr als Kirwamusikant, sondern für die Jacortia-Versicherung unterwegs war. Aber das Derblecken gehörte an einem Jägerstammtisch ebenso dazu wie der süße Senf zur Weißwurst, und darum ließ er sich die Scherze gern gefallen. Er verabschiedete sich und hoffte beim Nachhausefahren, dass Agathe morgen bei der Kriminalpolizei mehr Einzelheiten über die mysteriöse Gewehrkugel und den Vorfall an der Holzkugel herausfinden würde.

5

Das Gebäude der Kriminalpolizei Amberg war Agathe nicht unbekannt, hatte sie hier doch schon des Öfteren mit Hauptkommissar Deckert zu tun gehabt. Als sie sein Dienstzimmer erreichte, fand sie die Tür einen Spaltbreit offen, stieß sie auf und lugte hinein. Deckert telefonierte zwar, bedeutete ihr aber, hereinzukommen und sich zu setzen. Nachdem der Hauptkommissar seinem Gesprächspartner am anderen Ende der Leitung eine rasche Zustellung eines Berichtes versprochen hatte, legte er auf. »Frau Viersen«, sagte er und stand kurz auf, um ihr die Hand zu schütteln. »Das ist zwar schön, dass wir uns wiedersehen, aber meistens kein gutes Zeichen.«

Agathe lächelte und wiegte leicht den Kopf.

Der Hauptkommissar drehte sich auf seinem Bürostuhl mit den Füßen immer abwechselnd neunzig Grad in die eine und dann in die andere Richtung. »Das ist mein voller Ernst. Jedes Mal, wenn Sie bisher hier waren, kam ein handfester Mordfall heraus. Bitte sagen Sie mir, dass nicht schon wieder ein Mord bei uns passiert ist, den wir übersehen haben.«

»Nein«, sagte Agathe, »diesmal waren Sie von der Kripo die Ersten am Tatort bei der Leiche.«

»Wovon sprechen Sie?«

»Von der erschossenen Frau an der Holzkugel am Steinberger See. Von Emma Geiger.«

Deckert hielt in der Drehbewegung inne und lehnte sich nach vorn auf den Schreibtisch. »Da waren wir in der Tat die Ersten. Wenn Sie bereits den Namen der Toten wissen, nehme ich an, dass dieser Fall Ihre Versicherungsgesellschaft betrifft?«

Agathe klärte den Beamten kurz über die Zusammenhänge auf. »Es geht hier um Bares für die ›Kugelwirtschaft‹«, sagte sie schließlich. »Deswegen wäre es für uns wichtig, von Ihnen ein paar nähere Informationen zu den Todesumständen von Emma Geiger zu bekommen.«

Der Hauptkommissar ließ sich in seinem Stuhl nach hinten fallen. »Bitte tun Sie mir das nicht schon wieder an, Frau Viersen! Wann immer Sie von mir Informationen verlangen, sage ich Ihnen, dass es dafür die Pressestelle des Polizeipräsidiums Oberpfalz in Regensburg gibt.«

»Regensburg, 506, Durchwahl 1004, richtig. Nette Kollegen.« Sie schenkte ihm einen zuckersüßen Augenaufschlag.

Deckert griff nach einem Kugelschreiber und spielte nervös an der Druckmechanik herum. »Frau Viersen, ich komme in Teufels Küche. Die Kollegen werden doch irgendwann auch eins und eins zusammenzählen und herausfinden, von wem das kommt, wenn ich Ihnen ständig Informationen zuspiele.«

»Aber nicht doch, Herr Hauptkommissar. Und Sie wissen ja, dass wir gewissermaßen auch einmal Kollegen waren.«

Deckert sah sie mit dem Ausdruck eines Vaters an, der seinem Kind erklären soll, dass es ins Bett gehen soll, obwohl im Wohnzimmer noch die schönste Geburtstagsfeier im Gang ist.

»Ich arbeite nicht für die Presse«, fuhr Agathe fort, »und die Herren und Damen haben bisher weder von mir noch vom Kollegen Leitner je irgendwelche Interna erhalten.«

»Das mag schon sein, Frau Viersen, aber –«

»Außerdem steht das, was ich wissen will, doch eh spätestens morgen in einer Pressemitteilung. Können Sie mir nicht ein paar Einzelheiten vorweg verraten? Zum Beispiel zu dem Projektil, durch das Emma Geiger gestorben ist?«

Hauptkommissar Deckert ließ den Kugelschreiber fallen, stand auf und schloss die Tür zum Korridor. Als er hinter ihr stand, klatschte Agathe sich selbst lautlos Applaus. Das Kind hatte gewonnen und durfte noch länger mitfeiern.

Deckert kam zu seinem Schreibtisch zurück. »Es war eine Büchsenkugel, Kaliber .300 Winchester Magnum. Eine der von Jägern meistbenutzten Patronen.«

»Dann wurde die Kugel gefunden?«

»Was davon übrig war. Sie trat ziemlich genau an der linken Schläfe des Opfers ein und hat beim Austritt einen Großteil des Schädels auf der rechten hinteren Seite mitgerissen. Weil sich die Bewegungsenergie in das Schädelgewebe entladen hat, wurde die Geschossgeschwindigkeit extrem verringert.«

»Wo war das Projektil?«

»Es … lag in der Schädelmasse, die sich im Inneren der Röhre verteilt hatte.«

Agathe schluckte kurz, bevor sie weiterfragte: »Auf welcher Höhe ist das Geschoss denn in die Rutschbahn eingedrungen?«

Deckert griff zur Computermaus, klickte mehrmals und drehte seinen Bildschirm dann zu Agathe hin. Sie erblickte eine Fotografie der Holzkugel, die nach ihrer Einschätzung vom Parkplatz des Geländes aus gemacht worden war. In der Nähe der zweitobersten Plattform der Kugel war ein Pfeil. »Sie hatte noch nicht viele Meter in der Rutsche zurückgelegt. Es war gleich hier, bei der ersten Windung der Röhre.« Er drehte den Monitor wieder zu sich. »Ein Teil des Projektils fehlt, was bei einer abgelenkten Kugel aber normal ist. Die Dinger sind saugefährlich. Keine Chance, einzuschätzen, wo und mit welcher Geschwindigkeit sie auf- oder einschlagen werden.«

»Aber es war eine handelsübliche Patrone?«

»Material und Deformation des Projektils sprechen eine eindeutige Sprache.«

Agathe schob die Unterlippe etwas nach vorn, während sie nachdachte. »Ihr Fazit ist also welches?«, fragte sie.

Deckert hob die Hände und ließ sie etwas ratlos wieder auf den Tisch fallen. »Jagdunfall. Leider nicht der erste und wahrscheinlich auch nicht der letzte.«

»Stimmt, da hat es doch erst letztens einen gegeben«, sagte Agathe langsam.

»Falls Sie glauben, dass dieser Schuss absichtlich abgegeben wurde, dann muss ich Sie enttäuschen«, unterbrach Deckert ihre Gedanken.

Agathe sah ihn verschmitzt an. Er hatte tatsächlich ihre Gedanken erraten. »Dann eben nicht. Ich danke Ihnen trotzdem für Ihr Vertrauen in mich.«

Als sie sich anschickte zu gehen, rief Hauptkommissar Deckert ihr nach: »Einen Moment noch, Frau Viersen!«

Sie blieb stehen, während er etwas auf einen Block kritzelte, das Blatt abriss und auf sie zukam.

»Das ist meine Handynummer«, sagte Deckert.

Agathe sah ihn belustigt an.

»Ich … ich meine … Also …« Deckert kam aus dem Stottern kaum noch heraus. »Ich meine, wenn Sie mich mal außerhalb der Dienstzeiten anrufen wollen.«

Das Lächeln auf Agathes Lippen wurde immer breiter.

Der Hauptkommissar stammelte weiter: »Nein … Also nicht *so* … Ich meine, Sie dürfen mich auch so anrufen, aber …«

Agathe legte den Kopf schief, und Deckert schnaufte tief durch und erlangte seine Fassung wieder.

»Was ich sagen wollte, ist, dass Sie mich jederzeit anrufen können, wenn Sie bei Ihren Ermittlungen auf etwas stoßen, das wir von der Kripo wissen sollten.« Er versuchte angestrengt, eine souveräne Miene aufzusetzen.

Agathe spielte mit. »Nichts anderes habe ich vermutet. Ich danke Ihnen nochmals. Von Profi zu Profi.« Sie zwinkerte ihm zu.

Er versuchte sich an einer Art coolem Grinsen, woraufhin Agathe sich schnell verabschiedete, weil sie befürchtete, einem äußerst unhöflichen Lachanfall zu erliegen, sollte sie ihn noch länger ansehen müssen.

Auf dem Weg nach Hause meldete sich Leitner auf ihrem Telefon. »Du errätst nicht, wer gerade bei mir angerufen hat!«

»Wer denn?«

»Chiara Rester.«

»Nicht dein Ernst!«

»Doch. Sie hat gemeint, dass es ihr schon wesentlich besser ginge. Ihr Mann lässt seine Entschuldigung dafür übermitteln, dass er gestern so abweisend war, und sie wollen sich beide heute Abend mit uns treffen.«

»Das ist ja ein Ding!«

»Finde ich auch.«

»Das machen wir auf jeden Fall. Wann und wo?«

»In Wackersdorf, ›Rathausstube‹. Halb acht.«

»Gut. Dann wollen wir mal hoffen, dass Paul Rester seiner frischgebackenen Ehefrau heute nicht wieder so über den Mund fährt wie gestern.«

»Ja, das wollen wir hoffen«, sagte Leitner. »Aber ich glaube nicht, dass das passieren wird. So wie ich Chiara kenne … Die verträgt normalerweise schon ein Pfund und weiß sich zu helfen.«

Agathe legte auf und dachte über Leitners Tonfall bei seinen letzten Worten nach. Er hatte sich um eine Nuance verändert …

6

Im Traditionswirtshaus Rathausstube direkt neben dem Wackersdorfer Rathaus war dem Ehepaar Rester sowie Agathe Viersen und Gerhard Leitner ein stilvoll, aber nicht überladen dekorierter Tisch vis-à-vis der Eingangstür zugewiesen worden. Das Abendessen bei Rot- beziehungsweise Weißwein und Weißbier hatte aus zwei Wiener Schnitzeln, Pfefferlendchen und einem Fitnesssalat bestanden, und nun saßen Leitner und Agathe (jeweils Schnitzel und Weizen) Paul und Chiara Rester (Rot, Pfeffer und Weiß, Fitness) gegenüber und wussten nicht – abgesehen vom bisherigen Small Talk, wie lange es das Wirtshaus schon gebe, über welche Wirtschaftskraft die Gemeinde Wackersdorf verfüge und ob man schon das modernisierte Mehrgenerationenhaus besichtigt habe –, wie sie, ohne einen weiteren Anpfiff von Paul Rester zu kassieren, auf die tote Emma Geiger zu sprechen kommen könnten.

Folglich ging das Gepläenkel in eine weitere Runde, als Chiara fragte: »Wo kommst du eigentlich genau her, Agathe? Entschuldige, aber mit deiner Mundart stammst du nie und nimmer aus Bayern.«

Agathe lächelte milde. Das würde sie wohl den Rest ihres Lebens hier in der Oberpfalz erklären müssen.

»Geboren bin ich in Lübeck, aber dann für die Ausbildung nach Hamburg umgezogen.«

»Interessant. Paul war auch in Hamburg. Welche Ausbildung war das denn?«

»Ich war früher bei der Polizei.«

»Das ist ja spannend! Paul, hast du das gehört? Agathe war auch bei der Polizei.«

Sofort nahm Agathe den Ball auf. »Warst du wohl auch bei den Grünen Brüdern, Paul?«

Rester hörte auf, mit dem Zahnstocher in seinen Zahnzwischenräumen herumzupulen, und zerbiss ein letztes Fitzelchen

Pfefferlendchen, das er offenbar erfolgreich herausoperiert hatte, bevor er sagte: »Bei denen nicht, aber bei denen in Tarnfleck.«

»Feldjäger?«, fragte Leitner.

»Korrekt«, sagte Rester knapp.

»Feldjäger?«, fragte nun ihrerseits Agathe in die Runde.

»Das ist die Polizei der Bundeswehr, wenn man so will«, erklärte Leitner.

»Richtig«, sagte Rester und nahm seine Zahn-OP wieder auf.

»Warst du lange bei der Bundeswehr?«, wollte Leitner wissen.

»Zwölf Jahre«, nuschelte Rester an seinen Fingern vorbei. »Ich hatte mich damals für die Offizierslaufbahn entschieden.«

»Paul war überall stationiert«, gab Chiara an. »Wo warst du noch mal? In Dresden, Hamburg, Feldafing, nicht wahr?«

»Jaja, da führt einen die Offizierskarriere hin.«

»Und dann in Baden-Württemberg, wie hieß das da noch? Kaff?«

»Calw«, sagte Rester knapp. »Aber da war ich nicht lange, bevor ich mich selbstständig gemacht habe.«

Agathe nickte. »Bei mir war es auch eine kleine Weltreise, bis ich schließlich hier in Schwandorf gelandet bin.« Sie schilderte ihre Stationen in Lübeck, Hamburg und München.

Chiara hörte interessiert zu und meinte dann: »Mich hat mein Weg aus der Oberpfalz nach Franken und wieder zurück geführt.«

»Du bist hier geboren?«, fragte Agathe.

»Echte Klardorferin. Das heißt, eigentlich Zielheimerin. Gehört aber zur Gemeinde.«

»Wo warst du eigentlich genau in Franken?«, wollte nun Leitner wissen.

»In Erlangen«, erwiderte Chiara. »Da habe ich Medizin studiert, an der Friedrich-Alexander-Universität.«

Agathe klatschte in die Hände. »Siehst du, ich wollte schon gestern bei unserem Besuch fragen, woher der ›Doktor‹ vor deinem Namen stammt.«

»Ich bin Chirurgin und heiße hochoffiziell Dr. med. Chiara Rester. Obwohl einige der Studenten inzwischen versuchen, den Titel bei uns Frauen in die korrekte weibliche lateinische Form ›Doktrix‹ umzubenennen. So ein Schwachsinn!«

»Doktrix Rester? Nicht wirklich, oder?«, wunderte sich Leitner. »Klingt wie der Druide bei Asterix.«

»Meine Meinung, Gerhard. Ich halte sowieso nicht viel von dem Genderwahnsinn. Eine starke Frau wird es im Leben immer schaffen, und eine schwache schafft es auch mit zwanzig Gleichstellungsbeauftragten nicht.«

Agathe hörte interessiert zu. Auch wenn sie im Prinzip Chiaras Meinung war, konnte sie sich vorstellen, dass diese sich damit manche weibliche Kollegin im Studium zur Feindin gemacht hatte, wenn sie ihre Ansichten so unverblümt wie gerade eben ausgesprochen hatte. »Und du als starke Frau hast dich in der Männerwelt der Ärzteschaft durchgeboxt?«, nahm Agathe den Faden wieder auf.

»Das war gar nicht so schwer. Es wird viel übertrieben.«

Leitner warf Agathe einen heimlichen Blick zu. Er wollte zu einem anderen Thema wechseln.

Sie bemerkte das und fragte: »Und warum bist du dann wieder in die Oberpfalz zurückgekommen?«

»Zuerst war ich Ärztin am Klinikum Erlangen, dann in Forchheim und in Schwandorf, und schließlich habe ich zu einer privaten Firma hier im Wackersdorfer Industriepark gewechselt.«

»Dann bist du gar keine Ärztin mehr?«, hakte Leitner nach.

»Ärztin bleibe ich mein Leben lang, aber ja, ich arbeite nicht mehr als Chirurgin. In der Privatwirtschaft habe ich einfach die besseren beruflichen Perspektiven.«

Leitner blickte zwischen Chiara und Paul Rester hin und her, dann zu Agathe und merkte schließlich an: »Scheint so, als wäre ich am Tisch der Einzige, der die Oberpfalz nie wirklich verlassen hat. Und was machst du, Paul, seit deinem Ausscheiden aus der Bundeswehr?«

Der Angesprochene brach den nun an beiden Enden mit

Spucke durchtränkten Zahnstocher in der Mitte durch und warf ihn auf den Tisch.

Die Bedienung bemerkte es, kam unauffällig zu ihnen und beseitigte das wenig appetitliche Werk.

Ohne der Frau einen Blick zu schenken, geschweige denn einen freundlichen, antwortete Rester: »Ich bin Unternehmensberater. Mache auch Steuersachen und so. Ihr würdet euch wahrscheinlich nur furchtbar langweilen, wenn ich Einzelheiten erzählen würde.«

»Dann lass es einfach, Paul«, sagte seine Ehefrau sanft.

Rester sah kurz auf sein Smartphone. »Und jetzt muss ich euch kurz verlassen. Ein Klient wartet noch auf meinen Rückruf, das duldet keine Verzögerung.« Damit verließ er den Tisch und ging auf die Straße hinaus.

»Wichtiger Mann«, sagte Leitner.

»Gerhard!«, zischte Agathe.

Erst jetzt wurde ihm bewusst, dass er seinen Gedanken laut ausgesprochen hatte.

Chiara musterte die betretenen Gesichter der Detektive. »Ich weiß, wie euch Paul vorkommen muss. Er ist halt durch und durch Profi in seinem Geschäft, da bleibt das Menschliche an Abenden wie diesem oder dem gestrigen manchmal ein bisschen auf der Strecke. Aber zu Hause ist er anders. Wir haben uns wirklich gern.«

»Das glauben wir dir«, sagte Leitner. »Aber auch heute macht er es uns nicht wirklich leichter, uns mit dir zu unterhalten. Du weißt, dass wir in dem Todesfall von Emma Geiger noch einige Informationen gebrauchen könnten.«

Chiaras Gesicht wurde ernster. »Ich glaube, Paul hat da einen Schutzwall errichtet.«

»Vor uns?«

»Vor sich selbst. Es will ihm einfach nicht in den Kopf, dass … Oh Mann, wie erkläre ich euch das bloß, ohne hysterisch zu wirken?« Chiara begann wie bei ihrem letzten Gespräch leicht zu zittern.

»Bleib ruhig«, sagte Leitner, als er das bemerkte.

»Das kann ich nicht. Paul will nicht kapieren, dass ich Emma in den Tod geschickt habe, verstehst du?«

»Jetzt mal langsam«, sagte Agathe kühl. »Es war sicherlich ein Schock, als du deine Trauzeugin da unten liegen gesehen hast. Gut, ihr habt dieses alberne Bäumchen-wechsel-dich-Spiel mit dem Schleier gemacht, und statt dir ist Emma runtergerutscht. Aber wie hättest du wissen können, dass in diesem Moment eine abgeprallte Kugel in die Röhre einschlagen würde?«

»Agathe hat recht«, assistierte Leitner seiner Kollegin. »Es ist und bleibt ein schrecklicher Jagdunfall. Du hast Emma nicht in den Tod geschickt.«

Chiara schluckte eine Träne hinunter. »Doch. Das habe ich«, sagte sie tonlos und rang um Fassung. Und fügte mit festerer Stimme nach einigen Sekunden hinzu: »Denn es war kein Jagdunfall, sondern Mord …«

Agathe und Leitner saßen wie vom Donner gerührt da. *Hat Chiara Rester das eben tatsächlich gesagt?*, fragten sich beide.

Agathe wollte herausfinden, ob Chiara tatsächlich einen Mordfall vermutete oder sich nur in Selbstbeschuldigungen erging, und wurde härter. »Das ist jetzt aber ein bisschen dicke aufgetragen, meinst du nicht auch?«

Chiara presste die Augen fest zusammen und versuchte, das Beben ihres Körpers, welches sie im Ärztealltag »Tremor« genannt hätte, zu unterdrücken.

Leitner übernahm pflichtgemäß den sanfteren Part der Befragung und wiederholte Chiaras letztes Wort: »Mord? Du meinst, der Anschlag war geplant?«

Chiara öffnete die Augen und sah ihn scharf an. »Ja, genau das meine ich, Gerhard!«

Es entstand eine unangenehme Pause, und Agathe kam es so vor, als ob auch die Belegschaft der »Rathausstube« sowie die umsitzenden Gäste die Stille mitbekämen. Sie versuchte, wieder Normalität herzustellen. »Chiara, ich will dir bestimmt nicht ans Bein pinkeln, aber Mord? Noch dazu an dieser Riesenkugel da draußen? Das glaube, wer will, aber mir ist das ein Pfund zu viel.«

Chiara würdigte Agathe keines Blickes. »Ich dachte mir schon, dass ihr mir nicht glaubt.«

»Du darfst nicht ungerecht sein, Chiara«, warf Leitner ein. »Sieh es mal von unserer Seite. Es ist doch einfach extrem unwahrscheinlich, dass jemand sich mit einem Gewehr ins Gebüsch schleicht, um dann einen Gast auf deiner Hochzeit zu erschießen.«

Chiara war jetzt vollkommen ruhig. »Das sage ich doch auch gar nicht. Es ging nicht um *irgendeinen* Gast.«

»Du willst uns also erzählen, dass jemand allen Ernstes ein Attentat geplant und vorbereitet hat?«, übernahm Agathe wieder. »Dass er es auf Emma Geiger abgesehen hatte?«

Chiara drehte sich wie in Zeitlupe zu Agathe. »Nein, Agathe. Das will ich auch nicht damit sagen. Emma war nicht das Ziel.«

»Sondern?«

Chiaras Gesicht glich dem einer Porzellanpuppe, als sie mit fester Stimme sagte: »Ich.«

7

»Darf's noch was sein?«, fragte die Bedienung, die eben an den Tisch trat.

»Ja, einen Obstler bitte«, sagte Leitner, der Chiaras Worte erst verdauen musste.

»Einen Obstler«, notierte die Servicekraft. »Das war's?«, flötete sie freundlich.

»Ja, das war's!«, schnauzte Agathe sie an. Nachdem sie sich der Bedienung auf diese schroffe Weise entledigt hatte, betrachtete sie Chiara einen Moment lang. Als diese schwieg, forderte Agathe sie auf: »Jetzt nenn mal endlich Ross und Reiter, was meinst du damit, dass du das Ziel warst?«

Chiaras Haltung entspannte sich, so als würde es ihr gleichgültig sein, was sie von ihrer Geschichte hielten. »Der Schuss wurde absichtlich abgefeuert und sollte eigentlich mich treffen.«

Leitner rutschte nervös auf seinem Stuhl herum.

»Wie kommst du darauf?«, fragte Agathe jetzt ganz professionell.

»Weil das nicht der erste Anschlag auf mein Leben war.«

»So, der Obstler für den Herrn!« Die Bedienung stellte das Glas vor Leitner ab.

Der betrachtete es eine Sekunde und schaute noch einmal zu Chiara, bevor er den Schnaps in einem Zug leerte und wegen des Brennens in seiner Kehle in bester Jogi-Löw-Manier geräuschvoll Luft durch die Mundwinkel zog. Dann fragte er: »Soll das heißen, es hat schon früher Attentate auf dich gegeben?«

»Genau.«

»Aber ...« Leitner rang nach Worten.

Chiara nahm ihr Weißweinglas und drehte es zwischen ihren Fingern. »Vor etwa einem Vierteljahr hat jemand die Bremsen meines Autos so manipuliert, dass sie versagten. Bei der Eiseskälte und Glätte, die damals herrschten, kam ich ins Schlingern, und als ich bremsen wollte, passierte nichts.«

»Das muss nichts bedeuten, Chiara. Autos sind anfällig für Schäden«, sagte Agathe.

»Aber ich war zwei Tage zuvor in der Werkstatt gewesen und hatte neue Winterreifen aufziehen lassen. Dort wurde mit Sicherheit ein Blick auf die Bremsen geworfen, als die Räder abmontiert waren. Die Mechaniker lassen sich doch garantiert kein Geschäft durch die Lappen gehen.«

Agathe wollte Chiara nicht weiter reizen, aber auch ihr Schweigen machte deutlich, was sie von der Geschichte hielt.

»Wie auch immer«, fuhr Chiara fort, »ich bin auf die Gegenfahrbahn geraten, und wenn mir da auch nur ein Smart entgegengekommen wäre, hätte ich nicht meine Hochzeit, sondern meine Beerdigung feiern können.«

Leitner war gerade dabei, zu einem Kommentar anzusetzen, da sagte Chiara: »Der zweite Anschlag passierte in der Firma. In unserer Produktionshalle führt eine Art Steg in etwa acht Metern Höhe an den Wänden entlang. Auf dem Weg in mein Labor brach plötzlich eines der Stahlgitter nach unten weg, und ich wäre um ein Haar abgestürzt.«

»Acht Meter in die Tiefe …«, reflektierte Leitner.

Ohne ihm Beachtung zu schenken, berichtete Chiara weiter: »Und vor zwei Wochen hätte mich beinahe ein Hund zerfleischt.«

»Ein Hund?«, fragte Agathe ungläubig.

»Ja, als ich im Wald spazieren war, kam dieses Monster plötzlich auf mich zugerast. Er war wie wild, als hätte man das Tier zur Menschenjagd abgerichtet.«

Mit ausgestreckter flacher Hand wiegelte Agathe ab: »Hunde sind im Wald aber keine Seltenheit, oder?«

Chiara sah Leitner müde an. »Erkläre du bitte deiner Kollegin, dass man bei uns in der Nachbarschaft alle Hunde kennt. Selbst die, die mit ihren Herrchen aus der Umgebung nur ab und zu in den Wald fahren.«

Agathe zwang sich, das Gehörte erst einmal nicht zu beurteilen. »Und wie bist du dem Hund entkommen?«, fragte sie.

»Pfefferspray. Sicher ist sicher. Ich habe selbst nicht gerade wenig davon abbekommen. Aber das Mistvieh hat sich flugs verdünnisiert, sodass ich halbwegs ungeschoren davongekommen bin.« Sie hob ihr Glas zum Mund. »So. Jetzt wisst ihr auch, warum ich Emma in den Tod geschickt habe. Es ging dem Attentäter um mich«, sagte sie theatralisch, dann kippte sie den Wein runter.

»Du meinst also, dass ein Scharfschütze auf dich angesetzt wurde, der dich auf der Plattform dieser Holzkugel erledigen sollte?«, führte Agathe Chiaras These weiter.

»Genau. Und weil dort ungefähr hundert Gäste um mich herum standen, hat er gewartet, bis die anderen unten waren.«

Leitner kombinierte mit. »In dem Trubel konnte er natürlich nicht sehen, dass ihr Schleier und Strauß getauscht hattet, und hat anschließend einfach auf die Frau mit dem Schleier gezielt.«

Chiara nickte. »Darum fehlt jetzt Emmas halber Schädel und nicht meiner.«

Leitner richtete den Blick auf die anderen Gäste im Lokal und ließ die Informationen sacken. Agathe sah betreten zur Seite.

»Mir ist egal, was ihr davon haltet«, sagte Chiara schroff. »Aber damit wisst ihr alles, was bisher passiert ist. Und jetzt entschuldigt mich bitte.« Sie stand auf und ging die Treppen hinab zur Toilette.

Doch Leitner und Agathe hatten keine Sekunde Zeit, ein Wort miteinander zu wechseln, denn in diesem Augenblick kehrte Paul Rester wieder an den Tisch zurück.

»Wo ist Chiara?«, fragte er, als er Platz nahm.

»Mal eben zur Toilette«, sagte Agathe.

Rester nahm die Detektive genau in Augenschein und drehte dann schnell den Kopf in Richtung der WCs, wie um sich zu versichern, dass Chiara noch nicht wiederkam. Dann neigte er sich über den Tisch zu Leitner und Agathe und sagte verschwörerisch: »Es war ein Jagdunfall.«

Agathe sah verstohlen zu Leitner. »Natürlich war es das, Herr Rester«, erwiderte sie. »Was soll es auch sonst gewesen sein?«

»Spielen Sie mir jetzt nichts vor. Ich weiß, dass Chiara Ihnen etwas anderes erzählt hat, als ich draußen war. Ich kann es an Ihren Gesichtern ablesen!«

Leitner beschloss, ihm nichts vorzumachen. »Okay, wir haben Chiaras Theorie gehört, nach der jemand ihr schon seit Längerem nach dem Leben trachtet.«

»Was ausgemachter Blödsinn ist! Sie redet sich das nur ein, weil sie glaubt, dass sie schuld am Tod von Emma Geiger ist. Aber das ist sie *nicht*, verstehen Sie? Chiara kann nichts dafür, dass ihre Freundin jetzt tot ist.«

»Chiara hat uns drei Beispiele genannt, bei denen ihr Leben angeblich schon auf dem Spiel stand«, wandte Agathe ein.

»Ich bitte Sie!«, winkte Rester ab. »Das waren Zufälle oder dumme Unfälle!«

»So wie der Jagdunfall?«, schnitt Chiaras Stimme scharf durch die Luft.

Die drei am Tisch fuhren gehörig zusammen.

Chiara setzte sich wieder dazu. »Dann wären das ja schon vier Zufälle! Oder Unfälle, wie du es ausdrückst, Paul!«

»Chiara, bitte … Ich wollte nicht …«

»Ich weiß, dass du mir nicht glaubst. Aber ich weiß, dass es wahr ist.«

»Wir haben die Geschichte doch auch schon der Polizei erzählt, Chiara. Und die Beamten haben ebenfalls kein Wort davon geglaubt. Deine Mordtheorie ist einfach zu weit hergeholt. Zu unwahrscheinlich.«

Chiara wandte sich von ihrem Ehemann ab. »Unwahrscheinlicher als ein abgelenkter Querschläger, der zufällig einen Menschen ermordet?« Verächtlich blies sie sich ihre Haare aus der Stirn.

Agathe ließ eine Sekunde verstreichen, in der sie den Entschluss fasste, sich von Chiara die ganze Geschichte erzählen zu lassen, um sich am Ende ein umfassendes Urteil darüber bilden zu können. »Ich weiß nicht, welche der Möglichkeiten wahrscheinlicher ist, Chiara. Aber für den Fall, dass du recht hast: Gibt es denn jemanden, der ein Motiv hätte, dich aus dem Weg zu räumen?«

Paul Rester schlug mit der Faust auf das Stuhlpolster. »Jetzt bestärken Sie meine Frau in ihren Flausen bitte nicht noch!«

Chiara sah ihren Mann nicht an, als sie sagte: »Leon wäre eine solche Person.«

»Leon?«

»Leon Schuhbauer. Mein Bruder.« Jetzt wandte sie sich doch wieder Rester zu, der seinen Widerstand schließlich aufgab.

»Seit dem Tod der Eltern vor einigen Jahren gibt es Streitigkeiten zwischen Leon und Chiara«, erklärte er. »Streitigkeiten, die den Hof und die Felder der Familie betreffen. Leon möchte, dass alles so bleibt, wie es ist, und weiter Landwirtschaft betreiben, aber Chiara hat vor, dort Wohnungen zu bauen.«

»Wohnungen werden doch gebraucht, und von Klardorf aus ist man sofort in Regensburg«, sagte Chiara spitz.

»Die rechtlichen Besitzverhältnisse sind aber noch nicht umfassend geklärt«, fuhr ihr Mann fort. »Wozu auch unsere Hochzeit beigetragen hat.«

»Wer hätte außer deinem Bruder Leon noch ein Motiv?«, fragte Leitner.

Chiaras Antwort kam wie aus der Pistole geschossen. »Anja Bandermann. Sie arbeitet auch bei Frontzeck Medical.«

»Das ist die Firma im Industriepark, bei der du angestellt bist?«, riet Leitner.

Chiara nickte. »Sie hatte es auf den Posten abgesehen, den ich bekommen habe.«

»Was stellt ihr eigentlich her?«

»Medizinische Bedarfsartikel. Aber wir sind auch in der Forschung tätig.«

»Und wie nennt man deinen Posten?«

»Sagen wir mal so: Ich bin eine Stufe unter dem Werksleiter.«

»Hm. Zweifellos ein guter Job, aber ... bringt man dafür einen Menschen um?«, fragte Leitner.

Chiara beugte sich zu ihm. »Du kennst Anja Bandermann nicht. Du weißt nicht, was für sie auf dem Spiel stand. Ihr Haus hier in Wackersdorf. Ihre Familie. Das kombiniert mit ihrem Ehrgeiz! Warum trainiert die denn jeden Tag im Fitnessstudio?

Weil sie nicht nur beim Arber-Radmarathon mitmachen, sondern ihn gewinnen will! So denkt sie.«

Auch wenn Agathe sich schon ein grobes Bild von Anja Bandermann machen konnte, blieb sie skeptisch. »Du traust der Frau deswegen einen Mord zu?«

Chiaras Augen wurden eiskalt. »Meine liebe Agathe, auch wenn es momentan im Trend liegt: Wenn ich höre, Frauen seien die besseren Führungskräfte und die besonneneren Politiker, weil sie mit mehr Nachsicht agieren und sich nicht mit der Brechstange Machtkämpfe liefern – das genaue Gegenteil ist richtig. Frauen sind die wesentlich härteren Kämpfer!«

»Kämpfer*innen*«, korrigierte Leitner.

»Lass die Scheiße!«

»Und so ein Typ Frau ist Anja Bandermann?«, fragte Agathe schnell.

»Eine von der schlimmsten Sorte. Es würde mich nicht wundern, wenn sie das Metallgitter auf dem Steg in der Firma angesägt hätte.«

»Das müsste man sich halt mal anschauen«, sagte Agathe beiläufig.

Chiara stieg sofort darauf ein. »Von mir aus gern. Wenn du willst, nehme ich dich gleich morgen Vormittag mit in unseren Betrieb.«

»In Ordnung«, nahm Agathe ohne Zögern die Einladung an.

»Aber Besucher müssen immer frühzeitig angemeldet werden, Chiara. Du weißt, dass eure Sicherheitsabteilung da sehr penibel ist.«

»Lass das bitte meine Sorge sein, Paul! Ich bin nicht umsonst die Nummer zwei in unserer Firma. Ich werde die Verantwortlichen schon davon überzeugen, dass Agathe keine Werksspionin der Konkurrenz ist.«

Da der Tonfall am Tisch rauer wurde, vermuteten die beiden Detektive, dass dieser Abend sich dem Ende entgegenneigte. Mehr als Verabschiedung denn als Frage sagte Agathe: »Sonst noch jemand?«

Chiara sah ihren Mann an und zuckte mit verächtlichem Schnauben mit den Schultern.

Rester sah verlegen drein, als er zaghaft sagte: »Und dann ist da noch meine frühere Lebensgefährtin. Angelika Hammer.«

»Was ist mit der?«, fragten Leitner und Agathe unisono.

»Sie ... hat sich bisher sehr schwer damit getan, unsere Trennung zu akzeptieren ...«

Während Chiara die Arme verschränkte, führte ihr Mann weiter aus: »Es kam vereinzelt zu etwas unschönen Situationen.«

Chiara warf die Arme in die Luft. »Mein lieber Freund! Kann man sich denn noch komplizierter ausdrücken? Angelika ist eine eifersüchtige, dumme Schlampe. Du hast sie verlassen, und zwar wegen mir. Vielleicht nicht der optimalste Verlauf einer Trennung, aber so war es nun mal. Und seitdem dreht sie völlig am Rad. Ganz einfach!«

Leitner kannte Chiaras Temperament von früher und fand es bemerkenswert, dass sie es sich offensichtlich erhalten hatte. Er sah, wie der Mann am Ausschank sich Mühe gab, zu wirken, als hätte er die Szene am Tisch nicht mitbekommen, und fragte: »Was für unschöne Situationen?«

Rester druckste herum, bevor er antwortete. »Nun, zunächst tauchte Angelika immer öfter an Orten auf, an denen ich früher auch mit ihr gewesen war. In Restaurants, im Tennisclub und so weiter. Jedes Mal, wenn Chiara dabei war, kam es zum Krach.«

»Das nennt man Stalking«, analysierte Agathe.

»Ja, ich glaube, die Bezeichnung trifft ihr Verhalten ganz gut.«

»Hat sie euch bedroht?«

»Nicht direkt ... Also, das heißt ...«

»Himmel!«, fauchte Chiara. »Eines Tages stand sie bei uns im Schlafzimmer!«

Die Augen der Detektive wanderten zu Rester.

»Ja«, gab der kleinlaut zu, »das ist richtig.«

»Angelika Hammer ist in euer Haus eingebrochen?«

»Sie kannte den Code der Schließanlage«, sagte Rester peinlich berührt. »Den hatte ich damals noch nicht geändert.«

»Das hat euch bestimmt einen großen Schreck eingejagt«, sagte Agathe.

»Natürlich, damit hatte ich nun wirklich nicht gerechnet …« Rester musste den Blick abwenden.

»Sie hat Schubladen aus dem Schrank gerissen und Sachen nach uns geworfen«, erzählte Chiara.

»Sachen?« Agathe hob die Augenbauen.

»Sachen halt. Solche, die man bei Beate Uhse kauft, verstehst du?«

»Ich verstehe. Also solche Sachen.«

»Sie wollte uns zeigen, dass sie all unsere intimen Details kennt«, sagte Chiara. »Dann wünschte sie uns noch viel Spaß und ist abgezogen.«

»Habt ihr die Polizei gerufen?«, fragte Leitner.

Rester schüttelte den Kopf. »Das wollte ich nicht. Ich glaube, dass Angelika dadurch, dass sie ist, wie sie ist, schon genügend Ärger am Hals hat. Wie ich höre, bin ich nicht der Einzige, der unter ihrer unsäglichen Eifersucht und ihren Wahnvorstellungen zu leiden hat.«

»Das ist ja nicht ihr einziger Wahn«, warf Chiara dazwischen. »Statt Männern dominiert sie nun ihr Pferd. Als wäre das arme Vieh ihr Lebenspartner. Diese Frau gehört in ein Irrenhaus«, schnaubte sie verächtlich. »Ich habe euch jetzt alles gesagt, was ihr wissen wolltet«, richtete sie sich an die Detektive. »Ob ihr mir glaubt oder nicht, ist mir egal, denn ich weiß, was Sache ist. Seid ihr mir böse, wenn ich jetzt nach Hause will?«

Niemand erhob Einwände, und so beglich man – nach Paaren getrennt – die Rechnung und verließ die »Rathausstube«.

Auf dem Weg zum Wagen schlug Leitner Agathe vor, nochmals einen Blick auf die Holzkugel zu werfen. Schließlich waren sie in der Nähe.

Keine zehn Minuten später standen sie abermals am Steinberger See. Diesmal jedoch nicht am West-, sondern am Ostufer auf der Steinberger Seite. Der Abenteuerpark MovinGround mit seinen vielen Attraktionen hatte noch geschlossen, er würde erst am Ostersonntag, also in vierzehn Tagen öffnen. Agathe und Leitner waren an diesem Dienstagabend daher allein am See und blickten zu der Holzkugel am anderen Ufer hinüber. Eine Zeit lang genossen sie das Abendrot und die Stille.

Dann meinte Agathe: »Das muss aber schon ein wirklich saublöder Zufall gewesen sein, dass ein Querschläger so abprallt, dass er ausgerechnet dann die Röhre durchschlägt, wenn ein Mensch hinunterrutscht.«

»Aber auch solche Zufälle kommen vor, Agathe. Wie gesagt: Nittenau. Bei dem Jagdunfall im letzten Jahr sind zwei Menschen im Auto an dem Feld vorbeigefahren, in welchem eine Drückjagd stattfand. Dabei durchschlug ein Abpraller die Beifahrertür, sodass der Insasse starb.«

Wieder schwiegen beide eine Minute.

»Was hast du eigentlich damit gemeint, als du das erste Mal, als wir hier waren, die Röhre angeschaut und gesagt hast: ›merkwürdig‹? So hast du auch reagiert, als wir mit deinem Klarinettenkollegen gesprochen haben. Was ist so merkwürdig?«

Leitner sah Agathe an, unsicher, ob er seine Gedanken mit ihr teilen sollte. »Nun ja«, begann er schließlich, »hast du dir die Röhre mal genau angeschaut?«

Agathe richtete ihren Blick konzentriert auf die sich vor ihnen in der Kugel hinabschlängelnde Rutschbahn. Sie nahm sich Zeit, dann endlich hob sie nachdenklich die Schultern und sah Leitner auffordernd an.

Der fuhr mit dem Finger in der Luft die Kontur der Röhre nach und sagte leise: »Die Röhre ist geschlossen. Von oben bis unten.«

»Und?«, fragte Agathe verständnislos.

»Man kann von außen nicht wirklich hineinsehen. Es gibt nur zwei oder drei Plexiglasscheiben, die an der Oberseite eingelassen sind, damit wenigstens ein bisschen Licht reinkommt.«

»Was willst du damit sagen, Gerhard?«

»Dass es natürlich ein gigantischer Zufall wäre, wenn der

Schuss eines Jägers unabsichtlich so abgeprallt wäre, dass er in die Rutsche einschlägt. Aber in meinen Augen wäre es ein genauso großer Zufall, wenn …«

Agathe blickte erneut zur Röhre, dann zu Leitner. »Du meinst, wenn jemand mit Absicht auf die Rutsche gezielt hätte?«

»Ja. Wenn es jemand drauf angelegt hätte, einen gezielten Schuss auf einen Menschen in der Rutsche abzugeben, denn der- oder diejenige konnte von außen schlicht nichts erkennen.«

»Mit Absicht? Ich weiß nicht, Gerhard …«

Leitner forschte in Agathes Gesicht, ob sie die Unfall- oder die Absichtsvariante bevorzugte.

Sie runzelte die Stirn. »Schmeckt mir, ehrlich gesagt, beides nicht sonderlich.«

»Damit geht es dir wie mir«, murmelte er, und beide verharrten schweigend.

Dann einigten sie sich auf einen kurzen Spaziergang in der untergehenden Abendsonne, setzten sich zwischen zwei kleine Bäume ins Gras und sahen zu, wie sich der rote Feuerball im Wasser spiegelte. Da der Boden im April noch vom Winter sehr kalt war, standen sie jedoch schon nach wenigen Minuten wieder auf und trollten sich zum Auto.

Auf der Heimfahrt sagte Agathe: »Wir haben eigentlich keine andere Chance.«

»Eine Chance worauf?«

»Etwas in dem Fall herauszufinden. Das wäre nur bei der Version mit dem absichtlich abgegebenen Schuss möglich.«

»Was meinst du damit, Agathe?«

»Sieh es mal so: Wenn es ein Jagdunfall war und die Kugel zufällig abgeprallt ist, wird die Polizei früher oder später das zum Projektil passende Gewehr finden. Die Arbeit können wir nicht für sie übernehmen.«

»Das stimmt. Aber wenn es ein Gewehr war, das nicht registriert ist? Eine schwarze Waffe?«, gab Leitner zu bedenken.

»Dann haben wir beide ohnehin keine Möglichkeit, sie zu finden«, erwiderte Agathe. »Wenn es der Polizei mit ihrem Personal, ihrer Ausrüstung und den Datensätzen in ihren Computern nicht gelingt, brauchen wir zwei Figuren nicht mal daran zu denken.«

Leitners Schweigen gab ihr recht.

»Deswegen«, fuhr Agathe fort, »*müssen* wir von der Version B ausgehen. Vorsätzlicher Mord. Wäre für die Jacortia auch das Beste.«

»Sie müsste nicht zahlen, weil man sich gegen Ausfall wegen Mordes nicht versichern kann. Das ist richtig.«

»Freut mich, dass du das genauso siehst. Ich kann mir schon richtig vorstellen, wie unser Sonnenschein von Chefin reagieren wird, wenn wir ihr die gute Nachricht verkünden. Sie wird mit unbewegter Miene dasitzen, uns durch ihre Hexenbrille anstarren und hoffen, dass ihr Armani-Fummel keine Falten wirft, wenn sie sagt: ›Frau Viersen, Herr Leitner! Sie waren diesmal gar nicht so schlecht wie sonst.‹«

Leitner kicherte und ahmte Chris Wendell ebenfalls nach. »›Aber warum haben Sie wieder so lange gebraucht, um zu einem Ergebnis zu kommen? Das nächste Mal müssen Sie effizienter arbeiten, haben Sie mich verstanden?‹«

Beide mussten herzlich lachen, und als sie sich dadurch etwas befreiter fühlten, meinte Leitner: »Du willst also, dass wir uns mal ein bisschen umhören?«

Agathes Augen begannen schwarz zu flackern. »Du hast ja vorhin gehört, dass ich morgen früh mit Chiara in ihrer Firma verabredet bin.«

»Da willst du wirklich hin?«

»Es wäre unhöflich, ihre Einladung auszuschlagen.«

»Okay. Das heißt, du fährst morgen zu Frontzeck Medical nach Wackersdorf. Was passiert danach?«

»Danach kümmere ich mich um Chiaras Bruder. Um Leon Schuhbauer. Ist Klardorf eigentlich ein Stadtteil von Schwandorf?«

»Natürlich. Sogar mit eigener Autobahnausfahrt.«

»Stimmt! Sind wir ja schon oft dran vorbeigefahren. Wie auch immer, ich denke, es kann so schwer nicht sein, in Klardorf den Bauernhof der Familie Schuhbauer ausfindig zu machen.«

Leitner wog den Aufwand kurz ab. »Sollte möglich sein. Es wird zwar wahrscheinlich wie überall bei uns auf den Dörfern mehrere Familien mit dem gleichen Namen geben, aber dass ein Gehöft von einem jungen Mann nach dem Tod der Eltern weitergeführt wird und dieser im Clinch mit seiner Schwester liegt – das sollte für die anderen Einwohner schon ein heißer Tipp sein.«

Agathe nickte eifrig. »Also werde ich Chiaras Bruder, diesem Leon, ein wenig auf den Zahn fühlen.«

»Und ich kümmere mich dann quasi um Anja Bandermann?«, folgte Leitner ihren Gedanken.

»Genau.«

»Aber wie soll ich sie finden? Nun gut, vielleicht steht sie wie Chiara im Telefonbuch.«

»Entweder das, oder wir müssen es auf die umständliche Tour versuchen.«

»Bedeutet was?«

»Wenn die Ex von Paul jeden Tag im Fitnessstudio abhängt und so karrieregeil ist, wie Chiara gesagt hat, hat sie eigentlich nur ganz früh morgens oder spätabends nach der Arbeit Zeit für Sport.«

»Kapiere, allerdings wissen wir nicht, in welchem Studio sie trainiert.«

»Na, so viele gibt es in Schwandorf ja nicht. Du musst sie einfach einzeln abklappern.«

»Wird sich machen lassen«, sagte Leitner.

»Aber schau dich nur nach Anja Bandermann um. Nicht dass du bei einer anderen Dame im knappen Sportoutfit schwach wirst.«

»Schmarrn! Wie kommst du denn darauf?«

»Ich meine ja nur. Du hast dich schon längere Zeit nicht mehr mit Nadine getroffen, und auch sonst habe ich nichts von einer neuen Damenbekanntschaft mitbekommen. Oder täusche ich mich da?«

Leitner wusste einen Moment lang nicht, was er erwidern sollte. Mit einer wegwerfenden Handbewegung sagte er schließlich: »Das hat doch jetzt mit unserem Fall überhaupt nichts zu tun. Ach, tanken müssen wir auch bald.« Und damit richtete er seine ganze Aufmerksamkeit auf die Anzeigen am Armaturenbrett.

Agathe kicherte leise. Sie freute sich diebisch über die Reaktion, die sie bei ihrem Kollegen mit ihrer Bemerkung über seine bekannte Schwäche für Frauen hervorgerufen hatte.

Und gleichzeitig überlegte sie im Stillen, ob Leon Schuhbauer wohl ähnlich gut aussah wie seine Schwester Chiara …

8

Leitner hatte Anja Bandermanns Namen ins Online-Telefonbuch eingegeben und dazu in Wackersdorf einen Eintrag mit Adresse gefunden. So lag er an diesem Mittwochmorgen bereits seit fünf Uhr dreißig in der Föhrenstraße in seinem Mazda auf der Lauer. In der Küche brannte Licht, Anja Bandermann war also tatsächlich Frühaufsteherin. Ab und zu konnte er ihren Umriss sehen, wenn sie am Fenster vorbeihuschte.

Leitner musste nicht allzu lange warten, bis das Tor der Garage sich öffnete und Bandermann in ihrem silberfarbenen Mercedes herausfuhr. Er folgte ihr in die Industriestraße, dann auf die B 85 und bis in die Regensburger Straße nach Schwandorf, wo sie auf den Parkplatz eines Fitnessstudios abbog.

Leitner warf einen kurzen Blick auf die Sporttasche, in die er Trainingsklamotten und Sportschuhe geschmissen hatte, die ihm während seiner Ermittlung Glaubwürdigkeit verleihen sollten. Das war Agathes Idee gewesen. Er nahm sich vor, ihr dafür später zu danken. Dafür und für ihre Kombinationsgabe, was Anja Bandermanns Trainingszeiten betraf.

Nachdem seine Zielperson im Studio verschwunden war, ließ Leitner eine Viertelstunde verstreichen, bevor er die Sporttasche vom Rücksitz nahm und durch die Tür des Gebäudes trat. Der Geruch von Gummimatten, Sportler-Deodorant und Schweiß wehte ihm entgegen. Er hatte sich kaum ein paar Sekunden in dem mehrstöckigen Trainingsstudio umgesehen, als die junge Frau am Empfang auch schon freundlich fragte: »Kann ich Ihnen helfen?«

»Nun, äh, ja«, sagte Leitner. »Ich habe mir über den Winter ein paar Pfunde zu viel angefuttert, und da –«

»Da wollen Sie jetzt etwas dagegen und für Ihre Fitness tun?«

»Genau!«

»Dann sind Sie bei uns genau richtig.«

Leitner sah aus den Augenwinkeln, wie Anja Bandermann – nun in enger Sporthose und T-Shirt – die Umkleidekabine verließ und eine Treppe nach oben ging. »Ich bin mir aber noch nicht sicher, ob das etwas für mich ist«, sagte Leitner, während er sich wieder zur Dame am Tresen umdrehte. »Kann ich vielleicht erst mal so eine Art Schnuppertraining machen?«

Die junge Frau nickte stumm und gab konzentriert etwas in den Computer ein.

Leitner betrachtete sie näher und musste plötzlich wieder an Agathe und ihre Ermahnung bezüglich seiner geringen Widerstandsfähigkeit Damen gegenüber denken. Die Mitarbeiterin war bis zur letzten Muskelfaser durchtrainiert und ansprechend proportioniert. Ihre schlanken Beine endeten in einem kleinen, knackigen Gesäß, es folgten eine sehr schmale Taille und ein entsprechender Oberkörper. Ihre Haare waren streng nach hinten gekämmt und zu einem Zopf geflochten. Mit einiger Mühe wandte Leitner den Blick ab und sah wieder in Richtung der Treppe, auf der Anja Bandermann verschwunden war.

»Da oben stehen dann wohl die Foltergeräte?«, fragte er mit gespielter Unsicherheit. Dann blickte er sich im Erdgeschoss um und nickte zu einigen Kraftgeräten. »Mir reicht ja schon, was hier unten alles aufgebaut ist.«

Die junge Frau kicherte. Vermutlich hatte sie derlei Erstlingsgespräche schon häufiger geführt. »Das sieht nur am Anfang kompliziert aus. Wenn wir das richtige Trainingsprogramm für Sie zusammengestellt haben, haben Sie das im Nullkommanichts raus!«

Leitner deutete wieder zum Obergeschoss. »Und was ist da oben jetzt wirklich?«

»Da stehen unsere Ausdauergeräte. Oben geht's um die Puste und ums Herz. Dafür stehen Ihnen Laufbänder, Crosstrainer und Indoor-Bikes zur Verfügung. Im Erdgeschoss trainieren wir die einzelnen Muskelgruppen und den Rumpf.«

»Hört sich gut an. In letzter Zeit ist mir oft die Puste weggeblieben. Können wir oben anfangen?«

»Das hätten wir sowieso gemacht, weil Sie sich erst einmal aufwärmen müssen. Dann also frisch ans Werk!«

Mit diesen Worten registrierte die junge Frau Leitner, der ihr, ohne mit der Wimper zu zucken, einen falschen Namen und eine falsche Adresse diktierte, in ihrem Datensystem, dann schickte sie ihn zum Umziehen.

Als sie ihn kurze Zeit später die Treppe hinaufbegleitete, erblickte Leitner Anja Bandermann sofort auf einem Crosstrainer und war froh, dass die Mitarbeiterin ihm ein Indoor-Bike in unmittelbarer Nähe zuwies. Sie befestigte ein Sensorband an seinem Handgelenk, von welchem ein Kabel zum Display des Geräts verlief. »New York, Central Park? Monte Carlo, Rue Grimaldi? Berlin, Wannsee?«

Leitner verstand nicht, was die Frau von ihm wollte, und zuckte hilflos die Schultern.

»In welcher Stadt wollen Sie radeln?«, erklärte sie.

Leitner verfolgte baff, wie sie verblüffend realistische Umgebungen auf das Display zauberte. Er wollte schon »Schwandorf« sagen, hielt es aber für klüger, nicht allzu schlaue Sprüche zu klopfen. »New York hört sich spannend an.«

»Gut. Ist eingestellt. Über das Band an Ihrer Hand wird der Tretwiderstand an Ihren Puls angepasst, sodass Sie immer optimal gefordert werden. Wärmen Sie sich eine Viertelstunde auf, dann komme ich wieder, und wir kümmern uns um Ihre einzelnen Muskelgruppen.«

Leitner bedankte sich und fing an, in die Pedale zu treten. Die Zahl der digital zurückgelegten Meter in New York wuchs langsam, aber stetig. Wenn es ihm unverdächtig erschien, musterte er Anja Bandermann von der Seite. Nach einigen Minuten beschloss er, den ersten Kontakt aufzunehmen. »Wie lange müssen Sie denn noch?«

Sie lächelte leicht angestrengt. »Noch ungefähr sieben Minuten.«

»Um diese Zeit sind die meisten Leute noch nicht auf Sport eingestellt«, meinte Leitner mit einem Blick auf die nicht belegten Geräte.

»Ich muss so früh trainieren, dann geht's ab in die Arbeit«, sagte Bandermann unter Keuchen.

»Das ist bei mir auch so«, log Leitner. »Ich bin heute das erste Mal hier, um zu sehen, ob es mir Spaß macht.«

»Und?«

»Und was?«, fragte Leitner.

»Macht es Ihnen Spaß?«

Leitner sah sich um, ob die Dame vom Empfang in der Nähe war, und da das nicht der Fall war, meinte er verschwörerisch: »Noch nicht so recht. Meine Beine tun jetzt schon weh!«

Bandermann lachte auf. »Tja, wenn Sie mindestens ein Vierteljahr regelmäßig trainieren, wird's nicht mehr so wehtun.«

»Ein Vierteljahr? Na, das wird ja eine schöne Plackerei!«

Er erhöhte seine Trittfrequenz und konzentrierte sich scheinbar auf das Display, auf dem gerade der Hudson River vorbeiglitt. Nach einer Weile sagte er beiläufig: »In der letzten Zeit habe ich ein bisschen zu viel gefeiert. Erst an Silvester, dann hatte im Januar mein Bruder seinen Vierzigsten, dann Fasching mit den ganzen Partys, und im März ist auch noch meine Großtante achtzig geworden.«

»Da muss man natürlich mit Braten, Kuchen und Alkohol aufpassen«, antwortete Anja Bandermann.

Leitner war ganz in seiner Rolle. »Und die Feiern hören einfach nicht auf. Erst letztes Wochenende war ich auf einer Hochzeit.« Als wäre ihm der tragische Zwischenfall erst in diesem Moment wieder eingefallen, setzte er eine betroffene Miene auf. »Aber die kam durch einen schrecklichen Vorfall zum plötzlichen Ende. Das war draußen an dieser neuen Holzkugel. Haben Sie davon gehört?«

Anja Bandermann tippte auf ein paar Tasten des Crosstrainers, woraufhin das Display erlosch. Sie stieg von den Pedalen und nahm ihr Handtuch von den Griffen, um sich den Schweiß abzutupfen.

Als sie nichts erwiderte, fuhr Leitner fort: »Eine Bekannte von mir hat geheiratet, Dr. Chiara Rester.«

»Schuhbauer«, sagte Bandermann knapp.

»Was?«

»Dr. Chiara Schuhbauer. So hat das Bauernmädel früher geheißen.«

»Stimmt, ja. Nun, seit Samstag heißt sie Rester. Sie kennen sie wohl auch? Aber Sie waren nicht eingeladen, oder?«

Leitners Rolle als Unschuldslamm verfehlte seine Wirkung nicht. Anja Bandermann schnaubte verächtlich. »Nein, ich glaube nicht, dass Chiara großen Wert auf meine Anwesenheit gelegt hätte.«

Auch Leitner entkabelte sich und stieg vom Fahrrad. Als er sah, wie Bandermann aus einer mitgebrachten Plastikflasche trank, zeigte er darauf und fragte: »Dürfte ich vielleicht? Ich habe ganz vergessen, mir etwas zu trinken mitzunehmen.«

Sie musterte ihn und gab ihm wortlos ihre Flasche. Während er einen Schluck des isotonisch schmeckenden Gebräus trank, musterte er die Frau aus der Nähe. Sie war recht groß, sogar etwas größer als Leitner selbst. Ihre Figur, die in Straßenkleidung schlank gewirkt hatte, wurde jetzt, in Sporttights und dem verschwitzten T-Shirt, enthüllt. Leitner sah unverkennbar Rundungen an Oberschenkeln, dem Gesäß und ihren Hüften. Sie war keinesfalls dick oder fettleibig, aber er vermutete, dass die kleinen Pölsterchen für sie Grund genug waren, jeden Morgen in die Muckibude zu gehen. Vor allem, wenn sie plante, einen Radmarathon zu fahren. Ihr Haar war feucht vom Schweiß. Von Natur aus schien es braun zu sein, allerdings hatte sie sich einen rotvioletten Schimmer hineinfärben lassen. Auf Leitner machte sie den Eindruck, verkrampft jugendlich wirken zu wollen. Auch die Sporthose schmeichelte ihrer Figur nicht wirklich. War Leitner sich vorher noch unsicher gewesen, ob ihr Alter mit einer Drei oder schon einer Vier begann, so tippte er nach eingehender Betrachtung eher auf Letzteres.

Anja Bandermann blieb es nicht verborgen, dass Leitner sie anstarrte. Beim Trainieren war ihr Gesicht entspannt gewesen, jetzt hingegen glaubte er, in ihm die Züge einer Raubkatze zu erkennen, welche eine Bedrohung wittert.

»Dann kennen Sie Chiara also besser?«, fragte er. »Waren

Sie Schulfreundinnen?« Er hoffte, dass er mit der Schmeicheltaktik Erfolg haben würde. Schließlich machte er Bandermann gut und gern fünf Jahre jünger, indem er sie auf eine Altersstufe mit Chiara stellte.

Sie blieb auf Abstand zu ihm, allerdings erkannte Leitner am Wechsel von Gis- zu G-Dur in ihrer Stimme, dass er den richtigen Nerv getroffen hatte. »Nein, wir sind nicht zusammen zur Schule gegangen. Wir … hatten beruflich miteinander zu tun.«

»Ach so. Aber dann muss es für Sie trotzdem ein Schock gewesen sein, als Sie hörten, dass es eine Tote auf der Feier gegeben hat. Das stand ja am Montag in allen Zeitungen.«

»Schock?« Sie lachte bitter auf, warf ihr Handtuch auf eine Bank an der Wand und entgegnete trocken: »Wenn Sie ein guter Freund von Chiara sind, dann ist es jetzt wohl besser, wenn wir das Thema wechseln.«

»Natürlich«, sagte Leitner. »Ich habe bloß gedacht …« Vertraulich lehnte er sich ihr entgegen. »Ich meine, ich kenne Chiara ja und weiß, dass sie im Beruf sehr hart sein kann. Die Karriere war ihr schon immer sehr wichtig.«

Anja Bandermann ging schweigend zu einem Fahrrad, schwang sich in den Sattel und begann zu treten.

Leitner folgte ihr und stellte sich daneben. »Ehrlich gesagt habe ich es persönlich immer als unangenehm empfunden, wenn Chiara ihren Willen auf Teufel komm raus durchgesetzt hat.«

Anja Bandermann taxierte ihn genau.

Er war sich nicht sicher, ob sie den Köder geschluckt hatte, und beschloss zu pokern. »Nun ja, lassen wir es gut sein. Wir haben anscheinend beide unsere Erfahrungen mit ihr gemacht. Zum Glück ist es für sie gut ausgegangen.«

»Wie immer«, seufzte Anja Bandermann.

»Wie meinen?«

»Für Chiara Schuhbauer geht es immer gut aus. Zumindest glaubt sie das. Aber so funktioniert das Leben nun mal nicht. Nicht immer gehen Dinge gut aus.«

Leitner legte gekonnt die personifizierte Unsicherheit aufs

Parkett. »Mich würde zwar interessieren, was Sie damit meinen, aber … ich will Ihnen auch nicht zu nahe treten.«

Hinter ihm kam die Frau von der Rezeption auf sie zu. »Ich habe hier schon den Ausdruck von Ihrem Trainingsprotokoll bekommen. Wir haben ein bisschen früher aufgehört als vereinbart, oder?«

Leitner tat beschämt. »Es war doch anstrengender, als ich anfangs dachte …«

»Das kriegen wir schon hin. Kommen Sie mit nach unten, dann gehen wir an ein paar Geräte, um herauszufinden, wo wir bei Ihnen ansetzen müssen.«

»Ich bin sofort da«, sagte Leitner, und die Mitarbeiterin ging schon voraus. Zu Anja Bandermann meinte er: »Ich wollte Sie wirklich nicht verärgern.«

»Das haben Sie nicht. Es war Chiara.«

Leitner nickte. »Ich weiß. So war es bei mir auch.« In der Hoffnung, dass dieser Schuss gesessen hatte, wandte er sich ab und ging zur Treppe.

Kurz bevor er die erste Stufe erreicht hatte, hörte er Anja Bandermann. »Meine Flasche!«

»Bitte? Oh!« Flugs kehrte Leitner um und gab sie ihr. »Danke schön. Der Schluck hat mir das Leben gerettet. Ich fühle mich gleich viel fitter.«

Ihre verschwitzten Gesichter waren sich für einen kleinen Augenblick sehr nah. War es Leitners Einbildung, oder blitzten Anja Bandermanns Augen wirklich kurz auf? Er blieb eine Millisekunde länger, als es hätte sein müssen, bei ihr stehen, dann wandte er sich wieder zum Gehen.

Diesmal hatte Leitner schon die erste Stufe der Treppe genommen, als er ihre Stimme vernahm. »Für die Fitness ist Salat sehr förderlich!«

Er hielt inne.

»Beim ›Fenzl‹ in Steinberg gibt es ganz ausgezeichnete Salate«, ergänzte sie.

Leitner sah sie über die Schulter an. »Essen Sie dort öfter Salat?«

»Fast jeden Tag ...« Damit setzte sie sich Kopfhörer auf und radelte mit geschlossenen Augen weiter.

Leitner grinste zufrieden.

»Wo bleiben Sie denn?«, rief die junge Angestellte ihm von unten entgegen. »Wir müssen weitermachen, solange Ihre Muskeln noch warm sind!«

Leitner schnaufte einige Male tief ein und aus, dann schlich er die Stufen hinunter und keuchte: »Ich glaube, ich muss mir das mit dem Trainieren noch mal genauer überlegen ...«

9

Es war schon etwas später am Morgen, als Agathe darüber nachdachte, was sie über die Geschichte der Oberpfalz so erfahren hatte, seit sie in Schwandorf wohnte. Jahrhunderte hindurch war sie ein sehr armer Landstrich gewesen, noch immer war der Umgangston der Einheimischen so schroff, wie der Ackerboden früher karg gewesen war. Agathe war sich darüber im Klaren, dass Armut und Not stets erfinderisch machten. Die Menschen der vergangenen Zeiten mussten also aller Wahrscheinlichkeit nach geübt im Verhandeln gewesen sein, weil sie nicht im Überfluss lebten.

Der Grund, warum sich Agathe diese Gedanken machte, war die schnurgerade Straße, die vom Kreisverkehr Wackersdorf in Richtung der Prokart Raceland Kartbahn und der Diskothek Musikpark führte. Diese Straße hatte keinen Knick, keine Kurve, keinen Fußgängerübergang. Derlei fand man jedoch bei fast allen anderen Straßen, was Agathe eben darauf zurückführte, dass vor dem Bau der Straßen früher jeweils hart darum gekämpft worden war, durch wessen Grund sie führen und welche Entschädigungs- und Ausgleichszahlungen die Besitzer dafür erhalten würden.

Die Industriestraße verlief etwa zwei Kilometer lang gerade wie ein Lineal durch die Landschaft, und Agathe fragte sich, wer wohl mit wem verhandelt hatte, damit dieser ungewöhnliche Straßenverlauf zustande gekommen war.

Zwei Kreisverkehre weiter nordwestlich fuhr Agathe in die Oskar-von-Miller-Straße und passierte zahlreiche Firmengebäude und Hallen. Das Gebäude von Frontzeck Medical lag ziemlich genau auf halber Höhe der Straße.

Die Halle war nicht sonderlich auffällig und auch nicht sehr hoch. Wenn Chiaras Geschichte stimmte und sie wirklich fast acht Meter in die Tiefe gestürzt war, dann sicher nicht in diesem Haus.

Als Agathe die Besucherklingel drückte, ertönte sofort eine blecherne Stimme aus der Gegensprechanlage.

»Herzlich willkommen bei Frontzeck Medical. Was kann ich für Sie tun?«

Agathe beugte sich nach unten zu dem Panel mit dem Lautsprecher. *Warum kann man die Dinger denn nicht auf Augenhöhe einbauen?*, schoss es ihr durch den Kopf. Laut sagte sie: »Guten Tag. Mein Name ist Agathe Viersen, und ich habe eine Verabredung.«

Sie richtete sich wieder auf und wartete, dass der Türöffner summen würde. Doch nichts dergleichen geschah.

Nach einigen Sekunden beugte sie sich wieder nach unten. »Hallo?«

»Ja, bitte?«, tönte die Stimme.

»Ich habe einen Termin. Frau … äh, Dr. Chiara Rester erwartet mich.«

»Ich habe Sie schon verstanden. Unser Security-Team ist auf dem Weg zu Ihnen. Bitte haben Sie einen Moment Geduld.«

Das hätte das Frollein aber auch gleich sagen können, dachte Agathe. Dann wunderte sie sich: *Security-Team? Wo bin ich denn hier gelandet? Bei der CIA?*

Tatsächlich konnte Agathe jetzt durch die Glasscheiben der geschlossenen Tür zwei Männer in dunkler Tarnkleidung erkennen. Sie kniff die Augen zusammen, um nicht von der Sonne geblendet zu werden. Dann endlich summte der Öffner, und einer der Männer drückte die Tür nach außen auf.

Agathe machte einen Satz zurück, als sie den Typen von Angesicht zu Angesicht gegenüberstand. Der eine wirkte mit seinem massigen Körperbau und dem unrasierten Gesicht wie der osteuropäische Fingerbrecher eines Inkassounternehmens, der andere sah durchtrainiert und freundlich aus.

»Guten Tag«, sagte der Durchtrainierte. »Bitte entschuldigen Sie, aber bei uns gelten Sicherheitsvorschriften, die wir unbedingt einhalten müssen.«

Etwas perplex nickte Agathe und stammelte: »Das … das geht schon in Ordnung. Sagen Sie mir einfach, was ich tun soll.«

Die zwei Männer führten sie in einen grau gestrichenen fensterlosen Raum. Er machte auf sie den Eindruck, als würden hier Verhöre durchgeführt, die nicht die Grundsätze der Genfer Konventionen berücksichtigten. Die Männer wiesen auf einen Tisch.

»Bitte legen Sie alle Gegenstände ab, die Sie bei sich führen.«

Mit Widerwillen leerte Agathe die Taschen ihrer Hose und die der leichten Lederjacke, die sie trug. Außerdem landeten Kugelschreiber, Pfefferminzdrops, Geldbörse und ihr Handy auf dem Tisch.

»Jacke ausziehen!«, bellte der Fingerbrecher auf Sächsisch. »Und den Gürtel ooch!«

Agathe stemmte die Hände in die Hüften. »Was glauben Sie eigentlich, wen Sie vor sich haben? Ich bin für eine Besprechung mit der stellvertretenden Werksleiterin hier, also hören Sie auf mit Ihren Stasi-Methoden!«

»Sie müssen das verstehen, Frau Viersen«, bat der freundlichere der beiden Wachleute.

»Sie kennen meinen Namen?«

»Frau Dr. Rester hat uns Ihren Besuch angekündigt.«

Empört warf Agathe die Arme in die Höhe. »Sie wussten Bescheid, dass ich komme, und trotzdem veranstalten Sie so ein Brimborium?«

»Dieses ›Brimborium‹, wie Sie es nennen, muss jeder Besucher bei Frontzeck Medical über sich ergehen lassen. Es dient dazu, Werksspionage zu verhindern. An Ihrer Jacke sind große Knöpfe, und Ihre Gürtelschnalle hat einen nicht gerade kleinen Schmuckstein in der Mitte. Darin könnten Minikameras versteckt sein.«

Unter Mühen verkniff sich Agathe eine bissige Antwort und legte schweigend Jacke und Gürtel ab. Den Fingerbrecher ließ sie dabei nicht aus den Augen. Hätte er auch nur die leiseste Regung eines anzüglichen Lächelns gezeigt, hätten Agathes Handkanten ihm die Nase demoliert.

Nachdem sich die Security-Leute eingehend davon überzeugt hatten, dass Agathe weder verwanzt war noch eine Kamera bei sich trug, begleiteten sie sie aus dem unheimlichen Raum hinaus und zu einer Sicherheitstür aus Stahl. Dahinter erstreckte sich ein Korridor, in welchem das Trio vor der vorletzten Tür stehen blieb.

»Hier!«, sagte der Fingerbrecher barsch.

Wie auf Kommando machten er und sein Kollege auf dem Absatz kehrt und ließen Agathe allein.

Sie klopfte, und ein »Herein« war die Antwort. Als Agathe das Büro betrat, wurde sie von einer Sekretärin schon erwartet.

»Da sind Sie ja, Frau Viersen. Ich sage Frau Dr. Schuhba… Ich meine, ich gebe Frau Dr. Rester Bescheid.«

Ein Telefonat später sagte die Vorzimmerdame: »Gehen Sie bitte einfach durch!«

Zu ihrer Linken sah Agathe eine weitere Tür, durch die sie schließlich in Chiara Resters Büro ging.

»Guten Morgen«, sagte Chiara.

Agathe warf ihr einen vorwurfsvollen Blick zu, während sie sich langsam dem Schreibtisch näherte. »Sag mal, sonst geht's euch schon noch gut, oder?«

»Wovon sprichst du?«

»Davon, dass ich mich gerade wie in einem schlechten Spionagethriller vor euren Muskelmännern fast ausziehen musste. Ganz zu schweigen davon, dass die von Höflichkeit noch nie was gehört haben.«

Chiara erhob sich hinter dem schnörkellosen Metallschreibtisch, auf dem lediglich ein Telefon, ein Schreibblock und ein zusammengeklapptes MacBook lagen. Kurz nahm sie den Hörer ab und sprach hinein. »Herr Ehrenfried, wir kommen jetzt in die Halle.« Als sie aufgelegt hatte, meinte sie zu Agathe: »Das tut mir leid. Unser Sicherheitsdienst ist vielleicht nicht die Freundlichkeit in Person, aber dafür sind die Männer kompetent.«

»Mag schon sein, aber übertreibt ihr es nicht ein bisschen?«

»Bestimmt nicht. Eine hochqualifizierte und technisch bestens ausgestattete Security ist leider unerlässlich.«

Gemeinsam gingen die Frauen zur Tür.

»Was macht ihr denn hier genau?«, wollte Agathe wissen. »Bastelt ihr vielleicht Bomben für die Regierung oder was? Könnte man fast denken, bei den Sicherheitsvorkehrungen wie im Kreml.«

»Ich kann mir tatsächlich nicht vorstellen, dass unsere Security der des Kreml in irgendeiner Weise nachsteht«, entgegnete Chiara kühl.

Im Korridor wartete bereits ein Mann auf sie. Er reichte ihnen Plastiküberzüge für die Schuhe und die Haare und je einen Mundschutz.

»Danke, Herr Ehrenfried«, lächelte Chiara oberflächlich, dann zogen beide Schutzhüllen und Mundschutze über.

Ehrenfried hielt eine Broschüre hoch. »Wir müssen noch die Sicherheitseinweisung vornehmen.«

Chiara nahm das Heftchen entgegen und sagte: »Das erledige ich schon. Das wäre dann alles.«

Der Mann schien nicht einverstanden mit Chiaras Entscheidung zu sein, so viel konnte Agathe erkennen. Dennoch trollte er sich, während Chiara leise sagte: »Dass man hier nicht rauchen darf und im Brandfall keine Aufzüge benutzen soll, muss ich wohl nicht extra erwähnen, oder?«

Agathe verneinte ebenfalls im Flüsterton, dann wurde sie von Chiara zu einer metallenen Tür geführt, an welcher weder Schlüsselloch noch Klinke erkennbar waren.

Chiara legte die Hand auf ein Bedienfeld an der Wand daneben, woraufhin sich die Tür öffnete.

»Das ist eine Luftschleuse, damit wir steril arbeiten können«, erklärte sie und entnahm einem Spender an der Wand der Schleuse zwei Paar Silikonhandschuhe, die sie überzog. Agathe tat es ihr gleich, sodass auch sie jetzt aussah wie eine Wissenschaftlerin.

Chiara gab einen Code an der nächsten Tür ein, und wenig später stand Agathe auf einem Metallgitter, das an einer Wand entlang verlief.

Jetzt erkannte sie auch, welchem Irrtum sie auf dem Parkplatz beim Betrachten des Gebäudes erlegen war.

Vor ihr erstreckte sich ein mindestens dreistöckiger Keller. Durch das Gitter hindurch konnte sie bis zum Boden sehen, der sich definitiv mehr als acht Meter unter ihr befand. Sie merkte, wie ein leichtes Schwindelgefühl in ihr aufstieg.

»Wundere dich nicht, wenn du dich ein bisschen komisch fühlst. Wir arbeiten hier bei vermindertem Luftdruck.«

Agathe kam es so vor, als würde in ihrem Kopf ein Karussell anfangen, sich zu drehen. Während sie gegen ihr Unwohlsein ankämpfte, versuchte sie, sich mit einer Frage abzulenken. »Und warum?«

»Ganz einfach: Dieser Teil der Firma ist hermetisch von der Außenwelt abgeriegelt. Sollte doch mal irgendein Leck oder ein Riss in einer Wand entstehen – sei es durch Zufall oder durch böswillige Absicht –, würde Luft zu uns hereindringen, aber nicht die Luft von uns nach draußen. Würde das geschehen, wäre es nicht gut.«

Agathe hatte wieder die Kontrolle über ihren Gleichgewichtssinn erlangt. »Was muss ich mir darunter vorstellen?«

»Wir wollen um jeden Preis verhindern, dass etwas von unseren Substanzen in die Umwelt gelangt.«

»Lieber Himmel, das hört sich ja dramatisch an. Ich dachte, ihr stellt hier Medikamente gegen Krebs und so her?«

Chiara lächelte kurz. »Das tun wir auch. Aber unsere Medikamente sind keine Pillen wie die, die man sich gegen Kopfweh einwirft.«

»Sondern?«

»Bei ihnen handelt es sich um Impfstoffe, um sogenannte Vakzine. Das sind lebende Virenkulturen.«

Respektvoll folgte Agathe Chiara, als diese am Gitterlauf entlang in Richtung einer Treppe ging, die abwärts führte.

Auf drei Etagen waren auf Metallgittern Arbeitsflächen eingerichtet worden. Mitarbeiter saßen an Hochleistungsrechnern. Auf dem Boden stand eine Art riesiger Plastikkäfig, der über zwei Etagen hoch war. Durch Scheiben fiel künstliches und hochenergetisch wirkendes Licht. Hinter ihnen sah Agathe Menschen, die in noch mehr Plastik gehüllt waren als sie selbst, nämlich von Kopf bis Fuß. Sie arbeiteten mit Pipetten, Reagenzgläsern und Bunsenbrennern.

»Das habe ich nicht erwartet«, hauchte sie durch das Gewebe des Mundschutzes hindurch.

Ihre Gastgeberin ging die Treppe nach unten und blieb auf der nächsten Ebene stehen. Nicht ohne Stolz beobachtete sie, wie Agathes Augen sich vor Staunen weiteten.

Es dauerte etwas, bis Agathe den Blick wieder von der Anlage abwenden konnte. Schließlich fragte sie: »Gestern Abend hast du uns erzählt, dass ihr hier an einem Krebsmittel arbeitet. Wozu braucht ihr die Impfstoffe?«

»Weil es verschiedene Ursachen für die Entstehung von Krebs gibt. Wenn er durch einen viralen Befall hervorgerufen wird, hoffen wir, mit unseren Mitteln künftig die Patienten dagegen zu immunisieren.«

»Aha. Klingt spannend«, sagte Agathe. Da sie sich auf dem Gebiet nicht auskannte, besann sie sich wieder auf den Grund ihres Besuches. »Du hast gesagt, du hättest hier in der Firma fast einen Unfall gehabt.«

»Keinen Unfall. Das war Absicht.«

»Wie auch immer«, wiegelte Agathe ab. »Jedenfalls wärst du beinahe abgestürzt. Wo ist das passiert?«

Chiara zeigte mit ihrem Gummifinger auf Agathes Füße.

»Dort, wo du jetzt stehst.«

Agathe blickte nach unten. Bis zum Hallenboden konnten es in der Tat die von Chiara angegebenen acht Meter sein.

Sie ging in die Knie und untersuchte die Nahtstellen der Gitter, die ihr nicht anders als die handelsüblichen erschienen, die auf Gehsteigen eingesetzt wurden, wenn sich darunter zum Beispiel Kellerfenster befanden.

Sie sah Chiara an. »Wann genau ist das passiert?«

»Es war spät am Abend, als ich ganz normal von dort den Laborkomplex betrat.« Die stellvertretende Werksleiterin zeigte nach oben zur Luftschleuse. »Ich musste eine Dokumentation einiger unserer Forschungsergebnisse vorbereiten. Manche unserer Rechner sind nicht mit der Außenwelt verbunden, damit sie nicht gehackt werden können. Deshalb speichern wir auf ihnen spezielle Daten von Recherchen.«

»Diese geheimen Computer befinden sich wohl in diesem Bereich, wie ich annehme?«

»So ist es.«

»Dann bist du also nachts hier in die Halle gegangen. War sonst noch jemand da?«

»Nur die Security. Wir arbeiten nicht im Schichtbetrieb wie BMW oder LEAR, unsere Angestellten können abends zu Hause bei ihren Familien sein.«

»Verstehe.«

»Ich gehe also ganz normal die Treppe hinunter. Als ich auf die erste Gitterplatte trete, knirscht es, und sie rutscht an einer Ecke vom Auflagerahmen. Hätte ich nicht noch eine Hand am Treppengeländer gehabt und mich daran auf die letzte Treppenstufe zurückziehen können, hätte ich die lose Ecke mit meinem vollen Körpergewicht belastet.«

Skeptisch beugte sich Agathe hinunter und ruckelte an der Gitterplatte neben der, auf welcher sie standen. Doch die Metallteile passten perfekt zusammen. Zwischen ihnen gab es keinen Millimeter Spiel. »Die Gitter sind mit dem Rahmen verschraubt«, bemerkte sie.

»Stimmt.« Chiara nickte. »Deswegen muss jemand vorher die Schrauben gelöst haben.«

Mit vorgeschobener Unterlippe erhob sich Agathe. »Und du glaubst, dass Anja Bandermann dieser Jemand war?«

»Ich habe dir doch schon erzählt, dass sie auf meinen Posten scharf war.«

»Das ist ein Motiv, zugegeben, aber –«

»In jener Nacht bin ich sofort wieder die Treppe hinaufgerannt, um unseren Sicherheitsdienst zu verständigen. Aber als ich mit einem der Jungs zurück war, war die Platte wieder fest verschraubt.«

»Okay ...«

»Der Mann hat mich natürlich angeschaut, als hätte ich einen Vogel, aber das alles ist wirklich passiert.«

Agathe ging auf dem Gitter hin und her und suchte dabei das Gestell ab, auf welchem die einzelnen Gitterplatten ruhten. »Habt ihr hier keine Überwachungskameras?«

»Doch, natürlich. Aber diese Ecke liegt in einem toten Winkel. Die Kameras sind auf den Forschungs- und Laborbereich ausgerichtet.«

Agathe dachte eine Minute lang nach.

»Du sagst, dass das Gitter nach deinem Fast-Unfall wieder fest verschraubt war?«

»Ja.«

»Und wer hat das deiner Meinung nach getan?«

Chiara streckte ihre Hände aus, als wäre die Antwort nur allzu offensichtlich. »Na, wer wohl?«

»Anja Bandermann?«

Chiara nickte.

»Hat sie sich denn in dieser Nacht auch hier aufgehalten?«, schob Agathe eine eher rhetorische Frage hinterher. »Das müsste doch nachzuprüfen sein, weil jeder sich einloggen muss, um den Bereich zu betreten, oder?«

»Selbstverständlich. Und im System wurde einwandfrei registriert, dass Anja in dieser Nacht zur selben Zeit wie ich in der Firma war.«

Als Agathe ihre Inspektion beendet hatte, erklommen die beiden Frauen wieder die Stufen nach oben und verließen den sterilen Labortrakt.

Agathe entledigte sich der Handschuhe und der anderen Schutzutensilien, bedankte sich bei Chiara und stand wenig später wieder auf dem Parkplatz von Frontzeck Medical. Als Nächstes wollte sie zu Chiaras Bruder auf dessen Bauernhof fahren, um ihm ein wenig auf den Zahn zu fühlen.

Schon im ersten Kreisverkehr schalt sie sich dafür, Chiara nicht nach der Adresse ihres Elternhauses gefragt zu haben.

10

Als Leitner vom Fitnessstudio wieder in die Innenstadt gefahren war, beschloss er, am Supermarkt auf dem ehemaligen Tonwarengelände unterhalb der Adenauerbrücke zu halten und Milch und Toilettenpapier zu kaufen. Beides ging in ihrer Wohnung zur Neige.

Voll ausgerüstet stieg er wieder in seinen Wagen. Als er an der Ampel der Paul-von-Denis-Straße warten musste, stach ihm ein Bus ins Auge, der in französischer Sprache beschriftet war und Richtung Zentrum fuhr. Zwei Fahrzeuge dahinter entdeckte er den Wagen seines alten Schulfreundes Fritz Detter.

Die Ampel sprang auf Grün, und Leitner folgte Detter bis zum Marktplatz, wo dieser sofort einen Parkplatz ergattern konnte. Leitner musste eine halbe Runde drehen und stellte sich schließlich in die obere Parkreihe. Noch durch die Windschutzscheibe sah er, dass Detter, mit Schreibblock und Fotoapparat bewaffnet, auf Höhe des Glockenspiels wartete.

»Was ist denn passiert, dass sogar du mal arbeiten musst?«, schoss Leitner die übliche Begrüßungssalve auf Fritz Detter, als er neben ihm stand.

»Servus, du Hobby-Ermittler!«, rief dieser mit seiner typischen hohen Stimme.

»Das ist doch mehr als ungewöhnlich, dass der Chefredakteur persönlich auf einem Lokaltermin den Bleistift zückt. Sind euch die Praktikanten ausgegangen?«

Detter warf einen Blick auf seine luxuriöse Breitling. »Acht Uhr dreißig. Da stellt sich mir natürlich die Frage: Bist du schon oder noch wach?«

»Ich war schon im Fitnessstudio«, sagte Leitner.

»Bitte was? Diese Seite an dir kenne ich ja noch gar nicht.«

»Ja mei, öfter mal was Neues.«

Detter legte einen Zeigefinger an den Mund. »Du und Sport, das kann eigentlich nur einen Grund haben. Wie heißt sie denn?«

Leitner grinste breit. »Du hast recht, ich war wirklich wegen einer Frau da. Aber von der erzähle ich dir ein anderes Mal. Mich interessiert eine ganz andere Sache.«

»Schieß los.«

»Ich müsste mit einem Rechtsanwalt sprechen, der sich mit Familienrecht auskennt. Weißt du da jemanden?«

Detter ging einige Schritte nach rechts, um zur Marktplatzkreuzung zu sehen, und schwieg.

»Auf wen wartest du denn?«, fragte Leitner irritiert.

»Auf den Oberbürgermeister. Und auf die Franzosen. Du weißt doch, Städtepartnerschaft Schwandorf-Libourne.«

»Ja, freilich weiß ich das.«

Sofort musste Leitner an seinen eigenen Besuch der französischen Stadt nahe Bordeaux zurückdenken. Die Städtepartnerschaft wurde von deutscher wie von französischer Seite schon lange gepflegt. Dabei blieben auch gegenseitige Besuche der örtlichen Musikgruppen nicht aus. Mit den Kirwamusikanten hatte Leitner vor Jahren auf dem Stadtfest von Libourne gespielt und sowohl die leichte und unbeschwerte Art der Franzosen als auch die schweren und wohlschmeckenden Weine der Region noch in bester Erinnerung.

Mit einem Auge zur Kreuzung schielend, sagte Detter: »Die Städtepartnerschaft feiert demnächst ihr fünfundfünfzigjähriges Jubiläum, und das bereiten beide Städte natürlich jetzt schon vor.«

»Verstehe. Darum schickt die Zeitung die erste Garde.«

»So ist es. Ach, da unten kommen sie schon.«

Von links wurden unbeschwertes Gelächter und Stimmen lauter. Etwa fünfzig Jugendliche sowie vier Erwachsene betraten in Begleitung eines Mannes den Unteren Marktplatz. Der Oberbürgermeister winkte Detter bereits von Weitem zu.

Der erwiderte den Gruß. »Jetzt musst du mich leider entschuldigen«, sagte er zu Leitner. »Die Pflicht ruft. Aber zu deiner Frage gerade eben: Geh doch einfach die Friedrich-Ebert-Straße rauf. Auf der linken Seite hat der Fred Kern seine Kanzlei. Der kennt sich aus mit Familienrecht. Vielleicht hast du ja Glück, und er ist da.«

Damit ließ Detter Leitner stehen und begrüßte das Stadtoberhaupt und die französischen Gäste. »*Salut, Giselle! Je suis très heureux de te revoir* …«

Leitner betrachtete vergnügt, wie Detter versuchte, knapp sechzig Menschen vor und neben dem Glockenspiel aufzustellen, sodass alle auf seinem Foto zu sehen sein würden, dann lenkte er seine Schritte zu der etwa hundert Meter entfernt gelegenen Kanzlei von Fred Kern.

Die Sekretärin starrte ihn ungläubig an, als Leitner vor ihr stand und sie fragte, ob er kurz mit Anwalt Kern sprechen könne.

»Der Herr Rechtsanwalt ist leider bei Gericht. Sie haben keinen Termin vereinbart?«

»Nein, leider nicht.«

»Dann kann ich Ihnen leider nicht weiterhelfen.« Sie überflog den Kalender ihres Chefs auf dem Bildschirm. »Nein, da schaut's schlecht aus … Wie wäre es am Dienstag in zwei Wochen?«

»Nein, das ist zu lange hin. Ich danke Ihnen trotzdem für Ihre Mühen.«

Doch Leitner hatte Glück. Als er sich zum Gehen wandte, öffnete Fred Kern die Tür und betrat die Kanzlei.

Der groß gewachsene Mann grüßte ihn freundlich, blickte erst auf seine Uhr und dann zur Sekretärin. »Habe ich einen Termin versurrt?«

»Nein«, erwiderte Leitner schnell. »Der Herr Detter hat mir empfohlen, spontan bei Ihnen vorbeizuschauen.«

»Herr Detter, der Chefredakteur?«

Leitner nickte.

Kern wandte sich an seine Mitarbeiterin. »Was steht denn heute Vormittag noch an?«

»Fallbearbeitungen. Und um dreizehn Uhr ist die Verhandlung am Amtsgericht Amberg.«

»Ein paar Minuten habe ich also.« Kern lächelte Leitner an. »Dann kommen Sie mal mit.«

Erfreut betrat Leitner das Büro des Anwalts und nahm gegenüber dessen Schreibtisch Platz.

»Soso, der Herr Detter schickt Sie also«, begann Kern. »Ich habe bei meinen Fällen immer gut mit ihm zusammengearbeitet.«

»Das kann ich mir vorstellen«, meinte Leitner.

»Und worum geht es in Ihrer Sache?«

»Ich bin nicht persönlich betroffen, aber ich hätte eine Frage zum Erbrecht. Kann man, wenn man etwas vererben will, die Hinterbliebenen zu gewissen Handlungen zwingen?«

»Was genau meinen Sie?«

»Na ja, könnte man in sein Testament hineinschreiben: ›Wenn meine Tochter dies oder jenes nicht macht, dann erhält sie auch nichts von meinem Erbe‹?«

Kern fuhr mit dem Zeigefinger an seiner Schreibtischunterlage entlang. »Sie wollen also wissen, ob man eine Erbschaft an Bedingungen knüpfen kann?«

»So in etwa, ja.«

»Im Prinzip ist das schon möglich. Aber für eine verlässliche Aussage müsste ich die Details kennen.«

Leitner nannte keine Namen, als er dem Anwalt den Erbfall von Chiara und ihrem Bruder Leon darlegte, soweit er ihm bekannt war.

Fred Kern hatte sich inzwischen mit einem goldenen Brieföffner bewaffnet, einem schön gearbeiteten Dolch, mit dem der Jurist undefinierbare Muster auf die Schreibtischunterlage malte. »Es gibt selbstverständlich aufschiebende oder auflösende Bedingungen, die der Erblasser in seinem Testament oder Erbvertrag festlegen kann«, sagte er schließlich langsam. »Ein häufig auftretendes Beispiel ist, dass der Verstorbene in seinem Letzten Willen festgehalten hat, dass sein Vermögen oder die Firma an den Erbnehmer erst nach dessen Volljährigkeit fällt. Auch das Aufrechterhalten eines Betriebes kann Bedingung für eine Erbschaft sein. Dem Erblasser sind hier wenig Grenzen gesetzt.«

»Das heißt, wenn ich etwas vererben möchte, kann ich sozusagen noch aus dem Grab heraus bestimmen, was meine Nachfahren zu tun und zu lassen haben?«, wollte Leitner sich versichern, dass er das Juristendeutsch richtig verstanden hatte.

»Selbstverständlich. In Deutschland herrscht Testierfreiheit, die jedoch nicht mehr gilt, wenn eine Erfüllung der Bedingung unmöglich oder unerlaubt ist.«

»Wie etwa was?«

»Zum Beispiel, einen anderen Menschen zu töten. Oder wenn verlangt wird, dass der Erbnehmer nur dann die Erbmasse erhält, wenn er vorher zum Mond geflogen ist. Derlei Bestimmungen haben natürlich keine Rechtsgültigkeit.«

Da er wusste, dass sein Gehirn nicht mehr allzu viele juristische Sprachkonstruktionen verkraften würde, sagte Leitner: »Bei dem Fall, den ich Ihnen geschildert habe, ist es ja so: Eine Person bekommt das Haus erst, wenn sie verheiratet ist, ansonsten kriegt's der Bruder. Das würde gehen?«

»Daran ist juristisch nichts zu beanstanden. Man spricht hier von einer Auflage nach Paragraf 1940 BGB, die jedoch nicht eingeklagt werden kann oder Anspruch auf Erfüllung verleiht. Rechtswirksam wird sie erst, wenn die Erbeinsetzung unter einer auflösenden Bedingung nach Paragraf 2074, 2075 BGB bei Nichterfüllung der vorbezeichneten Auflage steht.«

Leitner sah Kern mit vernebeltem Blick an. »Hä?«

Der Anwalt lächelte freundlich. »Es ist also möglich.«

Leitner schüttelte den Kopf, um die Zuckerwatte aus seinem Gehirn zu entfernen, die das Anwaltskauderwelsch dort hinterlassen hatte. »Dann bedanke ich mich sehr, dass Sie mir so kurzfristig weiterhelfen konnten«, sagte er.

»Ich bitte Sie, keine Ursache.«

Höflich nickte er Kern nochmals zu.

Als er sich schon zur Tür umgedreht hatte, rief Kern ihm heiter hinterher: »Geben Sie Frau Deml doch noch kurz Ihre persönlichen Daten. Dann kann sie eine Mandantschaft anlegen und Ihnen meine Rechnung über das Beratungshonorar zuschicken!«

11

Es kostete Agathe eine Butterbreze in der Bäckerei in Klardorf, um von der Verkäuferin zu erfahren, wo im Dorf der Schuhbauer-Hof lag.

Sie fuhr die Straße in Richtung Zielheim weiter und entdeckte bald auf der linken Straßenseite die beschriebene Abzweigung. Der Bauernhof bestand aus einem großen Innenhof, der gesäumt war von einem Wohnhaus, einer Gebäudezeile für die Traktoren und Maschinen, einem Schuppen und Stallungen. Agathe fuhr zwischen dem Stall und dem Wohnhaus hindurch auf den Hof und parkte den BMW neben einem Ford Transit.

Dem Transporter sah man an, dass er regelmäßig in unwegsamem Gelände unterwegs war. Die Reifen sowie die Karosserie waren stark mit Lehm und Schlamm verschmutzt, und durch die offen stehende Schiebetür konnte Agathe Seile, Werkzeugkästen und Decken erkennen.

Als sie aus dem Stall hörte, wie sich ein Pferd mit entschlossenem Wiehern über irgendetwas empörte, folgte Agathe dem Geräusch und fand prompt zwei Personen vor, die der von ihr vermuteten Tätigkeit nachgingen: Sie verpassten einem gepflegten dunkelbraunen Hengst neue Schuhe.

»Jetzt gib Ruh!«, sagte ein junger Mann Ende zwanzig gelassen, aber bestimmt, während er eine Hand an den Kopf des Pferdes hielt. »Der Vaclav ist ja gleich fertig.«

Wie zur Antwort stieß der Hengst Luft durch die Nüstern aus, so als wollte er sagen: »Dann soll er sich mal beeilen, der Vaclav!«

Der Hufschmied – anscheinend Vaclav mit Namen – keilte in dem Moment einen Schraubenzieher in den Huf des Tieres und verwendete seine ganze Kraft darauf, an dessen Griff zu ziehen. »Da steckt tief was drinnen«, keuchte er mit deutlich slawischem Akzent.

»Das kann schon mal passieren bei allem, was heute auf der Straße rumliegt. Aber gleich hast du's überstanden, versprochen.« Der junge Mann streichelte dem Pferd die Nase.

Agathe kam es so vor, als würde das Pferd sich tatsächlich nur dem jungen Pferdeflüsterer zuliebe, in dem sie Leon Schuhbauer vermutete, zusammenreißen und weiter tapfer stillhalten.

Dieser nickte kurz, als er die Besucherin erblickte.

Agathe deutete kurz an, dass sie mit ihrem Anliegen warten würde, bis die Prozedur vorbei war, und er nickte wieder.

Es dauerte keine Viertelstunde, und Marko, der schneidige Hengst, wurde mit einer Extraportion Karotten belohnt und durfte sich auf dem Paddock austoben. Nachdem der junge Mann den Hufschmied verabschiedet hatte, ging er auf Agathe zu.

»Jetzala!«, sagte er fröhlich, wischte sich die Hände an einem frischen Tuch ab und reichte ihr die rechte Hand.

Sie erwiderte den Gruß und war nicht in der Lage, ihren Blick von seinem zu lösen. Wie seine Schwester Chiara hatte Leon Schuhbauer fast schwarze Augen, die knisternde Spannung aussandten. Agathe erkannte die Familienähnlichkeit sofort. Auch seine Gesichtszüge waren klar, aber nicht hart. Sein Teint war makellos, wenngleich die Haut wettergegerbt war, auf seinem Kinn spross ein markanter Dreitagebart. Seine vollen Lippen lächelten, und sein schlanker Körper steckte in einem grauen Overall. Er erinnerte Agathe ein bisschen an einen Piloten aus den vierziger Jahren des letzten Jahrhunderts.

»Wie kann man Ihnen helfen?«, fragte er.

»Leon Schuhbauer?«, stellte Agathe die Gegenfrage.

»Ja. Und wer sind Sie?«

»Ich heiße Agathe Viersen. Sehr beeindruckend, wie Sie gerade Ihren Hengst beruhigt haben.«

Schuhbauer blickte zu dem Paddock, wo Marko hüpfend und mit den Hinterbeinen in die Luft stoßend seine Freiheit genoss. »Mei, er hat halt seinen eigenen Kopf. Man muss ihn nur zu nehmen wissen.« Sein Blick kehrte zu ihr zurück, und wieder entstand eine seltsame Pause.

Schuhbauer wirkte auf Agathe wie ein Schüler, der Hemmungen hat, eine Mitschülerin auf ein Eis einzuladen. Er lächelte sie verlegen an und sah dann zu Boden. Agathe wollte ihn von seinen Qualen erlösen und ein Gespräch beginnen, aber aus irgendeinem Grund stand sie reg- und ebenfalls wortlos da und sah den hilflosen Mann einfach nur an. Die Sekunden, die vergingen, fühlten sich wie Stunden an.

Schließlich überwand sich Leon Schuhbauer, und die Worte sprudelten in einem Schwall nur so aus ihm heraus. »Ihr Name klingt nach Norddeutschland. Falls Sie also daran interessiert sind, auf meinem Bauernhof Urlaub zu machen, muss ich Sie leider enttäuschen. Ich nehm keine Gäste auf, ich bin bloß ein normaler Bauer.«

Agathe zwang sich, nicht zu lächeln, um die Unsicherheit des jungen Mannes nicht noch zu verstärken. »Ich suche keine Unterkunft«, sagte sie so ernst wie möglich. »Ich bin beruflich hier. Es geht um Ihre Schwester Chiara.«

Die unschuldige Aura von Leon Schuhbauer verflog sofort, und an ihre Stelle trat kühle Vorsicht. »Was ist mit ihr?«

»Nun, waren Sie am letzten Samstag bei ihrer Hochzeitsfeier?«

»Nein.«

Agathe beobachtete jede Regung in seinem Gesicht, das aber im Vergleich zu vor ein paar Sekunden so gut wie versteinert blieb. »Aber Sie wissen, was während der Feier passiert ist, oder?«

»Freilich! Was geht Sie das an?«

»Ich bin damit beauftragt, im Fall der toten Frau zu ermitteln«, sagte Agathe wahrheitsgemäß.

Zu ihrer Erleichterung schien Leon Schuhbauer das so hinzunehmen und erkundigte sich nicht nach Agathes genauer Legitimation. »Soso«, murmelte er stattdessen nur. »Und was wollen Sie von mir wissen? Ich war nicht da, wie ich Ihnen gerade schon gesagt habe.«

»Kannten Sie die Tote? Emma Geiger?«

»Nein.«

»Sie war die Trauzeugin Ihrer Schwester.«

»So hat's in der Zeitung gestanden, ja. Aber ich habe sie nicht gekannt.«

»Sie haben offenbar nicht sehr häufig Kontakt zu Ihrer Schwester?«, bohrte Agathe nach.

»Persönlich so gut wie gar nicht mehr. Wenn, dann über unsere Anwälte. Leider lässt sie mir keine andere Wahl.«

Dieser nüchterne Satz ging Agathe unter die Haut. »Warum?«

Leon Schuhbauer streckte seine Arme seitwärts aus. »Darum. Schauen Sie sich nur um, darum geht's!«

»Um Ihren Bauernhof?«, fragte Agathe. »Der steht auf dem Spiel?«

»Allerdings.«

Respektvoll zog sie die Mundwinkel nach unten. »Dann geht es um einiges.«

»Um alles! Um alles, wofür unsere Eltern gekämpft und gearbeitet haben.«

Agathe konnte sich vorstellen, wie sehr man an einem solchen Hof hängen musste, wenn man darauf aufgewachsen war. Sie schätzte Leon Schuhbauer als sehr heimatverbunden ein. Um den Informationsfluss nicht versiegen zu lassen, schob sie ihre nächste Frage gleich hinterher. »Aber warum ist Ihr Hof in Gefahr? Und was hat Ihre Schwester damit zu tun?«

Schuhbauer vergrub trotzig seine Hände in den Taschen des Overalls und trat verlegen von einem Bein auf das andere. Wieder kam er Agathe vor wie ein Schüler, der diesmal dem Schuldirektor wegen einer unangenehmen Sache Rede und Antwort stehen musste. »Wegschieben will sie unseren Hof«, sagte er. »Alles. Das Wohnhaus, den Stall, die Felder.«

»Wegschieben?«

Er machte eine Geste mit den Händen. »Mit dem Bagger wegschieben. Sie will alles hier abreißen!«

»Ach so.«

»Und dann Wohnblöcke hinbauen.«

Agathe tat, als müsste sie diese Informationen erst verarbeiten. Dann sagte sie: »Sie will also den landwirtschaftlichen Betrieb aufgeben und stattdessen Mietshäuser errichten?«

Schuhbauer nickte. »Und das genau jetzt, wo die neue Vermarktungsoffensive läuft. Wo auf dem Hof wieder was gehen würde!«

»Ihre Schwester hat wohl mit der Landwirtschaft selbst nichts zu tun?«

Wieder stopfte er seine Hände in die Overalltaschen. »Da könnte man sich ja ein Fingernägelchen abbrechen. Oder beim Ausmisten mit dem Absatz des Stöckelschühchens im Gitterrost vom Kuhstall stecken bleiben. Mein Schwesterchen? Nein, eine so niedere Arbeit kann man von einer Frau Doktor nicht verlangen.«

Agathe versuchte, ihm eine weitere Brücke zu bauen. »Sie bildet sich auf ihren Doktortitel wohl viel ein, wie?«

Schuhbauers tiefes Schnaufen ließ Agathe nur vermuten, wie viele Konflikte es wegen des heimischen Betriebs zwischen ihm und seiner Schwester seit deren Kindheit bereits gegeben haben musste. »Es spricht doch wohl Bände, wenn mir ihr Anwalt mitteilen lässt, dass ich meine eigene Schwester künftig mit ›Frau Dr. Rester‹ anzusprechen habe«, sagte er. »Diese dumme Kuh. Wir sind doch hier aufgewachsen! Ein Bauernmädchen wird zur Frau Doktor, heiratet, und schon kann man mit ihr kein vernünftiges Wort mehr wechseln.«

Agathe ließ ihm die paar Sekunden Zeit, die er brauchte, um sich zu beruhigen.

»Mir ist doch egal, was sie von Beruf ist«, fuhr er schließlich fort. »Ich weiß seit Jahren, dass sie nicht auf unserem Bauernhof arbeiten will. Muss sie ja auch nicht. Aber ich verstehe halt nicht, warum sie jetzt versucht, ihn mir wegzunehmen. Wenn unsere Eltern das miterleben müssten …« Er richtete die Augen zum Himmel.

»Ihre Eltern leben nicht mehr?«, fragte Agathe vorsichtig.

Schuhbauer schüttelte den Kopf. »Schon seit zwei Jahren nicht mehr. Sind nicht besonders alt geworden, aber der Krebs kennt keine Gnade.«

»Das tut mir leid«, sagte Agathe aufrichtig und überlegte sich den nächsten Zug auf dem Schachbrett der Zeugenvernehmung. Nochmals ließ sie den Blick über den Hof schweifen. »Das ist doch eine großartige Aufgabe, so etwas Schönes zu erhalten. Aber wahrscheinlich auch sehr anstrengend.«

»Anstrengend?«

»Man liest doch überall, dass es den Landwirten heute schwer gemacht wird. Ich meine, mit den EU-Vorschriften, Dokumentationspflichten und so weiter.«

Leon Schuhbauer scharrte mit der Fußspitze auf dem Boden. Er schien es nicht gewohnt zu sein, dass seine Arbeit anerkannt wurde. »Es ist nicht mehr so leicht wie zu den Zeiten unserer Eltern, das stimmt schon. Aber genau deswegen habe ich mich jetzt einigen Initiativen angeschlossen. Gemeinsam wollen wir den Verbrauchern und auch den Politikern zeigen, wie wir unsere Erzeugnisse herstellen. Wo genau sie herkommen und wie wir unsere Tiere aufziehen und halten. Ist doch ein Unding, dass tonnenweise Schweröl in die Luft geblasen wird, weil Ihr Rindfleisch mit dem Schiff aus Argentinien kommt.«

Agathe aß sehr gern argentinisches Steak und horchte daher auf, als Schuhbauer weiter ausführte: »Jedes Stück Rind aus Bayern kann es mit seinen südamerikanischen Genossen aufnehmen, wenn man sowohl mit dem Tier als auch später mit seinem Fleisch richtig umgeht. Und man vermeidet damit sogar noch, dass die Viecher durch die halbe Welt gekarrt werden müssen.«

»So habe ich das noch nie gesehen«, sagte Agathe.

»Darüber könnte ich noch viel erzählen. Genau diese Aspekte wollen wir bekannter machen. Wir möchten kurze Transportwege, nachhaltige Bodenpflege und gesunde Pflanzen und Tiere. Dafür kämpfe ich.« Er machte eine Pause, hörte auf, mit dem Fuß zu scharren, und hob den Kopf. »Das heißt, dafür würde ich kämpfen. Aber sie lässt mich ja nicht. Sie macht es mir unmöglich.«

»Ihre Schwester Chiara?«

»Wer sonst? Dieses verfluchte Testament! Warum musste sie ausgerechnet jetzt heiraten?«, stieß Schuhbauer bitter hervor.

Agathe neigte neugierig den Kopf. »Was hat denn das Testament damit zu tun, dass sie geheiratet hat?«

Er machte Anstalten zu antworten, als von der Zufahrt ein Dieselmotor zu hören war. Schuhbauer trat von Agathe ein paar Meter weg, um einen Blick an den Gebäuden vorbei auf die Straße werfen zu können. »Da kommt der Steinbauer. Der bringt mir mein Zeug.«

Auch Agathe stellte sich so hin, dass sie den sich nähernden Kleinlaster sehen konnte. Der Fahrer drehte auf dem Hof eine große Schleife um die beiden, blieb stehen, legte den Rückwärtsgang ein und lenkte den Laster schließlich vorsichtig mit der Heckklappe voraus in Richtung eines Schuppens. Auf der Plane des Lastwagens las Agathe das Logo der Baufirma Steinbauer.

»Tun wir die Säcke mit dem Haftputz gleich runter, Leon?«, fragte der Fahrer, als er ausgestiegen war. »Mir pressiert's heut ein bisserl.«

»Ich komm schon, Heinz!«, rief Schuhbauer ihm zu. Und an Agathe gewandt sagte er: »Ich muss jetzt wieder arbeiten. Tut mir leid.«

»Schon okay.«

Noch eine Sekunde lang blickte sie ihm nach, bevor sie zu ihrem Auto ging. Sie war überrascht, als sie noch einmal die Stimme des jungen Bauern hörte.

»Wenn Sie wollen, können wir uns heute Abend ja weiter über das Thema unterhalten.«

Sie drehte sich um. »Gern! Wann haben Sie denn Feierabend?«

»Ein Landwirt hat nie Feierabend.«

»Hm, dann weiß ich nicht …«

Er lachte kurz auf. »Aber bei diesem Wetter gönne ich mir um sieben gern eine Halbe Bier beim ›Obermeier‹.«

Agathe nickte. Sie kannte das Turmrestaurant Obermeier in Klardorf vom Vorbeifahren. »Sieben Uhr klingt gut.«

»Dann auf der Terrasse.«

Schon war Leon Schuhbauer behände wie ein Känguru hinter den Lastwagen gesprungen und half beim Abladen.

Agathe stieg in ihren BMW, beobachtete den jungen Mann noch kurz und legte sich dann eine Erklärung für Leitner zurecht, warum sie sich mit einem Zeugen zu einem Abendtermin traf.

12

»Hältst du das für professionell?«

In der Küche ihrer gemeinsamen Wohnung presste Agathe den Saft einer Zitrone in ein Glas kalten Tee. Sie hatte Leitners Frage erwartet, und dennoch fühlte sie sich von ihm angegriffen. »Was soll daran unprofessionell sein?«, fragte sie und warf die ausgedrückte halbe Zitrone in den Bioabfall unter der Spüle.

Leitner klickte sich auf seinem Notebook durch die Seiten eines Online-Musikversandhauses. »Ich meine ja bloß«, sagte er. »Leon Schuhbauer ist immerhin ein Tatverdächtiger in einem Mordfall.«

»Wir wissen doch noch gar nicht, ob es sich bei dem Tod der Frau wirklich um einen Mordfall handelt. Nach allem, was uns bislang bekannt ist, könnte es auch nur ein Unfall sein.«

Leitner sah vom Bildschirm auf. »Das sind ja plötzlich ganz neue Töne. Ich höre dich noch sehr genau, wie du zu mir gestern gesagt hast, dass die beste Vorgehensweise wäre, Anja Bandermann, Leon Schuhbauer und Angelika Hammer zu befragen, solange wir von der Polizei nichts anderes hören. Und wenn es sich um Mord handeln würde, müsste auch die Jacortia nichts zahlen, die ja unser Auftraggeber ist und in deren Sinne wir handeln. Waren das nicht deine Worte? Zumindest sinngemäß?«

Agathe setzte ihren Eistee ab. »Doch, natürlich. Aber ich habe dir doch schon ausführlich von meinem Besuch bei Frontzeck Medical berichtet.«

»Und?«

»An Chiaras Geschichte mit dem manipulierten Gitter gibt es einige Ungereimtheiten, die mir nicht schmecken. So wirklich glaubwürdig erscheint mir die Sache nicht.«

»Ach so, jetzt kapiere ich: Weil der potentielle Anschlag von Anja Bandermann dich nicht vollständig überzeugt hat, setzt du nun alles auf Chiaras Bruder. Ihr geht zusammen aus, damit du ihn noch mal aushorchen kannst, habe ich das so richtig zusammengefasst?«

Der Diskussion überdrüssig, stöhnte Agathe: »Ich weiß auch nicht, was du da schon wieder hineingeheimnisst.«

»Oh, gar nichts. Ich habe nur gerade versucht, mich zu erinnern.«

»Woran?«

»An deine letzte Beziehung. Das ist ja das Schöne an unserer gemeinsamen Wohnung. Wir nehmen am Leben des anderen teil. In puncto Männer hat sich in letzter Zeit nicht wirklich viel bei dir getan, oder?«

»Jetzt mach aber mal einen Punkt!«, rief Agathe empört. »Ich setze lediglich die Befragung eines Zeugen fort. Daran ist nichts Schlimmes!«

Leitner wandte sich wieder seinem Computerbildschirm zu. »Nein, etwas Schlimmes ist das freilich nicht. Ich wollte ja auch nur von der Profi-Detektivin wissen, ob so ein Treffen unter die normalen Ermittlungstaktiken fällt.«

Agathe sah durchs Fenster auf die Klosterstraße hinunter. »Bei der Polizei wäre so ein Vorgehen natürlich nicht erlaubt«, murmelte sie. »Aber ich bin nicht mehr bei der Polizei. Wir, du und ich, sind jetzt beide eigenständige Detektive. Unsere Methoden können wir uns selbst aussuchen. Hinterher zählt nur, dass sie zum Erfolg geführt haben.«

Leitner klickte die Seite für Tenorhornmundstücke an. »Nun, so wie du mir den Schuhbauer beschrieben hast, hoffe ich auch, dass euer Treffen uns zum Erfolg führt. Er ist ja noch sehr jung, oder?«, frotzelte er.

»Gerhard! Ich will ihn befragen. Mit ihm sprechen. Nicht mit ihm –«

Leitner hob übertrieben unschuldig die Hände. »Hallo, hallo! Ich habe überhaupt nichts Derartiges andeuten wollen!«

»Nein, natürlich nicht. Das wär das Letzte, was du tun würdest«, blaffte Agathe sarkastisch.

»Irgendwer wird aus Leon schon noch einen Profi machen ...«, konnte Leitner sich nicht verkneifen und grinste.

Agathe hielt es für schlauer, nichts mehr zu diesem Thema zu sagen. Sie kannte Leitners derben Humor, mit dem er sie meist nicht wirklich verletzen, sondern lediglich necken wollte.

Eine Minute lang schwiegen beide, dann fragte sie: »Was steht denn bei dir heute noch auf dem Programm?«

Ihr entging nicht, dass Leitner zögerte, bevor er antwortete. »Ich … habe auch noch einen Abendtermin.«

»Weit weg?«

»Steinberg. Beim ›Fenzl‹.«

Agathe nippte am Eistee. »Wegen unseres Falls oder privat?«

Wieder kam Leitners Antwort nicht sofort. »Es hat mit unserem Fall zu tun …«

In Agathes Gehirn machte es laut »Klick!«, und sie knallte das Glas auf den Tisch. »Anja Bandermann! Du triffst dich mit Anja Bandermann?«

Leitner scrollte angestrengt auf der Internetpage rauf und runter und tat so, als würde er fieberhaft nach einem bestimmten Artikel suchen. »Wie ich dir vorhin schon gesagt habe, es war nicht viel Zeit heute früh im Fitnessstudio. Ich muss da noch mal genauer nachhaken und werde dabei auch irgendwie das Metallgitter erwähnen.«

Da Agathe nichts erwiderte, hob Leitner vorsichtig gerade so weit den Kopf, dass er über den hochgeklappten Bildschirm seines Laptops linsen konnte.

Agathe hatte ihr Glas wieder in der Hand und lächelte ihn übertrieben freundlich an.

»Was?«, fragte er unruhig.

Sie nahm einen kleinen Schluck.

»Was ist?«, wiederholte er seine Frage.

»Nichts«, flötete Agathe zuckersüß. »Aber auch Anja Bandermann ist eine Tatverdächtige in unserem möglichen Mordfall. Und auch bei dir ist der letzte Damenbesuch schon einige Zeit her, nicht wahr?«

»Wir reden also wirklich von Mord?«, giftete Leitner zurück, ohne auf die Spitze einzugehen.

»Ich will dich doch nur warnen, falls Anja Bandermann tatsächlich eine Mörderin ist.« Agathes Stimme war immer noch süßlich. »Du weißt schon: ›Bandermann mit dem goldenen Colt‹ …«

Leitner verzog sein Gesicht. War sein Wortwitz in Anspielung auf den Film »Léon – der Profi« schon weit hergeholt gewesen, so war es der mit dem Titel des James-Bond-Films aus den Siebzigern erst recht. Allerdings wurde ihm durch den Scherz eines klar: Weder er selbst noch Agathe unterschätzten die Situation. Sie mussten beide professionell mit den bisherigen zwei Tatverdächtigen umgehen. Keiner von ihnen durfte es sich leisten, auf eine private Schiene abzugleiten …

Er hoffte, dass Agathe das genauso sah.

13

Die Terrasse des Gasthofs Fenzl war bis auf den letzten Stuhl besetzt. Der Frühlingsabend war ungewöhnlich lau für April; umso mehr Gäste zog das schöne Wetter nach den grauen Wintermonaten ins Freie. Zumeist saßen sie in Pärchen, aber auch in Gruppen zu vieren an den Tischen. Die Bedienungen brachten die Bestellungen flink, immer wachsam, sich nicht gegenseitig in die Quere zu kommen.

Leitner hatte sich an einen der kleineren Tische gesetzt. Bereits kurz nach siebzehn Uhr, als der Gasthof öffnete, war er vor Ort gewesen, um einen Tisch für zwei Personen zu ergattern. Er hatte sich ein Weißbier bestellt, wartete aber mit dem Essen. Das würde er erst ordern, wenn Anja Bandermann eingetroffen war.

Wenn sie denn überhaupt kommt, dachte Leitner.

Aber er hatte in Bandermanns Stimme ein angenehmes, ehrliches a-Moll herausgehört und täuschte sich als langjähriger ehemaliger Musikant nur selten. Im Fitnessstudio hatte ihn nach seiner Erwähnung von Chiara Resters Hochzeit das Gefühl beschlichen, dass sich bei deren Kollegin ein paar Emotionen aufgestaut hatten. Jetzt wollte er herausfinden, ob er sie dazu bringen könnte, sich das, was sie belastete, von der Seele zu reden.

Er leerte seinen Weißbierstutzen und beantwortete die Frage der Bedienung nach einem weiteren mit einem Nicken. Vom Steinberger See her wehte eine milde Brise. Leitner beobachtete die vorbeifahrenden Autos und zwei Kinder auf der anderen Straßenseite, die nicht vom Befehl ihrer Mutter erbaut schienen, die Fahrräder in die Garage zu stellen und zum Abendessen ins Haus zu kommen. Angesichts der Braten, die währenddessen ohne Unterbrechung auf seiner Augenhöhe an ihm vorbeigetragen wurden, verspürte Leitner nun, es war schon gegen halb sieben, doch ein kleines Hüngerchen.

Er beschloss, noch bis sieben zu warten.

Was, wenn Anja Bandermann sich mit Absicht so ungenau ausgedrückt hatte? Schließlich hatte sie mit keinem Wort erwähnt, dass sie *heute* zum Essen gehen würde. Andererseits ... was hätte sie mit dieser Information sonst bezwecken wollen, als Leitner zeitnah nochmals zu sehen?

Er nahm die Speisekarte zur Hand und studierte sie. Brotzeiten ... *Nein.* Vegetarische Gerichte ... *Um Gottes willen!* Vom Grill ... *Schon eher.*

Wieder hob Leitner den Kopf, als ein Wagen auf den Parkplatz fuhr, und wieder war es nicht Anja Bandermanns Benz. Ratlos sah er auf die Uhr. Er spielte mit dem Gedanken, sich nun doch etwas zu essen zu bestellen und notfalls das Mahl allein zu genießen, bevor er wieder nach Hause fuhr, dann fällte er seine Entscheidung. Als die Bedienung das zweite Weizen brachte, sagte er: »Ich tät dann doch gern was zum Essen bestellen.«

Die Bedienung nickte. »Ich komme sofort, trag nur die restlichen Getränke weg.«

Nach wenigen Minuten merkte Leitner, wie sich jemand neben ihn stellte und nicht vom Fleck wich. Ohne aufzublicken, nahm er die Speisekarte, schlug sie auf der Seite mit den Rindfleisch-Gerichten auf und tippte auf eine Zeile. »Ich nehme den Zwiebelrostbraten.«

»Ich bleibe bei Salat.«

Leitners Kopf fuhr hoch, und er erblickte statt der Bedienung Anja Bandermann. Wie am Morgen war sie leicht verschwitzt, ein paar Haare klebten an ihrer Stirn. Unter ihrem leichten Sommer-T-Shirt machte Leitner, einer alten Gewohnheit folgend, einen cremefarbenen Büstenhalter aus. Dazu trug sie dreiviertellange Bluejeans.

Leitner stand auf. »Wie schön, dass Sie doch noch kommen.«

»Wieso ›doch noch‹?«, erwiderte sie in geschäftsmäßigem Ton.

»Nun ... ich dachte, wegen heute Morgen ...«

»Ich kann mich nicht daran erinnern, dass wir verabredet waren.«

Leitner akzeptierte, die erste Runde gegen Anja Bandermann verloren zu haben. »Da wir aber – rein zufällig – beide schon mal hier sind: Darf ich Sie einladen, sich zu mir zu setzen?«, fragte er.

Sie lächelte keck, nahm ihm gegenüber Platz und orderte ein großes Mineralwasser, einen Aperol Spritz und einen Fitnesssalat. Leitner entschied sich ohne Scham für den Zwiebelrostbraten englisch.

»Damit haben Sie die Kalorien ja gleich wieder drauf, die Sie im Fitnessstudio gelassen haben«, sagte Anja Bandermann.

»Ach wo. Rind ist doch sehr mager.«

»Rind vielleicht schon. Aber die Pommes frites, die Röstzwiebeln, die Kräuterbutter und das Weißbier …«

»Wenn wir davon gar nicht erst reden, machen sie bestimmt auch nicht dick«, grinste Leitner sie an.

Bandermann legte ihren Kopf etwas seitlich und beugte sich nach hinten, wie um nicht nur Leitners Oberkörper, sondern auch seine Gesäßpartie und die Beine unter dem Tisch in Augenschein nehmen zu können. »Vielleicht stimmt das sogar«, sagte sie dann. »Sie sind schließlich kein Problemfall. Figürlich.«

»Sie auch nicht.«

Anja Bandermann nippte kurz am Aperol. »Ich kenne meine Problemzonen«, meinte sie dann. »Ich bin nicht blind. Ich sehe meine Rettungsringe.«

»Rettungsringe, ich bitte Sie …«, sagte Leitner abwehrend.

»Na gut, dann sind es eben keine Ringe, sondern … Pölsterchen?«

In langen Jahren hatte Leitner gelernt, auf eine solche Frage einer Frau unter keinen Umständen etwas zu erwidern, ihr weder zuzustimmen noch ihr zu wiedersprechen.

Bandermann bemerkte seine Beherrschung und lachte. »Machen Sie sich keine Sorgen. Wie gesagt, ich kenne meine Zonen. Ich gehöre halt zu denen, die sich einen Aperol, ein gehaltvolles Salatdressing und das Weißbrot durch Rennradfahren verdienen müssen. Ich bin nämlich ein Problemfall. Figürlich gesehen.«

Leitner schüttelte den Kopf, um ihr zu zeigen, dass er das durchaus anders sah, und wechselte dann taktvoll das Thema. »Wie viele Kilometer sind es denn mit dem Rad hierher?«

»Von wo?«

»Von ...« Leitner unterbrach sich gerade noch rechtzeitig, um nicht aus Versehen zu verraten, dass er ihre Adresse bereits kannte. »Von da, wo Sie wohnen?«

»Sechs Komma fünf Kilometer einfach. Laut Fahrradcomputer.«

Leitner mimte den Enttäuschten. »Das ist auf jeden Fall mehr, als ich heute Morgen im Studio geschafft habe.«

Wieder lachte Anja Bandermann, und Leitner stimmte ein.

»Es geht mich zwar nichts an«, sagte er dann, »aber ich würde gern wissen, was eine Frau wie Sie beruflich macht.«

»Ich bin in einer Wackersdorfer Firma angestellt«, sagte sie prompt. »Hinten im Innovationspark.«

»Ah, bei BMW oder bei Caterpillar?«

»Weder noch, bei Frontzeck Medical.«

Leitner tat kurz, als würde er überlegen. »Die stellen Spritzen, Fläschchen, Inhalatoren und so Zeug her, oder?«

»Nein, da verwechseln Sie uns mit Gerresheimer. Wir sind in erster Linie in der Forschung und Entwicklung tätig.«

»Klingt interessant.«

»Ist es auch«, sagte sie, während die Bedienung ihre beiden Gerichte auftrug.

Das Weißbier auf nüchternen Magen hatte Leitner hungrig gemacht, weswegen er nicht zögerte, zuzulangen. Nach einigen großen Bissen meinte er: »Forschung und Entwicklung ... was muss ich mir darunter vorstellen? Kann man heutzutage wirklich noch medizinische Artikel wie Schläuche und Infusionsbeutel weiterentwickeln?«

Bandermann kaute, schluckte ein Salatblatt hinunter und fixierte dabei einen Punkt in der Ferne, so als wollte sie ihre Gedanken ordnen, bevor sie antwortete. »Schon. Materialien, nachhaltige Liefer- und Herstellungsbedingungen und schlussendlich immer auch der letzte Kniff in der Anwendung können einen Artikel in der Praxis eben besser als den anderen machen. Aber wir beschäftigen uns nicht mit solcher Hardware. Die benutzen wir auch nur während unserer Arbeit.«

Leitner strich sich ein Stück Kräuterbutter auf das rosafarbene Fleisch auf seiner Gabel, woraufhin die Butter sofort anfing zu schmelzen. »Und was stellen Sie dann her?«

»Vakzine.«

»Noch nie gehört.«

»Vereinfacht ausgedrückt: Impfstoffe.«

»Verstehe. Gegen Grippe und so Zeug?«

Bandermann nahm einem Schluck Mineralwasser. »Die Grippe ist eigentlich schon sehr gut erforscht. Wichtig ist, in jeder neuen Grippesaison, also im Herbst und Winter, den jeweiligen Grippestamm zu identifizieren, dann kann man ganz leicht einen entsprechenden Impfstoff herstellen. Aber es gibt schon genug Unternehmen, die das sehr erfolgreich tun. Wir bei Frontzeck Medical schauen in die Zukunft.«

Auf seinem Teller kratzte Leitner halbe Pommes und Röstzwiebelreste zusammen und schob sie mit Bratensaft und der Kräuterbutter als Bindemittel auf seine Gabel. »Dann machen Sie also keine Impfstoffe gegen Grippe?«, fragte er, bevor er alles im Mund verschwinden ließ.

»Wir *machen* überhaupt keine Impfstoffe. Das heißt, wir stellen sie nicht in großen Mengen her. Wir erforschen neue Vakzine. Unter Laborbedingungen: mit Kittel, Schutzbrille, kleinen Glasdöschen und elektronischen Mikroskopen.«

»Das bedeutet, bei Ihrer Firma kann man nicht eine Fünftausenderpackung Impfstoff kaufen, sondern nur Forschungsergebnisse?«

»Jetzt haben Sie es kapiert. Unsere Resultate sind unsere Ware. Wir haben mehrere Patente auf Impfstoffe, die auf der ganzen Welt eingesetzt werden. Bei Seuchen in Krisengebieten wird auf unsere Ergebnisse zurückgegriffen. Bei Erdbeben in Indonesien. Bei Vulkanausbrüchen auf Bali. Bei Tsunamis auf den Philippinen. Wenn Sie in der ›Tagesschau‹ Bilder von Naturkatastrophen sehen, die mit Seuchenrisiko einhergehen, dann haben die Rot-Kreuz-Leute das Ergebnis unserer Forschung in ihren Medikamentenkoffern.«

»Beachtlich«, murmelte Leitner. Er war sich zwar dessen bewusst, dass in der Oberpfalz eine breite Palette an wirtschaftlichen Global Playern angesiedelt war, dennoch fand er es immer wieder faszinierend, wenn er auf ein weiteres Mosaiksteinchen dieses Gesamtbildes traf. »Wenn Sie sagen, Grippe sei schon gut erforscht«, begann er, »dann würde mich interessieren, an welcher Krankheit Sie im Augenblick arbeiten. Ich meine, an welchem Impfstoff gegen welche Krankheit.«

Anja Bandermann lehnte sich zurück, stützte die Ellbogen auf die Stuhllehnen und schob ihre zehn Finger wie die Zähne eines Reißverschlusses ineinander. Ihr Lächeln wurde smart. »Ich glaube, ich würde Ärger kriegen, wenn unsere Sicherheitsabteilung wüsste, dass wir uns hier so zwanglos über meine Arbeit unterhalten.«

»Wieso? Sie haben mir doch keine Geheimnisse anvertraut, oder?«

»Bislang noch nicht. Aber woher weiß ich denn, dass Sie kein Agent einer Konkurrenzfirma sind, der mich aushorchen soll?«

Leitner zog die eine Augenbraue nach unten, die andere nach oben. Hoffentlich signalisierte ihr die Geste, wie absurd ihr Verdacht war. Wenngleich er in gewisser Weise ja gar nicht so weit weg von der Wahrheit ist, dachte er im Stillen.

»Wie ist es denn so in Mülheim an der Ruhr?«, beendete Bandermann die Gesprächspause.

Leitner verstand nicht, was sie meinte, und schwieg.

»Oder doch Köln?«, fuhr sie fort. »Nein, sagen Sie nichts. Jetzt habe ich es. Dortmund!«

Immer noch blickte er sie verständnislos an. »Ich heiße Gerhard Leitner«, sagte er schließlich, »komme aus der Oberpfalz und war in meinem Leben noch nie in Mülheim an der Ruhr oder in Dortmund. In Köln war ich einmal mit einem Freund, da haben wir einige Dutzend Kölsch getrunken, aber ansonsten bin ich unschuldig. Ich schwöre es, so wahr mir Gott helfe!«

Anja Bandermann nahm sein »Geständnis« mit einem Lachen zur Kenntnis. Leitner fiel ein, und nachdem sich beide wieder beruhigt hatten, sagte sie: »In diesen Städten sitzen unsere Hauptkonkurrenten. Aber ich glaube Ihnen, dass Sie dort noch nie waren.«

»Außer in Köln.«

»Das sei Ihnen verziehen. Werksspion sind Sie jedenfalls keiner.«

»Dann verraten Sie mir also, woran Sie forschen?«

»Krebs«, sagte Bandermann lapidar.

»Krebs? Man kann sich gegen Krebs impfen lassen?«

»Noch nicht. Aber bald. Mehr darf ich dazu nun aber wirklich nicht sagen.«

Leitner winkte ab. »Natürlich nicht. Das verstehe ich. Dann wollen wir hoffen, dass Ihre Forschungen bald zu belastbaren Ergebnissen führen. Vielleicht werde ich Ihren Namen dann ganz groß in den Zeitungen und Sie in Talkshows sehen.«

Bandermann zeigte keine Regung.

Nach einer Pause, die Leitner lang genug erschien, wechselte er das Thema. »Ich würde mich mit Ihnen gern noch mal über Chiara Rester unterhalten …«

Jetzt lächelte sie bitter.

»Ich habe heute früh schon gemerkt, dass Sie nicht gut auf sie zu sprechen sind, und habe mich gefragt, warum. Sie sagten, Sie hätten beruflich miteinander zu tun gehabt?«, fragte Leitner, obwohl er von Chiara natürlich bereits wusste, dass Bandermann und sie Kolleginnen bei Frontzeck Medical waren.

Anja Bandermann orderte einen Espresso. »Chiara Schuhbauer …«, begann sie dann, »pardon, jetzt heißt sie ja wohl Rester, ist meine Vorgesetzte.« Leicht verzögert fügte sie hinzu: »Geworden.«

Leitner stellte sich dumm. »Ach so? Ehrlich gesagt habe ich ihren beruflichen Werdegang nicht wirklich auf dem Schirm. Wir haben uns in den letzten Jahren etwas aus den Augen verloren. Sie war doch in Erlangen am Klinikum, oder?«

»Das stimmt. Dann war sie kurz in Forchheim und hat

schließlich als Oberärztin ans Schwandorfer Krankenhaus gewechselt, und da hätte sie verflucht noch mal bleiben sollen!«

»Ich hatte keine Ahnung, dass sie jetzt in der Privatwirtschaft arbeitet.«

»Das machen viele Mediziner. Aber nicht auf ihre Art und Weise. Die war zum Kotzen!«

Aus ihrer Stimme hörte Leitner jetzt unnachgiebiges D-Dur heraus. Er wog seine nächsten Worte sorgfältig ab. »Ich habe Ihnen ja heute Morgen schon gesagt, dass ich Chiaras Art kenne, wenn es um ihre Karriere geht.« Was natürlich gelogen war. »Sie kann sehr hart sein. Wenn sie jetzt Ihre Chefin ist, heißt das, dass Sie sie vor die Nase gesetzt bekommen haben?«

Bandermann verschränkte pikiert die Arme. »Das haben Sie aber schlau bemerkt.«

Leitner schwieg.

»Es tut mir leid«, sagte Bandermann eine Sekunde später.

Der Espresso wurde gebracht, sie kippte ihn auf einmal hinunter und begann zu erzählen. »Ich arbeite seit drei Jahren bei Frontzeck Medical. Nach meinem Medizinstudium in Regensburg war ich an der Uniklinik. Dort lernte ich einige Leute kennen, die mir schließlich einen Job bei Frontzeck angeboten haben. So bin ich in Wackersdorf gelandet.«

»Bei der Firma ging es Ihnen gut?«

»Sehr gut sogar. Ich entpuppte mich als ziemlich kompetente Wissenschaftlerin. Die Firmenleitung fand, ich würde sehr gut ins Team passen. Und – wie das so ist bei einer harmonischen Mannschaft – die Erfolge ließen nicht allzu lange auf sich warten. Unsere Ergebnisse konnten sich nicht nur sehen lassen, sie waren sogar herausragend.«

Leitner ließ ihr die Zeit, die sie benötigte, bevor sie fortfuhr: »Dann begann Frontzeck, nach einem Impfstoff gegen Krebs zu forschen. Können Sie sich vorstellen, was das für die Welt bedeuten würde, wenn wir erfolgreich wären?«

Leitner versuchte, sich ebendies vorzustellen. Auf die Schnelle konnte er jedoch nur erahnen, wie vielen Menschen damit geholfen werden könnte und welch finanziellen Wert die Entdeckung und die globale Vermarktung eines solchen Stoffes darstellen würde. Ganz zu schweigen vom Renommee der Forscher in der medizinischen Fachwelt. »Die Forschung nach dem Krebsimpfstoff – das war Ihr Baby?«

»Von Anfang an. Ich habe die Gruppe zusammengestellt, ich habe die Liste der benötigten Geräte und Materialien geschrieben. Ich habe die Dienstpläne gemacht und den Zeitplan erarbeitet. Bis ...«

»Chiara kam?«

Bandermann nickte kaum merklich. »Eines Tages hieß es im Board der Firmenleitung, dass die Projektaufsicht an Chiara übertragen wird. Einfach so. Ohne Vorwarnung.«

»Ungewöhnlich, oder?«, fragte Leitner.

Ein schwaches Achselzucken war die Antwort. »Nicht wirklich. In der freien Wirtschaft werden solche Entscheidungen öfter gefällt. Aber im Allgemeinen kann man sie zumindest voraussahnen. Hier jedoch – Fehlanzeige. Ich nehme an, sie hat mit dem CEO geschlafen.«

Ihre Lippen zitterten leicht, so sehr hatte sie sich in Rage geredet. Ein paar Atemzüge später hatte sie sich wieder unter Kontrolle.

»Entschuldigen Sie, das war nicht fair von mir. Fakt ist, dass Chiara eine verdammt gute Medizinerin und Wissenschaftlerin ist. Eine bessere als ich. Das ist der wirkliche Grund dafür, dass sie zur Teamleiterin und zur stellvertretenden Werksleiterin berufen wurde.«

Ihre Offenheit erstaunte Leitner, und er beschloss, sie zu nutzen. »Aber hätte die Stelle nicht ausgeschrieben werden müssen?«

Bandermann betrachtete ihn mitleidig. »Vergessen Sie den offiziellen Formal-Unsinn. So läuft es bei uns nicht. Wir haben Headhunter. Kopfjäger, die hinter den Besten der jeweiligen Branche her sind.«

»Sie meinen, Ihre Firma sucht gezielt nach möglichen Mitarbeitern?«

»Nicht nur wir. Bei hochspezialisierten Unternehmen ist das

gang und gäbe. Schon mal was vom Fachkräftemangel gehört? Unsere Headhunter schwärmen aus und sichern uns die besten Ärzte und Forscher, die sie kriegen können. Selbstredend haben die sich auch am Schwandorfer St.-Barbara-Krankenhaus umgesehen.«

Leitners Zunge schickte drei kurze »z«-Laute voraus, dann sagte er: »So hat Chiara also den Posten bekommen. Er wurde ihr angeboten.«

»Korrekt.«

Er entschloss sich, einen weiteren kleinen Bluff zu wagen. »Das war für sie ein großes Glück. Obwohl ihr Start bei Frontzeck unter keinem guten Stern stand, nicht wahr?«

»Wie meinen Sie das?«

»Auf der Hochzeitsfeier hat sie mir erzählt, dass sie vor wenigen Wochen bei der Arbeit fast zu Tode gestürzt wäre. Das muss dann ja in Ihrem Betrieb gewesen sein.«

Anja Bandermanns Gesicht zeigte keine Regung.

»In einer Nacht vor einigen Wochen hatte sie noch in der Firma zu arbeiten, und dabei ist es wohl fast passiert.«

»Ich weiß wirklich nicht, wovon Sie reden.«

»Nun, sie hat gesagt, sie sei beim Runtersteigen auf einer Treppe im Betrieb in großer Höhe auf ein loses Gitter getreten und fast abgestürzt.«

Leitner war sich unsicher: Hatte ein Muskel in Bandermanns Gesicht gezuckt oder nicht?

»Davon weiß ich nichts«, sagte sie kühl.

»An dem Gitter muss jemand zuvor die Schrauben gelöst haben.«

Sie schwieg einige Sekunden. »Das kann ich mir nicht vorstellen«, erwiderte sie dann. »Im gesamten Betrieb gibt es Dutzende Überwachungskameras. Wer sollte so etwas machen, ohne dass es auffällt?«

»Das weiß ich nicht. Ist das übrigens üblich, dass bei Frontzeck Medical bis in den Abend gearbeitet wird?«

»Normalerweise nicht. Wir haben keinen Schichtbetrieb. Aber natürlich müssen wir Termine einhalten. Liegen wir knapp

in der Zeit, werden abends auch mal ein paar Stunden drange-
hängt. Das betrifft mich genauso.«

Leitner lenkte das Gespräch wieder auf ein unverfängli-
cheres Thema. »Und dann haben Sie trotzdem morgens den
Elan, in aller Herrgottsfrühe ins Fitnessstudio zu gehen? Alle
Achtung!«

Bandermann fixierte ihn. »Das habe ich Ihnen ja schon erklärt. Ich muss ein bisschen was für meine Figur und Kondition
tun, und da ist das Fitnessstudio eben oft die einzige Möglichkeit.«

»Ein bisschen Bewegung schadet nie«, sagte Leitner. Er betrachtete sein Gegenüber, dem sichtbar eine Gänsehaut über die
Arme lief, dann den Himmel. Die Sonne, die eben noch ihre
wärmenden Strahlen auf die Terrasse geschickt hatte, war fast
verschwunden. Sofort wurde es merklich kühler.

Anja Bandermann blickte zu ihrem Fahrrad. »Ich glaube
fast, es ist mir zu kalt zum Heimradeln. Können Sie mich nach
Hause bringen?«

Leitner verbarg seine Überraschung gekonnt. »Selbstverständlich. Aber Ihr Rad ... dafür wird in meinem Wagen wahrscheinlich kein Platz sein.«

»Das macht nichts, ich hole es morgen mit meinem Auto.
Über Nacht wird das schon keiner klauen.«

Damit beglich jeder seine Rechnung, und wenig später waren sie unterwegs nach Wackersdorf. Sie überquerten die B 85
und verließen den Kreisverkehr an der dritten Ausfahrt. Bei
der ersten Möglichkeit im Gemeindegebiet Wackersdorf bog
Leitner nach rechts ab und lenkte den Wagen bis zur Föhrenstraße. Beide hatten in den letzten Minuten ihren Gedanken
nachgehangen.

»Da hört man in den Nachrichten immer, dass es zu wenige
Frauen auf guten Posten gibt, aber Sie sind ein wunderbares
Gegenbeispiel. Eine hübsche Frau, die es geschafft hat.«

»Wenn Sie es so ausdrücken wollen«, sagte Bandermann gedehnt.

»Wie würden Sie sich denn beschreiben?«

Sie klopfte mit ihrer Faust rhythmisch gegen die Türverkleidung des Mazda. »Nein, nein ... stimmt schon ...«

Leitner war ihre Zaghaftigkeit nicht entgangen. »Es ist natürlich nie schön, wenn man plötzlich jemanden vor die Nase gesetzt bekommt«, versuchte er, Verständnis zu zeigen. »In der Arbeit, meine ich.«

Das Klopfen verstummte. »Das war's gar nicht. Das war nicht der Punkt.«

»Was dann?«

»Das da«, seufzte Bandermann und deutete auf ihr Haus, dem sie sich näherten.

Als sie ausstiegen, musterte Bandermann ihr Heim und seufzte. »Genau darum geht es.«

»Um Ihr Haus?«

»Ja.«

Leitner betrachtete das Gebäude eingehend. »Ganz schön groß ...«, sagte er zögerlich.

Sie drehte sich zu ihm. »Ja, es ist groß.«

Als ihre Blicke sich trafen, erkannte Leitner auf einmal Sehnsucht in ihren Augen. Ihren wunderschönen großen Mandelaugen, jetzt, da die Härte aus ihrem Gesicht gewichen war.

Unschlüssig standen beide auf dem Gehsteig der Föhrenstraße. Keiner von ihnen blickte zur Seite, als zwei Autos vorbeifuhren.

Leitner war kurz davor, seinem Impuls zu folgen und Anja Bandermann zu küssen, doch irgendetwas hielt ihn davon ab. Als sich ihre Miene wieder verhärtete, erschrak er regelrecht.

»Ich will Ihnen die ganze Geschichte erzählen«, begann sie mit erregter Stimme. »Im Studium war mein höchstes Ziel, den Menschen zu helfen. Verstehen Sie?«

»Natürlich, aber –«

»Als ich später meinen Mann kennenlernte, war das von Anfang an klar zwischen uns.«

»Sie sind verheiratet?«, fragte Leitner überrascht.

»Ich habe diesem Ziel alles untergeordnet«, fuhr sie unbeirrt fort. »Während der Ausbildung, während des Praktikums und während der ersten Jahre als Ärztin. Erst nach der Geburt meiner Kinder musste ich pausieren, es gab keine andere Möglichkeit.«

»Kinder haben Sie auch?«

»Aber sobald es ging, bin ich wieder arbeiten gegangen. Dann bot man mir die Leitung des neuen Projekts bei Frontzeck an, und ich griff zu. Um Menschen zu helfen.«

Leitner verkniff sich weitere Kommentare.

»Kurz darauf begann es. Zuerst merkte ich es gar nicht, aber es kroch langsam wie Schlangengift in mein Leben.«

»Was denn, um Himmels willen?«

»Die Zeit. Die Zeit, die ich plötzlich nicht mehr hatte. Mein Leben rann mir durch die Finger.«

»Ich …? Was …? Ich meine …«, stammelte Leitner, konnte jedoch keine Frage formulieren.

»Mein Mann bat mich, mehr für die Familie da zu sein«, erzählte sie weiter. »Er war unzufrieden, wie ich den Haushalt führte, und eine Hilfskraft wollte er nicht in unserem Haus haben. Am Wochenende muss ich häufig zu Versammlungen und wichtigen Meetings gehen und arbeite also oft auch nachts. Mein Mann flehte mich an, etwas daran zu ändern.«

Leitner hörte stumm zu.

»Und ich habe es versucht. Bei Gott, ich habe es versucht.« Leise fügte sie hinzu: »Aber es ging nicht. Ich musste für meinen Job alles geben, sonst wäre ich schnell weg vom Fenster gewesen. Auch den Sport habe ich gestrichen und kämpfe seither mit meinen Fettpolstern.«

»Und dann ist Chiara Ihnen in die Quere gekommen.«

Ein verstörendes Lächeln huschte über Bandermanns Lippen. »Genau. Sie hat gewusst, was sie mir damit wegnimmt. Und zu allem Überfluss hat sie es auch noch genossen, dessen bin ich mir sicher!«

»Wie meinen Sie das?«

»Ich meine, dass es für eine Spitzenärztin wie Chiara Dutzende ähnlicher Posten gegeben hätte. Überall fehlen gute Leute. Sie hätte sich ihren Job aussuchen können. Da sie vorher im Krankenhaus gearbeitet hatte, hätte sie sich noch nicht mal an eine vertragliche Regionalsperre halten müssen, so wie ich, wenn ich jetzt wechseln wollte.«

»Eine Regionalsperre?«

Bandermann holte tief Luft. »Wenn man bei einer Firma arbeitet, die so hochspezialisierte Forschungen betreibt wie wir, ist in jedem Arbeitsvertrag die Klausel der Regionalsperre enthalten. Sie soll verhindern, dass man von einem Betrieb zum benachbarten Betrieb wechselt.«

»Weil man sonst Wissen über Forschungsergebnisse mitnehmen könnte, die die Konkurrenz sich zunutze machen würde?«

»So ist es. In meinem Vertrag ist eine Sperre von zwei Jahren vorgesehen.«

»So lange?«, fragte Leitner erstaunt.

»Heutzutage werden neue Ergebnisse verhältnismäßig schnell hintereinander auf den Markt geworfen. Was im Umkehrschluss bedeutet, dass meine jetzigen Kenntnisse, was die Arbeit von Frontzeck Medical betrifft, in zwei Jahren keiner anderen Firma mehr etwas nutzen würden.«

Leitner vollendete den Gedanken. »Weil bis dahin die Forschung schon wieder weitere Fortschritte gemacht hat.«

»Genau.«

»Sie haben also alles auf eine Karte gesetzt, als Sie auf den Posten der Projektleiterin bei Frontzeck Medical spekuliert haben?«

»Natürlich. Aber Chiara interessierte das nicht. Im Gegenteil, sie hat sich hämisch darüber gefreut, dass sie mir eins auswischen konnte. Ich weiß nicht, wie pervers man sein muss, um so zu fühlen, aber es gibt diese Menschen. Und Chiara ist einer davon.«

Was leider absolut im Bereich des Möglichen liegt, dachte Leitner, als er sich an Chiaras Charakter erinnerte. Nicht nur der Sieg war ihr schon immer wichtig, sondern auch der Triumph über den Verlierer. Dann fragte er: »Wie ging es mit Ihrer Ehe weiter?«

»Mein Mann hat mir zu verstehen gegeben, dass er so nicht

mehr lange weitermachen würde. Ich habe gepokert und auf das Schicksal vertraut. Und auf die Stärke meines Mannes.«

»Aber er war nicht stark genug?«, fragte Leitner kleinlaut und sah mit Entsetzen die Schmerzwelle, die Anja Bandermann überrollte. Aber noch mehr erschreckte ihn, dass sie ihre Emotionen wie auf Knopfdruck sofort wieder ausschalten konnte.

»Vor einem halben Jahr hat er die Kinder genommen und ist nach Teublitz gezogen. Dieses Haus hier«, sie deutete wieder hinter sich, »ist das Symbol dafür, was ich alles auf mich genommen habe, um eines zu erreichen: Menschen zu helfen.« Sie schluckte. »Meine Ehe ist zerbrochen, meine Kinder sehe ich alle zwei Wochenenden. Und was hat es mir gebracht? Dass ich den angestrebten Posten doch nicht bekommen habe und nun genau das Gleiche mache wie vorher. Ein hoher Preis, glauben Sie mir.« Abermals musste Anja Bandermann schlucken. »Aber ein angemessener, wenn dafür etwas Größerem gedient ist. Meine Kinder werden es irgendwann verstehen. Und auch mein Mann würde es früher oder später verstehen, wenn ich der Welt ein Vakzin gegen den Krebs präsentieren könnte. Dann hätten die Tränen meiner Kinder und der Schmerz, der mir das Herz gebrochen hat, einen Sinn ergeben.«

Leitner stand bewegungslos auf dem Gehsteig und wartete ihre nächste Regung ab. Bandermann hatte die Augen geschlossen. Er sah sie beschämt an. Ihr Schmerz musste in ihrem Leben allgegenwärtig sein. Wahrscheinlich versetzten jedes Betreten des früheren gemeinsamen Hauses und jeder Blick in eines der ehemaligen Kinderzimmer ihr einen Stich ins Herz. Es kam Leitner so vor, als hätten die Kämpfe mit ihrem Mann und die Enttäuschung der Kinder sie so ausgezehrt, dass sie unfähig geworden war, darüber Tränen zu vergießen.

Sie öffnete die Augen. »So, wie sich die Dinge allerdings im Moment verhalten, wird es dazu nicht kommen. Sie werden also verstehen, dass mich dieser Unfall auf Chiaras Hochzeit kaltlässt. Wobei, das ist nicht richtig. Eigentlich bewegt er mich wirklich.«

Leitner ging zurück zum Wagen.

»Hätte diese Gewehrkugel Chiaras Kopf zerfetzt, wäre es die perfekte Möglichkeit für mich gewesen, noch etwas zu ändern«, sagte Bandermann. »Doch diese Chance gab es leider nicht. Aber wer weiß, vielleicht bietet sich bald schon eine neue? Ich werde es jedenfalls genießen, wenn Chiara Schuhbauer nicht mehr ist. Das verstehen Sie sicher?«

Leitner öffnete die Fahrertür und blickte sie traurig ein letztes Mal an. Dann stieg er ein.

Als er die Tür schloss, hörte er noch, wie Anja Bandermann ihm übertrieben freundlich hinterherrief: »Und vielen Dank noch mal fürs Nachhausefahren!«

14

Nur wenige Minuten früher ging Agathe die paar Meter vom Parkplatz zur Terrasse des Turmrestaurants Obermeier in Klardorf. Lediglich drei Leute saßen draußen, jeder von ihnen mit einer Zigarette im Mund. Leon Schuhbauer war nicht darunter. Sie grüßte knapp in Richtung der Männer, erhielt jedoch außer dem einen oder anderen neugierigen Blick keine Antwort.

Schon in der Tür des Gasthauses hörte sie mehrere laute Stimmen. Als sie am Ausschank stand, blickte sie nach links, in Richtung von etwa zehn Männern. Sie saßen an einem Tisch, der wie ein Stammtisch wirkte, und schlürften Bier, auch Leon Schuhbauer. Er war gerade dabei, einem älteren Herrn etwas zu entgegnen.

»Ich sage dir, die Briten haben sich von Anfang an verzockt! Da hatten sie schon die besten Konditionen aller Länder innerhalb der EU und wollten noch bessere. Die haben den Kragen nicht vollgekriegt, das war der Grund!«

Der Angesprochene kniff die Lippen zusammen und wiegte den Kopf hin und her. Agathe lächelte. Sie hatte mittlerweile gelernt, dass diese Art von Schweigen in der Oberpfalz einer vollen Zustimmung entsprach. Als sie sich dem Tisch näherte, erntete sie ähnliche Blicke wie schon auf der Terrasse.

»Kann man Ihnen was helfen, junge Frau?«, fragte ein Mann um die sechzig und setzte ein schiefes Lächeln auf.

»Ich wollte eigentlich …«, begann Agathe und suchte den Blickkontakt mit Leon Schuhbauer, der sofort reagierte und aufstand.

»Die Dame gehört zu mir.«

»Hoppala, da schau her!«, rief ein anderer Mann spottend. Und ein weiterer fiel ein: »Öfter mal was Neues, hm?«

»Eine Schande! Da kommen Sie extra von so weit her, und dann haben Sie sich ausgerechnet den faulsten Erdäpfelbauer vom ganzen Landkreis ausgesucht«, sagte wieder ein anderer, der Agathes Herkunft ganz richtig außerhalb Bayerns verortet hatte, mit gespieltem Mitleid.

Inzwischen wusste Agathe auch, dass derlei Frotzeleien in der Oberpfalz zum guten Ton gehörten. »Dafür bin ich ja jetzt da«, entgegnete sie selbstbewusst. »Ich leite Seminare für faule Erdäpfelbauern.«

Ihre Antwort nötigte den anderen ein breites Grinsen ab, und der letzte Redner deutete auf seinen Nachbarn und sagte: »Dann kann sich der Herbert auch gleich bei Ihnen anmelden, weil dem läuft die Arbeit auch nicht nach. Schauen Sie ihn sich nur einmal an.«

Agathe tat wie geheißen und sah einen Landwirt mittleren Alters in Cordhose und Holzfällerhemd.

»So hat der geheiratet, und wie sie ihm letztes Jahr die Galle rausoperiert haben, da hat er sich genau so auf den OP-Tisch gelegt!« Alle lachten.

Leon Schuhbauer nahm Agathe am Arm. »Kommen Sie mit, wir setzen uns ins Nebenzimmer.«

Im Raum daneben nahmen die beiden vis-à-vis voneinander Platz.

»Hatten Sie nicht gesagt, dass Sie draußen auf der Terrasse sitzen wollten?«, fragte Agathe.

»Schon, aber auf einmal war die Sonne weg, und uns war es ein bisschen frostig.«

»Verstehe.« Als die Bedienung kam, bestellte Agathe ein Bier und eine Rindsroulade mit Kartoffeln, das heutige Tagesgericht. »Eine lustige Runde haben Sie da drüben«, meinte sie dann.

Schuhbauer schüttelte vergnügt den Kopf.

»Wo so viele Männer auf einem Haufen sitzen, wird immer Blödsinn geredet. Und wenn man dann noch einer der jüngsten ist, geht's erst recht rund.«

»Das ist Ihre Rolle?«

»Das ist meine Rolle. Aber ich setze mich schon ganz gut durch, machen Sie sich mal keine Sorgen.«

»Sie scheinen hier einen sehr großen Bekanntenkreis zu haben.«

Schuhbauer spitzte die Lippen und nickte. »Ich bin hier aufgewachsen, und wir haben alle mit denselben Problemen zu kämpfen und wollen unterm Strich das Gleiche: nämlich gute Produkte für die Verbraucher anbieten, und zwar so, dass wir nicht draufzahlen müssen. Aber wenn man das jemandem erzählt, der mit der Landwirtschaft nichts am Hut hat, heißt es meistens bloß: ›Ihr Bauern könnt nichts weiter als schimpfen!‹«

Sofort tauchten einige Schlagzeilen der letzten Monate vor Agathes geistigem Auge auf. »Ihr Berufsstand wird ja häufiger in den Medien erwähnt. Nicht immer ist die Berichterstattung schmeichelhaft.«

»Hören Sie mir bloß auf mit den Medien. Denen kann man eh nichts recht machen. Weil es keinen mehr interessiert, was die Wahrheit ist. Es scheint, als würden die Menschen eher an Verschwörungstheorien glauben als an simple Fakten.«

»Und dagegen kämpfen Sie, wie Sie am Morgen sagten?«

Leon Schuhbauer zuckte mit den Schultern, als würde dadurch die Last dieser Aufgabe ein wenig von ihm genommen werden. »Wir versuchen es. Die Panikmache im Fernsehen und in der Zeitung – das ist Gott sei Dank nur die eine Seite der Medaille. Auf der anderen Seite wird die Zahl der Menschen, die wieder Vertrauen in ihre Lebensmittel haben wollen, immer größer. Die möchten wissen, was sie essen, und kaufen deshalb verstärkt in den Hofläden und auf Bauernmärkten ein. Dafür machen wir mit unserem Verband sehr viel Werbung.«

Agathes Roulade wurde gebracht. »Dann sind Sie also voll und ganz damit beschäftigt, das Beste für Ihren Hof herauszuholen«, meinte sie, während sie das Besteck aus der Papierserviette wickelte.

»Aber nicht allein. So etwas können wir nur gemeinsam mit anderen Bauern stemmen. Dann hört man in München und Berlin auf uns, zumindest ein bisschen. Die in Brüssel haben allerdings noch ab und zu Bohnen in den Ohren.«

Agathe kicherte. »Das glaube ich Ihnen gern.« Ernster meinte sie dann: »Das wäre ja wirklich fatal …«

»Was meinen Sie?«

»Nun, nach all Ihrer Arbeit und Ihrem Engagement ... Ich habe Sie doch heute Morgen richtig verstanden, dass Sie die Zukunft Ihres Hofes und Ihres Berufes in Gefahr sehen?«

Leon trank sein Glas halb aus. »Ach so, das. Ja, das haben Sie absolut richtig verstanden. Sollte der schlimmste Fall eintreten, dass ich mich mit meiner Schwester nicht einigen kann, dann ist alles futsch.«

»Sie sagten, dass Ihre Schwester den Hof einebnen will?«

Schuhbauer machte eine lange Pause, bevor er mit schwerer Stimme erwiderte: »Seit ich denken kann, hat es mit Chiara immer nur Schwierigkeiten in unserer Familie gegeben. Sehen Sie, als Bauer hat man keinen Beruf wie jeder andere. Die Arbeit ist nicht so mir nichts, dir nichts getan. Sie hat kein Ende.« Er schnippte zweimal lässig mit den Fingern. »Bauernhöfe sind Familienbetriebe. Wenn nicht jeder mit anpackt, funktionieren sie nicht. Und wenn jemand mit Absicht dagegenarbeitet, ist sehr schnell Sand im Getriebe.«

»Das tut Ihre Schwester? Sie arbeitet dagegen?«

Schuhbauer bedachte seinen Bierdeckel mit einem leeren Blick. »Ich glaube, das hat sich irgendwann verselbstständigt und einfach in diese Richtung entwickelt.«

»Das verstehe ich nicht ganz.«

»Es ist Chiaras Masche geworden. Als wir noch Kinder waren, hat es natürlich immer mal Reibereien mit den Eltern gegeben, so wie in jeder anderen Familie auch. Aber wenn Chiara ihren Willen nicht durchsetzen konnte, hat sie erst so richtig den Hebel angesetzt. Meistens beim Vater.«

»Wie weit liegen Sie und Chiara denn auseinander? Alterstechnisch, meine ich?«

»Chiara ist vier Jahre älter.«

Agathe spießte ein Stück Kartoffel auf ihre Gabel. »Und Ihr Vater hat ihr immer nachgegeben?«, fragte sie, dann begann sie zu kauen.

»Das kennt man doch. Söhne gehen zur Mutter, und Töchter schnappen sich den Vater, wenn sie etwas durchsetzen wollen. So war es auch bei uns. Wie gesagt, so weit wäre das alles noch normal gewesen. Aber Chiara musste immer übertreiben. Es genügte ihr nicht, eine Sache zu *bekommen*, sie wollte demjenigen, gegen den sie sich durchsetzte, auch zeigen, dass sie es nur aufgrund ihrer Überlegenheit geschafft hatte. Sie war schließlich die Beste. Und heute ist es immer noch so, dass alle anderen im Vergleich mit ihr minderwertig sind.«

Agathe konnte Schuhbauers Zynismus fast körperlich spüren. »Kein schöner Charakterzug.«

»Mit Sicherheit nicht. Aber sie ist eben so. Und ihre Art hat sich auch in ihrer Schulzeit durchgezogen wie ein roter Faden. Ich kenne keinen machtbesesseneren Menschen als meine Schwester.«

»Ich schätze, dann hat sie als Mädchen nicht wirklich viele Freunde gehabt, oder?«

»Echte Freunde nicht, nein. Aber falsche. Und davon jede Menge. Die Sorte, die einem vornerum schöntut, aber hintenrum das Messer zwischen die Rippen jagt. Und je häufiger sich Chiara anderen gegenüber mit ihrer Rücksichtslosigkeit durchsetzen konnte, desto stärker hat sie nach dem Gefühl des Triumphes gelechzt. Wie eine Drogenabhängige.«

»Klingt, als wäre sie sehr einsam.«

»Das ist sie bestimmt. Aber sie will es so. Verstehen Sie, was ich sagen will? Selbst die Ausgeschlossenheit und die Isolation unterstützen ihre Sichtweise. Die Einsamkeit beweist ihr in ihren Augen nur, wie einzigartig sie ist und wie kleingeistig und gewöhnlich alle anderen.«

Agathe wartete eine Sekunde, ließ das Gehörte sacken. »Und wie sind Ihre Eltern mit ihrem Verhalten umgegangen?«

»Die waren sehr unglücklich darüber, wie Sie sich vorstellen können. Zuerst hat Chiara alle Arbeiten auf dem Hof abgelehnt. Keine Schubkarre, keine Mistgabel und kein Körnchen Hühnerfutter haben jemals ihre zarten Hände berührt. Dafür hat sie viel gelesen. Es war also keine große Überraschung, als sie sich für ein Studium entschied. Meine Mutter sprach damals mit ihr nur noch das Notwendigste, weil die Enttäuschung über den mangelnden Zusammenhalt in der Familie sie so fertigmachte.«

Die Augen des jungen Mannes huschten unsicher von Agathe zur hinteren Ecke des anderen Zimmers, dann zur Fensterfront und wieder zu Agathe. Er war sich offenbar nicht sicher, ob er ihr zu viele Familieninterna erzählt hatte.

»Dann hat Chiara also in jungen Jahren immer die Überlegene gespielt und sich so weit aus dem Fenster gelehnt, dass sie heute denkt, sie könne keinen Meter mehr zurück, ohne ihr Gesicht zu verlieren?«, fragte Agathe verständnisvoll.

Schuhbauers Anspannung ließ ein wenig nach. »Ich glaube, das trifft den Nagel auf den Kopf«, flüsterte er.

Agathe tastete sich weiter vor. »Das war der Grund für Chiaras Berufswahl und ist, das vermute ich jetzt mal, auch der für den jetzigen Streit?«

Schuhbauer schwieg.

»Heute Morgen sagten Sie, es ginge um ein Testament und um Chiaras Heirat. Was meinten Sie damit genau?«

»'s Sach g'hört zum Sach«, sinnierte Leon Schuhbauer und nahm einen Schluck von seinem Bier. Als er das Glas abstellte, begegnete er Agathes Blick voller Fragezeichen und lächelte. »Das soll heißen, dass Besitz immer gern wieder mit Besitz zusammenkommt. Bei uns in der Gegend wurde früher viel Grund und Gut quasi verheiratet. Die Eltern hatten immer ein Wörtchen mitzureden.«

»Und heute ist das nicht mehr so?«

»Jedenfalls nicht mehr so verbreitet wie früher.«

»Und … was hat das jetzt mit Chiaras Hochzeit zu tun?«

Er rieb sich den Nasenrücken. »Das Testament war der letzte Versuch unserer Eltern, Chiara doch noch an unseren Bauernhof zu binden«, erklärte er dann. »Ein selten dummer Versuch, das muss ich leider gestehen.«

»Was war denn der letzte Wille Ihrer Eltern?«

»Zu Lebzeiten haben sie mir noch den Hof versprochen.«

Agathe wartete, doch weitere Ausführungen blieben aus. »Der Hof und die Felder, das alles sollte Ihnen gehören?«, fragte sie dann.

»So ist es. Natürlich mit dem üblichen Zusatz im Testament,

dass ich Chiara im Todesfall unserer Eltern ihren Pflichtteil hätte ausbezahlen müssen. Das wäre die Lösung gewesen.«

»Warum Konjunktiv? So ist doch alles eindeutig geregelt. Chiara bekommt ihren Pflichtteil und Sie den Hof und den Grund.«

»Oder eben laut Testament ...«

»Ja?«

Leon Schuhbauer lachte gehässig. »Oder eben derjenige von uns, der als Erster heiratet. Ich darf ihn bis dahin nur bewirtschaften. Peng! Und das war's dann mit dem Schuhbauer-Hof!« Er leerte sein Glas in einem Zug. »Für heut reicht's. Ich zahle dann«, wies er die Bedienung an, die den Kopf in den Gastraum steckte.

»Ich komme da noch immer nicht ganz mit, Herr Schuhbauer«, wandte Agathe ein.

»Sag Leon zu mir, das tut eh jeder.«

»Okay, habe ich das dann richtig verstanden, dass du den Hof nur so lange bewirtschaften darfst wie deinen eigenen, bis deine Schwester heiratet, wenn du es nicht vorher tust? Was ergibt das denn für einen Sinn?«

Schuhbauer lehnte sich in seinem Stuhl zurück und streckte seine Beine aus. »Meine Eltern wollten unbedingt, dass die Tradition unseres Hofs weitergeführt wird. Wie ich schon angedeutet habe, wünschten sie sich für Chiara und für mich jeweils einen Partner, der aus der Landwirtschaft stammt.«

»Und?«

»Meine Eltern wussten sehr wohl, dass unser Hab und Gut einiges wert ist. Und dass es wohl Interessierte im heiratsfähigen Alter gab, die auch Chiara und mich kannten.«

»Ihre ... pardon, deine Eltern wollten die Zukunft des Hofes sichern und hofften, dass Chiara im Ernstfall einen Landwirt heiraten würde? Entschuldige bitte, wenn ich mich so ausdrücke, aber ... war das nicht ein bisschen naiv von ihnen?«

»Saudumm sogar. Das hab ich ja gerade schon gesagt. Ich glaube, das war ihr verzweifelter Versuch, Chiara auf den Hof zu zwingen. Für meine Eltern gab es nur zwei Möglichkeiten.

Entweder würde sie einen Mann finden, der sie dann schon an unseren Hof ketten würde. Oder Chiara würde, so eigensinnig, wie sie ist, sowieso nie heiraten. Also legten sie fest, dass ich den Hof bewirtschaften darf – mit der Option, dass sich durch eine entsprechende Hochzeit Chiaras etwas anderes ergeben würde.«

»Ist denn Chiaras Ehemann, dieser …«

»Paul Rester.«

»Stimmt, ist er denn Landwirt?«, fragte Agathe, obwohl sie die Antwort freilich kannte.

»Woher denn. Der ist Steuerberater. Wir Landwirte fahren den Mist im Schubkarren, solche Leute wie der Rester karren darin ihre Geldscheine in den Tresor.«

Agathe lächelte. »Paul Rester ist nun zwar der Ehemann von Chiara, aber er ist kein Landwirt«, fuhr sie fort, »damit ist der letzte Wille eurer Eltern doch nicht erfüllt, oder?«

»Natürlich nicht wirklich. Aber im Testament steht nur etwas von einer ›Befähigung, einen landwirtschaftlichen Betrieb zu führen‹, und ein früherer Offizier wie Paul Rester, der jetzt eine Unternehmensberatung leitet, erfüllt wohl auch diese Bedingung. Wenngleich er wahrscheinlich nicht weiß, wo bei einer Kuh vorn und hinten ist, aber das nur unter uns. Die Anwälte meiner Schwester konzentrieren sich jedenfalls ausschließlich auf die betriebswirtschaftlichen Fähigkeiten ihres Mannes, und die hat er ohne Zweifel. Auch wenn sie im Endeffekt dazu führen werden, dass die beiden den Hof verschachern und Mietshäuser hinpflastern werden. Und das war dann garantiert nicht der letzte Wille unserer Eltern.«

Beide schwiegen.

Schließlich betrachtete Agathe den jungen Mann eindringlich. »Das tut mir alles sehr leid«, sagte sie.

Plötzlich rief aus dem anderen Gastraum eine Stimme: »Wo ist denn der Leon?«

Agathe wie auch Leon Schuhbauer drehten ihre Köpfe zur Tür. Dann sah Agathe ihn wieder an. »Was wäre denn, Leon, wenn Chiara aus irgendeinem Grund plötzlich …?«

»Wenn ich ehrlich bin, muss ich zugeben, dass ich mir das eine Zeit lang tatsächlich gewünscht habe. Nicht besonders brüderlich, was?«

»Nun ja«, stammelte Agathe. »Was man nicht manchmal für seltsame Gedanken hat, nicht wahr?«

»Aber sie bringen nichts. Jetzt ist es sowieso zu spät dafür, denn sie ist verheiratet. Und ich glaube nicht, dass Paul Rester zu einem geerbten Hof samt Grund Nein sagen würde, sollte Chiara etwas zustoßen.«

Dies erschien Agathe plausibel. »Bist du zurzeit nicht liiert?«, hakte sie trotzdem nach. »Ich meine, gibt es denn für dich niemanden, der mit dir den Hof weiterführen könnte?«

»Doch«, sagte Leon und stand auf.

»Und wie wäre es, wenn du auch heiraten würdest?«

Leon blickte zum anderen Gastraum, dann drehte er sich zu Agathe und sagte: »Dafür ist es zu spät, weil Chiara als Erste geheiratet hat. Außerdem weiß ich nicht, ob meine Wahl unbedingt dem Willen meiner Eltern entsprochen hätte.«

In diesem Moment betrat ein junger Mann das Nebenzimmer, ging zu Leon Schuhbauer und küsste ihn auf den Mund. »Da bist du ja, Schatz! Jetzt hätte ich dich fast nicht gefunden. – Oh, hallo!«, sagte er fröhlich zu Agathe und reichte ihr die Hand. »Wir kennen uns, glaube ich, noch nicht. Ich bin Sebastian Kürzlinger.«

»Agathe Viersen«, sagte die Ermittlerin baff.

»Möchte Agathe mit uns zu Abend essen?«, wandte Kürzlinger sich an Leon. »Ich habe genug frisches Brot vom Einkaufen mitgebracht, nur deine Lieblingsmarmelade für das Frühstück morgen war aus. Die kriegen sie erst nächste Woche wieder.«

»Ist okay, ich habe gerade gegessen«, murmelte Agathe.

Als sie sich verabschiedet hatten und Schuhbauer mit seinem Freund den Raum verließ, hörte sie noch dessen Stimme. »Das war heute vielleicht eine Odyssee. Die Leute rennen durch die Gegend wie toll. Und wie war dein Tag? Hat sich der Marko ohne Probleme beschlagen lassen, oder hat er wieder rumgezickt?«

15

»Ich fasse mal zusammen: Wir haben also eine Frau mit zerbrochenen Träumen und einen Bruder, der seine Schwester am liebsten tot sehen würde, damit *sein* Familientraum weitergehen kann.« Leitner hatte die Ergebnisse der bisherigen Zeugenbefragungen treffend zusammengefasst.

Agathe rührte nachdenklich und schweigend in ihrem Donnerstagmorgenkaffee.

»Und wer ist jetzt unser Mörder?«, fragte Leitner, während er seinen Toast butterte. »Traust du das deinem Leon zu?«

In Agathes Gesicht regte sich kein Muskel.

»Für mich klingt der zu brav«, fuhr Leitner fort. »Außerdem ... wenn er schwul ist –«

»Was hat denn das jetzt damit zu tun?«, unterbrach ihn Agathe barsch.

»Ich meine ja nur. Dass er vielleicht eher der softere Typ ist.«

»Was für ein ausgemachter Blödsinn! Glaubst du im Ernst, es gibt keine schwulen Mörder?«

»Doch, natürlich gibt es die«, meinte Leitner und biss fast die Hälfte des Toasts ab.

»Und trotzdem«, sagte Agathe schließlich, »fällt es auch mir schwer, ihn mir als Mörder vorzustellen. Er hat irgendwie ... etwas Unschuldiges an sich.«

Leitner fuchtelte mit dem Zeigefinger vor ihrem Gesicht und sagte undeutlich durch den großen Bissen hindurch: »Da muss nun wiederum ich einwenden, dass es Täter mit Unschuldsmiene ja nun wirklich in rauen Mengen gibt.«

Beide ließen einen Augenblick verstreichen.

»Sollten wir uns eigentlich nicht noch diese Angelika Hammer vornehmen?«, fragte Leitner schließlich.

»Du meinst die Frau, die Paul Rester wegen Chiara verlassen hat? Wo wollen wir die denn finden?«

»Ich habe da schon eine Idee. Wenn es stimmt, was Chiara

gesagt hat, und Angelika Hammer wirklich so eine Pferdenärrin ist, dann sollten wir unser Glück in Niederhof versuchen.«

»In dem Ort bei der Autobahn? Wo die ganzen Supermärkte sind?«

»Genau dem.« Leitner blickte nachdenklich zu Boden. »Aber wie stellen wir es dann an, dass wir etwas über sie und Paul Rester erfahren?«

Auch Agathe musste erst ein paar Ideen miteinander verknoten, bis sie antwortete: »Diesmal habe ich eine Idee. Allerdings müsste ich dafür allein zu Angelika Hammer fahren. Ein Mann würde nur stören.«

»Da schau an. Ganz neue Töne.«

Agathe grinste anzüglich. »Nicht das, was du denkst. Sag, Gerhard: Kannst du mir vielleicht ein Foto von einem Trakehner besorgen?«

Leitner legte sein halbes Toastbrot auf den Teller. »Von einem was bitte?«

»Einem Trakehnerhengst. Sehr edle Rasse«, erklärte Agathe.

Leitner drehte den aufgeklappten Laptop zu sich, löste die Bildschirmsperre und rief eine Suchmaschine auf. Prompt erschien nach Sekundenbruchteilen eine stolze Auswahl an braunen Trakehnern.

»Sehr schöne Tiere, nicht wahr?«, meinte Agathe.

Leitner zog die Mundwinkel nach unten. »Die Rassen sagen mir nichts«, brummte er. »Ich kenn Pferde nur vom Rosswurststand.«

»Wenn deine Rosswurstsemmel von einem Trakehner wie dem dort stammen würde, müsstest du dafür aber schon etwas mehr als gewöhnlich hinblättern.«

»Aha. Na, ich denke, mit ein bisschen scharfem Senf würde ich auch die runterkriegen.«

»Ignorant!«, zischte Agathe und gab weitere Versuche auf, Leitner die Warmblutrasse nahezubringen. »Und jetzt such mir ein brauchbares Bild von Paul Rester«, forderte sie ihn stattdessen auf.

»Und wofür?«

»Tu's einfach!«

Leitner biss in den Rest seines Buttertoasts und wechselte auf die Homepage von Paul Resters Unternehmensberatung. »Da haben wir's doch«, sagte er, während er kaute und schluckte.

Agathe warf einen Blick auf das Display, auf dem Paul Rester gepflegt und in einem sicherlich teuren Anzug seine Seitenbesucher anlächelte.

Leitner klickte das Bild mit der rechten Maustaste an und speicherte es auf seinem Rechner.

»Kannst du mir beides ausdrucken? Das Pferd und Rester?«, fragte Agathe.

»Kein Problem.«

Wenig später hielt sie zwei Fotos in den Händen, zerknitterte sie ein wenig, faltete sie und steckte sie dann in ihre Geldbörse.

»Was hast du vor?«, fragte Leitner.

»Jetzt wollen wir doch mal sehen, ob Angelika Hammer wirklich so ein eifersüchtiges Wesen ist, wie Chiara behauptet hat.«

Keine halbe Stunde später schritt Agathe durch das Eingangstor des Reiterhofes in Niederhof. Eine Frau um die fünfzig kam ihr in Reiterstiefeln und einer etwas zu engen Leggins entgegen.

»Servus!«, grüßte Agathe. »Entschuldige, aber wo finde ich die Angelika?«

»Die Angelika?«, erwiderte die Frau freundlich.

»Ja, die Hammer.«

»Ach, die Geli. Die ist vorn auf dem Paddock mit Prinz.«

Agathe ging in die Richtung, in die die Frau gezeigt hatte, und stand schließlich an einem Feld, das von Holzbalken zu einem Viereck eingefasst war. Auf der sandigen Fläche, die nicht größer als ein halber Fußballplatz sein mochte, saß eine Frau auf dem Rücken eines Pferdes mit glänzend braunem Fell. Das Tier gehorchte ihren präzisen Anweisungen aufs Wort. Es hob jeweils das gegenüberliegende Hinter- und Vorderbein und wechselte auf Kommando die Seiten. Nachdem es sich um die eigene Achse gedreht hatte, blieb es nach kurzem Trab sofort stehen, als die Reiterin den entsprechenden Befehl gab.

Agathe beobachtete noch etwa zehn Minuten die Dressur des braunen Tieres, bevor die Reiterin abstieg und es aus dem Paddock führte.

»Guten Tag«, sagte Agathe, als die Frau an ihr vorbeiging. Sie war nicht sehr groß, sogar etwas kleiner als Agathe, und hatte ein rundes Mondgesicht, aus dem lebendige, strahlend blaue Augen blitzten. Mit den sehr kurz und burschikos geschnittenen blonden Haaren wirkte sie überraschend ansprechend. Bei näherer Betrachtung fiel Agathe auf, dass die Frau keine Ecken und Kanten hatte – eher im Gegenteil. Sie war überall rundlich, vom Gesicht bis hin zur nicht versteckten fülligen Taille, einem rundlichen Po und entsprechenden Oberschenkeln. Das auffälligste Merkmal waren jedoch ihre überproportional großen Brüste. Agathe musste sich beherrschen, sie nicht anzustarren. Für Männer musste das ein Ding der Unmöglichkeit sein, dachte Agathe, als die Frau ihren Gruß erwiderte.

»Grüß Gott.« Hammer wies Prinz an, stehen zu bleiben.

Agathe ging zu dem Pferd und streckte behutsam eine Hand aus. Der Hengst hob unsicher den Kopf und wich ein paar Zentimeter zurück. »Du bist aber ein Wunderschöner, hm?«, sagte sie, und Prinz beruhigte sich und ließ zu, dass sie seinen Hals berührte.

Als Hammer bemerkte, dass Agathe wusste, was sie tat, sagte sie: »Ich habe Sie noch nie hier gesehen. Haben Sie auch ein Pferd bei uns im Stall untergestellt?«

»Noch nicht. Aber ich habe es eventuell vor.«

»Sie kommen nicht aus Bayern?«

»Das hört man, oder?« Agathe lächelte. »Ich stamme eigentlich aus Lübeck. Agathe Viersen.«

»Hammer. Angelika. Ein Nordlicht also? Jetzt sagen Sie nicht, dass Sie einen Hannoveraner besitzen.« Auch Hammer lächelte freundlich.

»Nein, nein«, kicherte Agathe. »Ich bin jahrelang nicht mehr geritten, aber es würde mich wieder interessieren. Erst vor Kurzem habe ich mit einem Freund darüber gesprochen, der mir das Reitzentrum hier empfohlen hat. Für Apart.«

»›Apart‹?«

»Das Pferd, das ich kaufen möchte. Hier, ich habe ein Bild von ihm dabei.«

Während Agathe das ausgedruckte Foto des Pferdes aus ihrer Geldbörse fummelte, fiel das andere von Paul Rester genau vor die Füße von Angelika Hammer.

Hilfsbereit hob diese es auf und warf unwillkürlich einen Blick darauf.

Agathe beobachtete die Frau genau, und eine Reaktion ließ nicht lange auf sich warten. Hammer streckte ihren Rücken übertrieben durch, während sie Agathe das Bild reichte.

Die schob Resters Foto unter das von dem Trakehner und drehte dieses zu der Reiterin. »Ist er nicht ein schönes Tier? Ich habe ihn mir vor Kurzem in Fleisch und Blut angesehen und mich sofort in ihn verliebt.«

Angelika Hammer biss die Zähne fest zusammen. »Ich muss Prinz für den Stall fertig machen«, sagte sie nach einem Moment, nahm ihren Hengst am Zaumzeug und führte ihn in Richtung Stall, um ihn, wie nach dem Reiten üblich, zu striegeln.

Agathe wollte ihr in den Stallbereich folgen, aber kurz vor dem Gebäude stellte sich ihr ein großer Hund in den Weg. Ein Schäferhund mit mehr schwarzem als hellbraunem Fell. Er knurrte nicht, war jedoch sichtbar aufgeregt.

»Kenny!«, rief Angelika Hammer aus dem Stallinneren, und der Hund wandte sich wie ferngesteuert um und wartete aufmerksam auf das nächste Kommando. »Platz!«

Der Schäferhund ging einen Meter neben das Stalltor und legte sich dort hin, sodass Agathe ungehindert den Stall betreten konnte.

Angelika Hammer würdigte sie keines Blickes, als sie zwei Bürsten nahm und begann, Prinz zu striegeln. »Woher kennen Sie Paul?«, fragte sie plötzlich ohne Vorwarnung.

Agathe hatte nicht damit gerechnet, dass Paul Resters Foto so schnell seine Wirkung bei Hammer zeigen würde, und entschied sich für die harte Tour. »Ach, Sie kennen ihn auch?« Sie nahm Resters Bild und hielt es Hammer demonstrativ vor die Nase.

»Ja, aber ich will wissen, woher *Sie* ihn kennen.«

»Na, Sie machen mir vielleicht Spaß. Paul ist mein Freund!« Angelika Hammers Hände hielten mitten in der Bewegung inne.

»Ihr Freund«, sagte sie und klang feindselig. »Wo haben Sie ihn denn kennengelernt?«

Agathe betrachtete das Foto, als hätte Hammers Reaktion ihr zu denken gegeben. »Wir haben uns in Lübeck getroffen. Er hatte dort beruflich zu tun, und wir sind uns zufällig abends in einem Restaurant begegnet. Wissen Sie, er war allein, und ich war allein ...«

Hammer lachte gehässig. »Er war bestimmt nicht allein!«

»Wie bitte?«

»Oh, nichts. Erzählen Sie nur weiter. Sie waren allein, er war allein und dann?«

»Und dann? Tja, wir haben einige schöne Tage gemeinsam verbracht, und es hat sich immer mehr herausgestellt, dass wir uns sehr gut verstehen. Kurz und gut, die Idee mit dem Pferd stammt von Paul. Er will es mir zu unserer Verlobung schenken.«

Hammer knallte die beiden Striegel aneinander, sodass sowohl Agathe als auch Prinz kurz zusammenfuhren.

»Seit wann sind Sie hier in der Gegend?«

»Seit gestern erst. Wieso?«

»Es würde mich nicht wundern«, sagte Hammer und ging auf Agathe zu, bis sie nur noch ein halber Meter trennte, »wenn Sie Paul bisher telefonisch nicht erreichen konnten.«

»Stimmt. Ich habe es mehrmals versucht, aber er ist nicht rangegangen.«

»Ich schätze, das mit der Verlobung könnte ein bisschen kompliziert werden.« Hammers Worte trieften vor Gehässigkeit.

»Was meinen Sie?«

»Die kleine, aber bedeutende Tatsache, dass Paul vor fünf Tagen geheiratet hat.« Sie betonte die einzelnen Worte und warf sie wie kleine Dolche in Agathes Richtung.

Die spielte die Rolle der hintergangenen Verlobten weiter. Ihr Mund öffnete sich, ihr Körper zitterte vor vorgetäuschter Erregung. »Paul ... hat geheiratet? Aber ... das kann doch nicht sein!«

»Oh doch, meine Liebe. Am letzten Samstag hat er vor dem Altar sein Jawort gegeben.«

Agathe blickte mit weit aufgerissenen Augen zur Decke und hoffte, dass sich dadurch ein paar Tränen bilden würden. »Wen? Wen hat Paul geheiratet?« Sie gab sich redlich Mühe, das Schluchzen echt klingen zu lassen.

»Einen Bauerntrampel, der sich für eine Ärztin hält. Aber das ist noch nicht alles. Stellen Sie sich vor, auf der Hochzeitsfeier wurde jemand erschossen.«

»Wer?« Agathe fuhr den Regler für künstliche Hysterie etwas nach oben. »Jetzt reden Sie schon! Wer wurde erschossen?«

»Die Trauzeugin der Braut. Die Hochzeit steht also unter keinem guten Stern. Wenigstens ein kleiner Trost, nicht wahr?«

»Ich ...«, stammelte Agathe, »ich verstehe nicht, was Sie ...«

»Ganz einfach, meine Liebe! Wenn *ein* Todesfall passieren kann, kann es auch einen *zweiten* geben, oder etwa nicht?«

Agathe schwieg und war sich nicht mehr sicher, ob sie die Ängstliche im Augenblick nur spielte oder ob ihr tatsächlich mulmig im Bauch wurde, als Angelika Hammer noch näher kam.

»Vielleicht ist Chiara ja die Nächste, die sterben wird.«

»Chiara ... ist Pauls Frau?«

»Erraten! Und wenn das passiert, werden die Karten wieder neu gemischt.«

»Unter den Umständen kann ich mit Paul jetzt sowieso nicht mehr zusammen sein«, erwiderte Agathe schon etwas gefasster.

»Stimmt, das können Sie nicht«, sagte Angelika Hammer und griff zu einer Mistgabel, die an der Stallwand lehnte. In einem Tonfall, der Agathe zu ruhig vorkam, als dass sie ihn auch beruhigend hätte finden können, fuhr sie fort: »Denn sollte Chiara wirklich zu Tode kommen, dann gehört Paul mir. Verstehen Sie das?«

Agathes Nackenhaare stellten sich auf. Die Stille im Stall war unheimlich.

»Mir allein!«, schrie Hammer plötzlich aus Leibeskräften.

Die Pferde im Stall erschraken, wieherten empört, und Angelika Hammer stellte die Mistgabel an ihren alten Platz zurück und begab sich wieder zu ihrem Hengst.

Agathe sah ihr nach, doch sie nahm keinerlei weitere Notiz von ihr.

Als sie am Schäferhund vorbeiging, beschlich Agathe ein beklemmendes Gefühl. Sie war froh, als sie wieder sicher in ihrem Wagen saß.

16

Einige Minuten später ging Agathe durch die große automatische Schiebetür des Globus-Marktes, der vom Reitzentrum nur einige hundert Meter entfernt lag. Leitner hatte angeboten, die Einkäufe für das Wochenende zu erledigen, während Agathe zu Angelika Hammer fuhr. Agathe hielt sich links und passierte die Information und den Kassenbereich. Sie vermutete, dass Leitner schon alles besorgt hatte. Für diesen Fall hatten sie vereinbart, sich im Restaurant des Supermarktes zu treffen.

Sie entdeckte ihren Kollegen allein an einem Tisch. Er rührte in seinem Cappuccino herum.

Nachdem sich Agathe auch einen Kaffee geholt und sich zu ihm gesetzt hatte, fragte er: »Wie war es denn?«

Sie kniff die Augen zu schmalen Schlitzen zusammen. »Das ist eine furchtbare Person. Krank vor Eifersucht.« Dann erzählte sie, was sie in der letzten halben Stunde erlebt hatte.

Während sie redete, zog er mehrmals überrascht die Augenbrauen hoch. »Junge, Junge«, sagte er schließlich, »so ein Biest. Ich frage mich, welcher Teufel Paul Rester geritten hat, dass er jemals eine Beziehung mit dieser Frau eingegangen ist.«

»Na, reiten kann sie wohl«, bemerkte Agathe trocken und leckte genüsslich den Milchschaum von ihrem Kaffeelöffel. »Und recht hübsch ist sie auch. Ich denke, sie hat alles, was Männer normalerweise anspricht. Inklusive einer großen Klappe.«

Während Leitner noch nachdachte, ob dem wirklich so war, fuhr Agathe fort: »Ich kenne diesen Typ Frau. Er findet die richtigen Worte, damit die Männer auf ihn anspringen. Diese Frauen sind charmant und nicht auf den Mund gefallen. Der Mann fühlt sich geschmeichelt, lässt sie an sich heran und merkt erst viel zu spät, dass es keine Liebe ist, die sie an ihn bindet.«

»Sondern?«, fragte Leitner.

»Reiner Besitzanspruch.«

Leitner sog Luft ein, als hätte er sich an einem Streichholz die Finger verbrannt. »Aua.«

»Solche Frauen können nur eine Art von Liebe geben, nämlich die, bei der sie den Männern ihre Freiheit wegnehmen. Die sicherste Methode, einen Mann zu verlieren.«

Leitner nahm seine Tasse in die Hand. »Was bedeutet das nun für uns?«, fragte er, bevor er einen Schluck trank. »Traust du Angelika Hammer einen Mord zu?«

»Zweifellos«, antwortete Agathe ohne die geringste Verzögerung. »Allerdings glaube ich nicht, dass sie eine besonders schlaue Mörderin wäre. Ihre heiße Eifersucht würde jedem Plan in die Quere kommen.«

»Na ja, immerhin hat sie einen riesigen Köter, und wenn du dich erinnerst, hat Chiara auch von einem Hundeangriff auf sie gesprochen.«

Agathe sah eine Zeit lang den Leuten um sie herum zu. Eine Mutter zerrte ihr heulendes Kind vom elektrisch betriebenen Spielzeugauto weg, ein Mann schob einen Einkaufswagen mit sechs leeren Bierkisten in Richtung der Leergut-Rückgabe. Dann schüttelte sie den Kopf. »So richtig handfest ist das alles nicht, was wir bisher haben.«

»Da hast du recht.«

»Es kommt mir einfach unwirklich vor, dass jemand mehrere Anschläge auf dieselbe Person verübt haben soll.«

»Warum? Wenn's beim ersten Mal nicht funktioniert, macht man halt weiter. So lange, bis es klappt, oder nicht?«

»Jaja …«, sagte Agathe abwesend.

Beide starrten ins Leere, bis Leitner schließlich sein Telefon nahm und darauf herumtippte.

»Wen rufst du an?«, fragte Agathe.

Leitner machte eine abwehrende Geste nach dem Motto »Das wirst du gleich hören«. »Hallo, Chiara. Gerhard hier«, sagte er dann.

Agathe setzte eine skeptische Miene auf.

»Wie geht es dir? Hast du dich ein bisschen erholt?«

Verärgert sah Agathe zu den Einkaufenden. Wegen der Geräuschkulisse, die sie verursachten, konnte sie nicht hören, was Chiara antwortete.

»Ich würde mich gern noch mal mit dir unterhalten«, sagte Leitner dann. »Nein, nicht jetzt am Telefon. Persönlich.« Agathe verschränkte die Arme.

»Ja, gut, ich warte«, sagte Leitner. »Was ist denn?«, flüsterte er Agathe zu, weil ihm ihr vorwurfsvoller Gesichtsausdruck nicht entgangen war.

Agathe schwieg, deutete ihm nur an, dass er erst sein Gespräch beenden solle.

»Heute Abend?«, sagte Leitner schließlich wieder ins Telefon. »Um halb sieben? Gut, das passt, dann komme ich bei dir vorbei. Bis dann!« Er legte auf und kramte aus seiner Hosentasche ein Papiertaschentuch hervor.

»Wir wollen uns mit Chiara in ihrem Haus treffen?«, fragte Agathe.

Leitners Blick fixierte sie. »Nein, ich gehe allein zu ihr.« Er schnäuzte sich. »Das ist ähnlich wie du und Angelika Hammer. Ich habe das Gefühl, dass ich von Chiara mehr erfahren werde, wenn ich mit ihr allein bin.«

Agathe fühlte sich ein wenig brüskiert, beherrschte sich aber. »In Ordnung. Ich habe mir übrigens auch Gedanken gemacht. Ich möchte noch mal mit Dominik Kammerl sprechen. Schließlich war er bei der Hochzeit dabei, und zwar als Außenstehender, nicht als Betroffener.«

»Gute Idee. Vielleicht hat er ja bei unserer ersten Unterhaltung etwas vergessen, was für uns aufschlussreich sein könnte.«

»Genau. Übrigens, bist du schon fertig?«

»Womit?«, fragte Leitner verdutzt.

»Mit dem Bericht für Frau Wendell.«

Leitner schlug sich an die Stirn. »Ach du Schande! Den habe ich ja völlig vergessen.«

»Wir müssen ihn morgen früh persönlich bei ihr abliefern. Weiß der Geier, warum ihr eine E-Mail nicht genügt.«

Leitner stopfte das benutzte Taschentuch in seine Hosentasche. »Kann ich dir auch nicht sagen.«

Gemeinsam verließen sie den Restaurantbereich.

Nahe dem Ausgang, auf Höhe des Reisebüros und des Elektromarktes, fragte Leitner: »Agathe, bin ich eigentlich wirklich schon wieder dran mit Berichtschreiben?«

17

Es war kein leichtes Unterfangen gewesen, das schwere Ungetüm aus seiner Verpackung zu befreien. Agathe hatte die Aufgabe übernommen, die langen, nach sterilem Kunststoff riechenden Plastikbahnen auseinanderzuklappen und anschließend ins Innere des seltsamen Dings zu krabbeln. Während Dominik Kammerl die Heringe am abendfeuchten Grasboden ansetzte, versuchte sie, die Zeltstangen halbwegs gerade zu halten.

»Noch ein bisschen zu mir her, Agathe!«

Agathe tat wie ihr geheißen, und Kammerl schlug mit dem Gummihammer viermal auf eine Metallstange, bis sie fest im Erdreich steckte.

»So passt es!«, rief Kammerl zufrieden.

Auch Agathe betrachtete das Vorzelt, welches nun mustergültig wie im Katalog am Eingang des Wohnwagens klebte, und lächelte.

Als sie vor einer halben Stunde an Kammerls Geschäftssitz angekommen war, sperrte der gerade die Eingangstür ab und wollte auf den Campingplatz fahren, wo seine Familie seit Jahren einen Dauerstellplatz gemietet hatte, um den Wagen und den Stellplatz selbst für die bevorstehenden wärmeren Tage auf Vordermann zu bringen. Agathe hatte seine Einladung, ihn zu begleiten, angenommen, und so standen sie nun im Camping-Park am Ufer des Murner Sees. Das Gewässer hatte in etwa die Form eines nach rechts geneigten großen Hs, wobei der Campingplatz östlich auf Höhe des Mittelstrichs lag.

»Jetzt haben wir uns aber ein paar Ravioli verdient«, sagte Kammerl, nachdem er den Hammer in die Werkzeugkiste zurückgelegt hatte, und hielt eine Konservenbüchse mit genanntem Inhalt hoch.

»Gern, Dominik, aber …« Agathe rieb sich mit ihren Händen die Oberarme. Die Sonne hatte tagsüber zwar wohlige Frühlingswärme verbreitet, aber am Abend war ihre Bluse doch etwas zu dünn.

»Moment, das haben wir gleich.« Kammerl verschwand im Wohnwagen und kam einige Sekunden später mit einer flauschigen Fleecejacke in der Hand wieder heraus. Sie war Agathe zwar ein paar Nummern zu groß, aber immerhin warm.

»Die gehört meinem Vater. Alles an Bord, was man braucht.« Kammerl stellte im neu errichteten Vorzelt zwei Campingstühle und einen Klapptisch auf, warf den Gaskocher an und platzierte einen Topf mit den Ravioli darauf. Dann entzündete er drei Teelichter in einem Einweckglas und erleuchtete damit den Tisch. »So, besser. Das ist der erste Abend, an dem ich heuer hier draußen bin.«

»Bist du oft hier?«

»Am Wochenende sind meine Eltern meistens da, ich schaue unter der Woche gern vorbei. Die Ruhe ist einmalig. Und die Nachbarn passen auch.«

Agathe inspizierte die umstehenden Wohnwagen. In keinem von ihnen brannte Licht.

»Sind aber noch nicht viele hier«, meinte sie.

»Es ist noch ein bisschen früh im Jahr. Die meisten kommen erst später.«

Als es im Kochtopf blubberte, rührte Kammerl die Ravioli in der Tomatensoße um.

»Sind gleich fertig. Weswegen wolltest du eigentlich mit mir sprechen, Agathe?«

»Es geht noch mal um die Hochzeit.«

»Ach so, natürlich. Und was willst du wissen?«

Sie tippte mit dem Zeigefinger mehrmals auf den Tisch. »Wenn ich das nur selbst genau wüsste ...« Sie überlegte, wie viel sie Kammerl von ihren bisherigen Ermittlungen erzählen durfte, und entschied sich schließlich dafür, ihn in alles einzuweihen. Sie berichtete von Anja Bandermann und ihrer ruinierten Familie, von Leon Schuhbauer und seinem Dilemma mit dem elterlichen Hof und von Angelika Hammer, die aus Eifersucht fast mit der Mistgabel auf sie losgegangen war.

Kammerl hörte aufmerksam zu und verteilte dabei zwei Portionen Ravioli auf Plastikteller.

Agathe nahm einen Löffel voll. »Irgendwie traue ich jedem von denen einen Mord zu – und irgendwie auch wieder keinem«, sagte sie, bevor sie sich einen Bissen in den Mund schob.

Auch Kammerl schluckte seine erste Ravioli hinunter. »Tja, wenn man dir so zuhört, könnte einem schon Angst und Bange werden vor den Herr- und Damschaften.«

»Hat sich auf der Hochzeitsfeier vielleicht noch etwas zugetragen, das du beim letzten Mal vergessen hast, uns zu erzählen? Oft fallen einem ja erst später die Details ein.«

Kammerl kaute eine Minute vor sich hin und überlegte. »Eigentlich nicht. Die Feier beim ›Fenzl‹ war ganz normal, etwas anderes hätten wir bestimmt gehört. Erst beim Brautverzug –«

»Schon klar«, murmelte Agathe und ging den Vorfall in Gedanken selbst noch mal Stück für Stück durch. »Du hast gesagt, Chiara Rester sei als Chiara Schuhbauer mal Kirchweihmädchen bei euch gewesen.«

Angesichts Agathes eleganter Umgehung des Begriffs »Kirwamoidl« verkniff Kammerl sich ein Schmunzeln. »Ja«, antwortete er stattdessen, »die Chiara hat mal mit um den Baum getanzt.«

»Was ihr eigentlich nicht ähnlich sieht, wo sie doch sonst so eine Anti-Haltung gegen alles Althergebrachte und Traditionelle hat.«

»Wie meinst du das?«

»Nun, ihr Bruder hat mir erzählt, dass Chiara immer nach Höherem gestrebt hat. Nie hat sie sich auf ihrem Hof die Hände schmutzig gemacht oder die Tiere gefüttert.«

»Das stimmt, und trotzdem passt beides zusammen.«

»Das verstehe ich nicht«, sagte Agathe und blickte sich im Vorzelt um.

»Wonach suchst du?«, fragte Kammerl.

»Ich habe nur geguckt, ob du vielleicht etwas zu trinken dahättest.«

»Ach herrje, freilich!« Kammerl verschwand abermals im Wohnwagen und setzte sich dann, mit einer Flasche Rotwein und zwei Gläsern bewaffnet, wieder an den Campingtisch.

»Was soll das bedeuten, dass es trotzdem zusammenpasst?«, hakte Agathe nach, während er die Weinflasche öffnete.

»Es ist richtig, dass die Chiara die Nase schon immer gern recht hoch getragen hat. Ich bezweifle auch, dass sie heute noch mal bei der Kirwa mitmachen würde. Aber damals war das etwas anderes. Erstens war sie in einem Alter, in dem man halt oft bei dem mitmacht, was alle anderen tun. Wie zum Beispiel zur Kirwa gehen.«

»Und zweitens?«

»Zweitens stand sie damals im Rampenlicht. Sie hat die Hauptrolle gespielt, die ihr ihrer Meinung nach zustand.«

Leitner hatte Agathe schon erklärt, dass es erste und zweite Kirwaburschen und dementsprechend auch Kirwamoidln gab, aber Agathe hatte sich darunter nie wirklich etwas vorstellen können.

»Du meinst, sie war das erste Kirchweihmädchen? Eine Rolle, die sie, wie sie glaubte, verdient hatte?«

»Nein, erstes Kirwamoidl war sie nie. Dafür hätte sie sich im Kirwaverein engagieren müssen. Aber Chiara hat schon immer das Ganze im Blick gehabt, nicht nur das, was sich öffentlich abspielt. Sie hat auch hinter die Kulissen geschaut.«

»Das bedeutet was?«

Nachdem er es geschafft hatte, mit dem eher wie ein Spielzeug anmutenden Korkenzieher die Flasche zu öffnen, schenkte Kammerl ihnen Wein ein. »Weißt du, Agathe, als Kirwapaar tanzt man nicht automatisch mit demjenigen, mit dem man auch im echten Leben zusammen ist.«

»Ach so?«

»Ja. Oft sind die Moidln und die Burschen mit jemand anderem liiert, nicht mit ihrem Tanzpartner.«

»Jetzt verstehe ich! Chiara hat zwar mit irgendeinem Kerl getanzt, aber zusammen war sie eigentlich mit dem ersten Kirchweihknaben?«

»So in etwa. Aber noch nicht ganz. Ich sagte ja schon, das allein hätte Chiara wahrscheinlich nicht genügt, denn sie wollte mehr.«

Agathe nippte am Wein. »Jetzt noch mal ganz langsam«, meinte sie. »Sie hat also bei der Folklore mitgemacht, weil man das bei euch in dem Alter eben so macht. Aber sie wäre nicht mit von der Partie gewesen, wenn sie nicht irgendeinen besonderen Trumpf gegenüber allen anderen Gören im Ärmel gehabt hätte. Darum hat sie sich einen wichtigen Kerl geschnappt, aber nicht diesen Oberkirchweihfritzen, sondern jemand anderen?«

»Jetzt hast du's«, sagte Kammerl.

»Aber wen?«

Kammerl schwenkte den Wein in seinem Glas. »Jemanden, der die gesamte Kirwa drei Tage lang gerockt hat.«

»Einen der Musiker?«

»Richtig. Aber natürlich nicht irgendeinen, sondern den Leithammel.«

Agathe fiel fast das Glas aus der Hand. »Du meinst …?«

»Genau«, kicherte Kammerl. »Deinen lieben Kollegen Gerhard Leitner.«

18

Die tief stehende Sonne tauchte das Westufer des Steinberger Sees in erhabenes Gold. Die Holzträger der Erlebniskugel wirkten wie ein fremdartiges Gerippe. Leitner und Chiara Rester standen nebeneinander am gegenüberliegenden Ostufer und bewunderten das Schauspiel.

»Hier ist es doch viel schöner als zu Hause, nicht wahr?«, fragte Chiara leise.

Leitner betrachtete Chiara von der Seite und konnte sich ein Schmunzeln nicht verkneifen. »Es ist schon eine ganze Zeit her, dass wir beide allein an diesem Ufer waren.«

»Damals gab es noch keine Holzkugel ...«, sinnierte Chiara. Eine kühle Abendbrise fuhr in Leitners Windjacke, sodass ihn fröstelte. »Damals war es auf jeden Fall wärmer!«

Auch Chiara musste jetzt lächeln und ließ ihren Blick über das Gelände schweifen. »Heute ist es wohl den meisten zu kalt.«

Die Ufer des Oberpfälzer Seenlandes waren beliebt bei Pärchen, um in der Natur ihre Zweisamkeit auszuleben. Nach einigen Momenten, in denen sowohl Leitner als auch Chiara in Gedanken den wärmeren Abenden und Nächten hinterherhingen, die jeder von ihnen schon hier verbracht hatte, sagte Chiara unvermittelt: »Bin ich verrückt, Gerhard?«

Leitner war klar, dass damit die Romantik des Moments vorüber war, enthielt sich aber einer Antwort.

Chiara drehte sich zu ihm. »Bin ich wahnsinnig? Paranoid?«

»Ich glaube nicht.«

Sie ging ein paar Schritte in Richtung Wasser, und er folgte ihr. »Was habe ich nur getan, Gerhard?«, fragte sie ihn. »Was habe ich den Menschen getan, dass mich jemand so sehr hassen kann?«

Leitner rekapitulierte die Informationen, die Agathe und er in den letzten Tagen zusammengetragen hatten. Er zögerte, um Chiaras Gefühle nicht zu verletzen. Im Augenblick schien es ihm gescheiter, ihr nicht alle Fakten mit dem Vorschlaghammer um die Ohren zu hauen.

Er erwähnte nicht die Tatsache, dass Chiara einer anderen Frau den Mann weggenommen hatte.

Er erwähnte nicht, dass sie die finanzielle Absicherung, die Karriere und die Familie einer anderen Frau zerstört hatte.

Er erwähnte nicht, dass sie das Lebenswerk ihrer eigenen Familie durch einen Bagger vernichten lassen wollte.

Stattdessen stellte er sich neben sie und sagte: »Ich denke, dass jemand, der so zielstrebig ist wie du, immer viele Menschen gegen sich aufbringt. Das gehört dazu.«

»Zielstrebig? Was soll das heißen? Ich bin einfach nur meinen eigenen Weg gegangen. Schon immer. Das weißt du, Gerhard.«

»Oh ja, das weiß ich.«

»Aber du hast mich verstanden, weil du deinen Weg auch nicht immer zusammen mit deiner Familie und deinen Freunden beschritten hast. Weil auch du deinen eigenen gegangen bist.«

Leitner dachte an die Streits mit seinem Vater zurück, als er ihm gesagt hatte, er wolle von der Musik und nicht von einem akademischen Beruf leben. Chiara hatte recht. Er war freilich seinen eigenen Weg gegangen. Er hatte sich aus eigener Kraft in der Musik- und Bühnentechnikbranche hochgearbeitet, in der man seinen Kollegen jedoch eher aushalf als sie bekämpfte.

»Es war bestimmt nicht immer leicht, Chiara. Aber ich glaube, dein und mein früheres Arbeitsumfeld lassen sich nur schwer miteinander vergleichen.«

»Darum geht es doch gar nicht, Gerhard. Aber wenn du wie ich bei den Global Playern mitspielen möchtest, sind die Bandagen nun mal härter. Das weiß jeder, der in der medizinischen Forschung arbeitet.«

Leitner kratzte sich hinter dem Ohr. »Da bin ich mir nicht so sicher.« Er musste an die vielen Situationen denken, in denen Agathe ihn seit seinem Wechsel zur Jacortia als Versicherungsdetektiv erst über die Zusammenhänge und Einzelheiten hatte aufklären müssen, die in diesem Job beachtet werden wollten.

»Okay, vielleicht nicht«, ließ Chiara sich nicht beirren, »aber dann überlebt eben der, der sich schneller an die Veränderungen anpassen kann. Ich muss mir jedenfalls keine Vorwürfe machen. Ich habe das getan, was mein Beruf von mir erfordert.«

Eine unendlich lang erscheinende Pause entstand.

»Warum sagst du nichts, Gerhard?«

Er blickte in die schon fast hinter den Wäldern untergegangene Sonne und kaute auf seinen Lippen. »Es steht mir nicht zu, dein berufliches oder privates Leben zu beurteilen, Chiara«, erwiderte er schließlich. »Jeder muss das tun, was er für richtig hält ...«

»Du glaubst, ich habe die falschen Entscheidungen getroffen?«

»Ich glaube, dass es viele Sachen gibt, die du bei deinen Entscheidungen außen vor gelassen hast.«

»Es ist nicht verboten, sich in einen erfolgreichen Mann zu verlieben. Es ist nicht verboten, seine Karriere konsequent zu verfolgen, und es ist auch nicht verboten, auf seinem eigenen Grundstück neu zu bauen.«

»Nein, verboten ist es nicht ...«

Leitners Tonfall schien Chiaras Trotzhaltung zu brechen. Sie atmete in einem schweren Stoß aus, ballte ihre Hände zu Fäusten und schloss die Augen, um gegen ihre Tränen zu kämpfen. Als Leitner zu ihr ging und sie in den Arm nahm, legte sie ihren Kopf an seine Brust und fing an zu weinen.

Leitner hielt sie fest. Es musste für sie seit dem Wochenende das erste Mal sein, dass sie mit einem alten Vertrauten hatte sprechen können.

Allein.

Die nassforsche Art von Paul Rester kam ihm in den Sinn. Besonders empathisch hatte er auf Leitner nicht gewirkt. Er konnte sich nicht vorstellen, dass Chiara in Resters Armen ihren Gefühlen freien Lauf lassen durfte – so wie im Augenblick in seinen.

Chiara wurde ruhiger. Sie nahm den Kopf nicht von seiner Brust, als sie flüsterte: »Ich habe Angst, Gerhard. Zum ersten Mal in meinem Leben habe ich wirklich Angst.«

Leitner hätte gern hollywoodtauglich erwidert: »Du brauchst

keine Angst zu haben, es wird alles gut. Ich beschütze dich«, aber er konnte es ihr nicht versprechen. Stattdessen drückte er sie noch ein bisschen fester an sich.

Nach einigen Sekunden hob sie ihren Kopf und legte stattdessen beide Hände auf seine Brust.

Er fischte aus seiner Jackentasche eine Packung Papiertaschentücher und reichte sie ihr.

Nachdem sie sich geschnäuzt und sich die Tränen von den Wangen gewischt hatte, sah sie ihn fast bettelnd an. »Paul glaubt, dass ich verrückt bin und unter Verfolgungswahn leide. Auch die Polizei hilft mir nicht. Aber du! Du glaubst mir doch, Gerhard, oder? Zumindest du musst mir doch glauben!«

Leitner sah ihr tief in die Augen, und obwohl auch er sich nicht sicher war, was er glauben sollte, nickte er.

Als ob mehrere Tonnen von ihren Schultern genommen worden wären, sog Chiara tief Luft ein und vergrub ihren Kopf abermals an seiner Brust. Einen Moment später suchte sie seinen Blick, und Leitner glaubte, wie vor Jahren das gerade erst zwanzigjährige Mädchen vor sich stehen zu haben. Zwischen ihnen schien ein unsichtbarer Draht zu glimmen. Chiara legte ihre Arme um seinen Hals und zog seinen Kopf langsam zu ihrem. Leitner umfasste instinktiv ihre Hüften. Ihre Lippen waren nur noch wenige Zentimeter voneinander entfernt, als er den Kopf schüttelte, seine Hände von ihrer Taille und ihre Arme von seinem Hals löste. »Chiara …«

»Gerhard, was …?«

»Das dürfen wir nicht. Und wir sollten es auch nicht tun.«

Verlegen sah sie ihn an. Dann spielte ein leises Lächeln um ihre Lippen, sie lachte kurz auf und sagte: »Nein, natürlich nicht. Oh Mann!«

Sie drehte sich von ihm weg und tanzte sich in wilden Sprüngen vom Verlangen frei. Wenig später blickte sie Leitner an, der lächelte, und sagte: »Wir sollten nach Hause fahren.«

»Ja, das sollten wir.«

Sie gingen zu Chiaras Audi, den sie bis auf wenige Meter an den See gefahren hatte, und stiegen ein.

»Es freut mich, dass du jetzt wieder lächeln kannst«, sagte Leitner und schnallte sich an.

Chiara gab keine Antwort.

Als er sie ansah, war aus ihrem Gesicht jedes Lächeln verschwunden. Ihr Blick war starr in den Rückspiegel gerichtet.

»Oh Scheiße ...«, flüsterte sie.

Leitners Kopf fuhr herum. Grelles Scheinwerferlicht blendete ihn, sodass er die Augen zukneifen musste, das dumpfe, laute Grollen eines großen Motors erklang.

Als er seine Augen wieder öffnete, näherten sich die Scheinwerfer rasend schnell ihrem Wagen.

19

»Das ist doch ein Arschloch!«, stieß Agathe leise zwischen den Zähnen hervor. »Gibt's eigentlich irgendein Mädchen bei euch, mit dem Gerhard nichts hatte?«

Dominik Kammerl legte seine Füße auf eine Kühlkiste und lächelte. »Nein, ich glaub nicht. Der Gerhard war in dem Bereich schon immer ziemlich fleißig.«

»Gib mir bitte noch einen Schluck Wein«, sagte Agathe.

Als ihr Glas wieder gefüllt war, kehrten ihre Gedanken zu der Hochzeitsfeier zurück. »Und engagiert hat euch Musikanten die Trauzeugin, Emma Geiger?«

»So war's.«

»Kanntest du sie gut?«

»Eigentlich überhaupt nicht.«

»Dann war sie also keines von diesen Kirchweihmädchen?«

Kammerl schüttelte heftig den Kopf. »Ach wo! Über die kann ich dir wirklich nicht viel sagen. Ich glaube, sie war auch Ärztin, so wie die Chiara. Vermutlich kannten sie sich von der Arbeit.«

»Könnte Emma Geiger nicht aus dem Bekanntenkreis von Chiaras Ehemann stammen?«, erwog Agathe eine andere Möglichkeit.

»Vom Paul Rester? Hm … kann ich mir eigentlich nicht vorstellen. Dafür war die Geigerin nicht – wie soll ich mich ausdrücken? – nicht fein genug. Verstehst du?«

»Nicht ganz.«

Kammerl nahm die Füße von der Box. »Ich will ja über Tote nicht schlecht reden, aber von ihrem gesamten Stil her war Emma Geiger eher eine graue Maus. Zumindest in meinen Augen.«

»Wohingegen Paul Rester was ist?«

»Der Paul und die Chiara sind beide sehr starke Persönlichkeiten. Ausgeprägte Charaktere. Ich schätze sie so ein, dass sie im Leben eher mit anderen Kalibern unterwegs sind, nicht mit stillen Personen wie Emma Geiger.«

Eine Minute verstrich. »Manchmal ist es doch so, dass gerade die vermeintlich starken Personen sich mit stillen Menschen umgeben«, gab Agathe zu bedenken. »Die geben keine großen Widerworte und holen sogar ab und zu die Kohlen aus dem Feuer, die die Schreihälse durch ihre unkontrollierten Sprüche erst hineingeworfen haben.«

»Du meinst, kein Sherlock Holmes ohne Dr. Watson?«

»So in etwa.«

»Aber der Holmes hat seinem gehorsamen Dackel Watson im Großen und Ganzen vertraut, auch wenn der ihm vom Verstand her nicht im Ansatz gewachsen war.«

»Was bei den Resters und Emma Geiger aber nicht der Fall war?«

Kammerl neigte seinen Kopf. »Es kam mir zumindest nicht so vor. Ich hatte irgendwie den Eindruck, dass Emma Geiger sich wie das fünfte Rad am Wagen fühlte. Deswegen wollte sie, dass alles perfekt ist.«

Agathe zog die Augenbrauen hoch. »Aber wollen das nicht alle Trauzeuginnen?«

Kammerl, der als Musikant schon auf Hunderten von Hochzeiten dabei gewesen war, sagte vorsichtig: »Das ist schwer zu erklären. Freilich wollen alle, dass die von ihnen organisierte Hochzeit die perfekte Hochzeit wird. Aber Emma Geiger schien nicht so sehr darum bemüht, ihrer Freundin eine schöne Feier zu bescheren, sondern dadurch erst irgendwie in die Gunst der Braut zu kommen. Sie wollte, dass Chiara Rester sie beachtet. Ergibt das, was ich sage, für dich Sinn?«

»Einigermaßen«, murmelte Agathe. »Sie hat sich bei Chiara lieb Kind machen wollen?«

»Ja, aber das war, wie ich schon sagte, nur so ein Gefühl. Kann auch sein, dass ich mich täusche.«

Agathe stellte ihr Glas auf den Tisch. »Ich finde, das hört sich ziemlich plausibel an. Nach dem, wie ich Chiara bisher erlebt und was ich über sie erfahren habe, würde es zu ihr passen, dass sie sich mit einem Hofstaat umgibt, der fleißig versucht, sie bei Laune zu halten.«

Kammerl lachte kurz auf. »Die Beschreibung trifft es eigentlich sehr genau. Du müsstest dich mal mit der Sylvia unterhalten. Die könnte dir bestimmt so einige Geschichten von früher erzählen.«

»Wer ist Sylvia?«

»Sylvia Waselitz. Eine ehemalige gute Freundin von Chiara.«

»Waselitz ... Waselitz ... sagt mir leider überhaupt nichts. Wer ist das?«

»Sie arbeitet im St.-Barbara-Krankenhaus als Krankenschwester. Ich kenne sie, weil sie auch einmal –«

»Bei euch Kirwamädchen war?«

»Richtig.«

»Mann, langsam würde es mich nicht wundern, hätte auch Angela Merkel früher einmal bei euch um den Baum getanzt!«

Kammerl feixte. »Ich kann ja mal in unseren Jahresberichten nachforschen ...« Er ließ eine Sekunde vergehen. »Aber zurück zu deiner Frage«, sagte er dann, »ich glaube, ein Gespräch mit der Sylvia wäre aufschlussreich für dich, was Chiara Rester betrifft.«

»Danke, ich werd mich drum kümmern!« Agathe blickte Kammerl vergnügt an und bemerkte, dass er selbstsicherer geworden war und ihr freundliches Lächeln erwiderte. »Dann hat dein alter Kapellmeister also immer seinen Blick schweifen lassen, wenn die Mädels getanzt haben?«, fragte sie.

»Habe ich dir ja schon gesagt, dass der Gerhard in der Richtung recht aktiv war. Ich habe vieles von ihm gelernt.«

»Du meinst, in puncto Musik?«

»Auch«, sagte Kammerl mit tieferer Stimme. »Aber in erster Linie, dass man die Feste feiern muss, wie sie fallen.«

Agathe musterte ihr Gegenüber nun unverhohlen von oben bis unten.

»Er hat immer gesagt, es sei bescheuert, die schönen Momente im Leben nicht auszukosten ...«, flüsterte Kammerl.

»Eine wahre Lektion«, antwortete Agathe ebenso leise. Sie

stand auf und wollte schon am Tisch vorbei zu ihm gehen, als plötzlich die Scheinwerfer eines Wagens näher kamen. Sie blieb stehen und sah genau wie Kammerl in deren Richtung.

»Verdammt!«, fluchte er leise. »Warum denn gerade jetzt?« Der Wagen hielt an, und die beiden Vordertüren öffneten sich. Agathe konnte im Halbdunkel nicht erkennen, wer ausstieg, hörte dann aber die Stimme einer Frau.

»Da bist du ja, Dommi. Ach, und das Vorzelt hast du auch schon aufgestellt. Einwandfrei!«

»Wir haben uns gedacht, dass wir uns ein Gläschen am See bei einem kleinen Lagerfeuer gönnen«, tönte eine Männerstimme. »Hilfst du der Mama beim Tragen?«

»Im Kofferraum, Dommi!« Wieder die Frauenstimme. »Da sind eine Kiste mit Holzscheiten und die Getränke drin.«

Kammerl hatte sich aus seinem Campingstuhl erhoben und stand nun neben Agathe. Beide fühlten sich wie nach einem Wolkenbruch.

»Hast du etwa Besuch? Das ist ja wunderbar«, säuselte Kammerls Mutter, als sie zu den beiden herantrat. »Da können wir ja hernach ›Mensch ärgere dich nicht‹ spielen. Das macht zu viert am meisten Spaß.«

»Das müssen Sie heute leider zu dritt spielen«, erwiderte Agathe. »Ich wollte mich gerade verabschieden.«

Während sie seufzend Richtung Wagen ging, hörte sie Frau Kammerl noch sagen: »Wie schön, dass die Saison wieder losgeht. Dann können wir endlich wieder gemütlich in der Natur zusammensitzen, so wie früher. Weißt du noch, Dommi?«

20

Die Wucht des Aufpralls schleuderte Chiara und Leitner tief in die Sitze. Ihre Köpfe knallten gegen die Stützen, beide waren zwei Sekunden lang unfähig, einen klaren Gedanken zu fassen. Während Leitner scheinbar emotionslos verfolgte, wie der Audi mit immer größerer Geschwindigkeit Richtung Wasser geschoben wurde, fuhr Chiaras Hand hektisch über das Armaturenbrett. Schließlich drückte sie wie wild den Startknopf ihres Autos, es sprang an und schaltete sich sofort wieder aus.

»Bloß einmal drücken!«, schrie Leitner.

Chiara gehorchte, und der Motor erwachte wieder zum Leben.

Leitners Blick schoss zum See. Keine zehn Meter mehr bis zum Wasser. »Gib Gas!«, rief er in dem verzweifelten Versuch, der Katastrophe auf den letzten Metern zu entkommen und seitlich auszuweichen.

Stattdessen riss Chiara das Lenkrad nach links, ohne zu beschleunigen, und der Audi stellte sich quer. Der Wagen dahinter zögerte kurz, ebenfalls nach links zu lenken, dann hatte er den Audi quer im rechten Winkel vor dem Kühler. Er gab wieder Gas und schob Chiara und Leitner unaufhaltsam Richtung Steinberger See.

Neben Leitner schlug bereits Wasser gegen die Tür. Wie wild drehte Chiara am Lenkrad, jedoch ohne Wirkung. Durch die Windschutzscheibe sah Leitner, wie der Wasserspiegel schief anstieg. Er durchschnitt die Scheibe von der Mitte unten zum rechten oberen Eck. Der Audi glitt in gehöriger Schieflage in den See. Leitner riss am Türgriff, aber der Wasserdruck war zu stark. Die Tür gab keinen Millimeter nach.

Er sah zu Chiara, und irgendetwas an ihr ließ ihn ruhig werden.

»Das bringt jetzt noch nichts«, sagte sie beherrscht. »Wir müssen die Fenster aufmachen und das Auto voll Wasser laufen lassen, ansonsten kriegen wir die Türen nie auf.«

Leitners Blick wanderte zur Beifahrertür. Es widersprach jeglichem Instinkt, Wasser hereinströmen zu lassen, aber er wusste, dass Chiara recht hatte. Sie schauten sich noch einmal kurz an, dann drückten sie gleichzeitig ihre Fensterhebertasten. Das Fahrzeug kippte deutlich zu Leitners Seite, weshalb er auf Chiaras kletterte, während seine Scheibe sich Zentimeter um Zentimeter öffnete. Schon trat Wasser ein und ließ den Audi noch weiter nach unten sacken. Leitner verlor das Gleichgewicht, und auch Chiara fiel aus ihrem Sitz. Das Auto stellte sich hochkant auf die rechte Seite und versank noch schneller. Leitner trat panisch um sich, um Halt zu suchen, sah zum offenen linken Fenster. Auch von dort schoss nun der See mit enormer Wucht herein. Leitner wusste nicht, wie viel Zeit verstrichen war, bis sich der Wasserstrom um ihre Gesichter etwas beruhigt hatte.

Chiara presste ihren Fuß auf die Mittelkonsole des Wagens und wollte die Tür öffnen. Doch kopfüber und mit dem Gewicht des Wassers, das von außen auf das Auto drückte, war der Versuch sinnlos. Kurzerhand griff sie durch das geöffnete Fenster und fand Halt an der B-Säule des Wagens. Mit den Füßen stieß sie sich von der Konsole ab und zog sich am Holm mit beiden Händen in den See, während Leitner die Orientierung verloren hatte. Seine Hände fuhren auf der Suche nach Halt durchs Wasser, doch immer wieder glitt er an glatten Oberflächen wie der Sitzlehne und dem Autodach ab. Er merkte, wie der Sauerstoff in seinen Lungen weniger wurde und der Druck auf seine Brust zunahm. Das Verlangen einzuatmen wurde unwiderstehlich. Nur noch das schwache Licht des Armaturenbretts war verschwommen zu erkennen. Er fand keinen Ausstieg.

Plötzlich packte eine Hand ihn am Hemdkragen. Automatisch ergriff Leitner den dazugehörigen Oberarm und klammerte sich in Todesangst daran fest. Er spürte, wie er in eine Richtung gezogen wurde, und fing an, mit den Füßen zu strampeln. Bald wurde der Druck auf seinen Körper weniger, und nach einigen wenigen weiteren Sekunden tauchte sein Kopf durch die Wasseroberfläche. Er riss den Mund auf und sog frische Luft in seine Lungen.

»Ganz ruhig!«, sagte eine ihm unbekannte Stimme.

Doch Leitner hörte nur das, was ihm sein Instinkt sagte. Er drehte sich auf den Rücken, ließ sich von der anderen Person ziehen und unterstützte sie durch leichte Schwimmbewegungen. Dann spürte er eine Berührung an seiner Hüfte. Er war wieder in Ufernähe! Er wendete sich auf den Bauch und stand auf allen vieren im Schlammboden des Steinberger Sees. Unbeholfen kroch er Richtung Ufer, als Hände ihn unter beide Achseln griffen und ihn auf die Beine stellten. Er sah nach rechts und entdeckte Chiara. Er sah nach links und entdeckte einen etwa zwanzigjährigen Mann, der nur mit einer Unterhose bekleidet war.

»Geht's bei Ihnen?«, fragte er.

Leitner konnte nur nicken.

»Meine Freundin hat schon den Sanka gerufen.«

Leitner blickte an dem jungen Mann vorbei und sah in einigen Metern Entfernung ein nacktes Mädchen, das eben in sein Höschen schlüpfte und nach seinem BH griff. Er wandte sich wieder Chiara zu.

Sie lächelte matt. »Gott sei Dank hat die heutige Jugend die wichtigsten Sachen noch nicht verlernt …«

21

Die Tür zu seinem Haus stand weit offen. Paul Rester trat hindurch und schaute noch mal ungläubig zurück nach draußen, wo die Blaulichter des Polizei- und des Krankenwagens sowie des Notarztwagens über die Häuserwände flackerten. Ein Notarzt kam ihm entgegen.

Paul Rester fasste ihn an der Schulter. »Was ist hier los? Was machen Sie in meinem Haus?«

»Sie sind der Herr Rester?«

»Ja. Was ist geschehen?«

»Ihre Frau hatte einen Unfall.«

Paul Rester machte erschrocken einen Schritt zurück. »Wollen Sie damit sagen ...«

»Keine Sorge«, sagte der Notarzt ruhig. »Es geht Ihrer Frau gut. Kommen Sie, gehen wir zusammen rein.«

Der Mediziner machte auf dem Absatz kehrt und ging mit Rester in dessen Wohnzimmer, wo Chiara und Leitner auf dem Sofa saßen. Beide trugen dicke Pullover, wobei der von Leitner eigentlich Paul Rester gehörte. Ihnen gegenüber saßen zwei Polizeibeamte in Uniform. Einer davon sprach mit den beiden, der andere machte sich Notizen.

»Chiara? Was ist denn passiert, um Gottes willen?« Rester rannte zu seiner Frau und umarmte sie, während er einen argwöhnischen Blick auf Leitner warf, der auch eine seiner Hosen trug.

»Wir waren am Steinberger See«, erwiderte Leitner, »und als wir heimfahren wollten, hat uns ein Auto gerammt und in den See geschoben.«

»Wie bitte?«

Chiara löste sich aus der Umarmung. »Es stimmt, Paul«, sagte sie tonlos. »Unser Audi liegt jetzt auf dem Grund des Steinberger Sees.«

»So ist das nicht ganz richtig, Frau Rester«, unterbrach der schreibende Polizist. »Im Augenblick wird er gerade geborgen. Das haben wir veranlasst.«

»Ich verstehe gar nichts mehr.« Rester blickte unruhig von einem zum anderen.

»Ihre Frau und der Herr Leitner haben sich geweigert, ins Krankenhaus gebracht zu werden, obwohl sie unterkühlt sind«, sagte der Notarzt. »Bitte behalten Sie sie im Auge.«

Damit verabschiedete er sich und machte sich mit den Sanitätern, die draußen am Krankenwagen gewartet hatten, wieder auf den Weg.

Im Wohnzimmer erzählte Chiara ihrem Mann in aller Kürze, was sich ereignet hatte.

»Es ist wirklich ein Riesenglück, dass der Herr Wimmer bei den Rettungsschwimmern Mitglied ist«, mischte sich der Polizist ein, der die Befragung durchgeführt hatte.

»Und dass er sich diese doch noch recht frische Nacht für ein Schäferstündchen am Seeufer ausgesucht hat«, ergänzte der schreibende Beamte.

Leitner nahm einen Schluck von seinem heißen Tee, den ihm Chiara gemacht hatte. Wimmer. Richard. Das war der Name des jungen Mannes, der ihn vor nicht ganz zwei Stunden aus dem untergegangenen Audi gezogen hatte. Wie sich bei der ersten Zeugenvernehmung durch die Polizei herausstellte, hatte Wimmer es sich mit seiner Freundin zwischen den Büschen am Ufer auf einer Decke gemütlich gemacht. Er hörte das ungewöhnlich laute Heulen der Motoren und beobachtete aus seiner Deckung, was passierte. Demnach hatte ein schwarzer Pick-up-Truck den Audi aufs Korn genommen und ihn in die Fluten geschoben. Als dieser in Richtung Seemitte trieb, setzte der Pick-up zurück und fuhr in Richtung Steinberg davon. Wimmer konnte weder das Nummernschild noch den Fahrer erkennen, handelte jedoch vorbildlich, indem er seiner Freundin auftrug, sofort die Rettungskräfte zu alarmieren, während er selbst sich rasch seine Unterhose anzog und ins Wasser stürzte. Als Erstes sah er Chiara, die sich aus eigener Kraft aus dem Wagen hatte befreien können, und fragte sie, ob noch jemand im Auto sei.

Als sie bejahte, tauchte der junge Mann beherzt zu dem fahlen Lichtschein hinunter, der aus dem Wageninneren drang, bekam schnell den Hemdkragen von Leitner zu fassen und zog ihn daran aus dem Auto. Im seichten Uferwasser half Chiara mit, ihn an Land zu bringen, und wenige Minuten später waren auch schon die Polizei und die Sanitäter eingetroffen.

»Der Herr Wimmer hat Ihnen heute das Leben gerettet, Herr Leitner«, meinte der schreibende Beamte.

Leitner nickte stumm und nahm sich vor, Wimmer und seine Freundin demnächst zu einem ausgiebigen Abendessen auszuführen. Nachdem die letzten Formalitäten erledigt waren, verabschiedeten sich auch die Polizisten.

Paul Rester goss sich am Beistelltisch einen großen Cognac ein, während er seine Frau und Leitner immer noch mit Argwohn betrachtete. »Das ist natürlich ärgerlich ...«, sagte er mit Zynismus in der Stimme.

»Ich kann nichts dafür, dass unser Wagen jetzt nur noch Schrott ist«, warf seine Frau ein.

»Das habe ich doch nicht gemeint, Chiara. Es ist ärgerlich, dass jemand euch euren romantischen Abend bei Sonnenuntergang am See –«

»Oh bitte! Bitte nicht die Eifersuchtsmasche!«, rief Leitner. »Glaubst du wirklich, wir hätten uns da draußen wie der Wimmer mit seinem Mädel zum Vögeln verabredet?«

»Gerhard!«, sagte Chiara scharf.

»Ist doch wahr. Wir waren in Lebensgefahr, und der macht einen auf Micky Maus!«

Rester kippte den Rest des Weinbrands hinunter und goss sich nach. Es folgten einige Sekunden der Stille. »Hast du es der Polizei gesagt?«, fragte er dann.

»Was?«, wollte seine Frau wissen.

»Deine ... Vermutungen. Du weißt schon, hast du ihnen von den Anschlägen auf dein Leben erzählt?«

»Das sind keine Vermutungen, Paul. Hast du es denn immer noch nicht kapiert? Jemand hat uns gerade im See versenkt.«

Zum ersten Mal schien Rester bewusst zu werden, was an

diesem Abend passiert war. Unsicher sah er zu seiner Frau. »Du hast recht gehabt, Chiara«, flüsterte er dann. »Die ganze Zeit ... Und ich habe dir nicht geglaubt.«

Chiara fixierte einen Punkt auf dem Couchtisch. »Nein«, sagte sie mit kalter Stimme. »Ich habe den Beamten nichts davon erzählt, was sich bisher ereignet hat.«

»Aber ... warum?«, stammelte Rester.

»Das wäre für die Jungs in Uniform wohl nur sehr schwer zu verstehen gewesen, und ich will jetzt meine Ruhe haben«, erwiderte sie. »Ich möchte nur noch ins Bett.«

Leitner stand auf.

»Morgen werden wir sowieso Besuch von der Kripo bekommen«, sagte sie, »dann erfahren sie alles aus erster Hand und sollten eins und eins zusammenzählen können.«

Leitner ging an Rester vorbei zur Tür. »Deine Klamotten bringe ich dir morgen wieder vorbei.«

Chiaras Mann wirkte beschämt. »Pressiert nicht«, murmelte er kleinlaut. »Pressiert überhaupt nicht, Gerhard. Soll ich dich nach Hause fahren?«

»Nein danke. Wir sollten ja Gott sei Dank in deinem Wagen ertränkt werden. Meiner steht noch vor der Tür.«

22

Im Chefbüro der Jacortia-Versicherungsgesellschaft Sektion Oberpfalz sahen Agathe und Leitner etwas, das im sonst so unterkühlten Ambiente ungewöhnlich menschlich wirkte. Chris Wendell hatte sich eine Tasse Kaffee und ein Vollkornbrot mit Gurken auf einem Teller auf ihren Schreibtisch neben den Computer gestellt.

Da schau her, dachte Leitner. Unsere Chefin muss also wie jeder andere normale Mensch auch essen.

Er und Agathe hatten ihrer Vorgesetzten berichtet, was sich am Abend zuvor am Steinberger See ereignet hatte, und Chris Wendell hatte aufmerksam zugehört, ohne sie zu unterbrechen.

»Ich denke, damit haben wir jetzt den Beweis dafür, dass es tatsächlich jemand auf Chiara Resters Leben abgesehen hat«, schloss Agathe. »Für uns ist der Fall also klar. Die mit Absicht abgefeuerte Gewehrkugel hätte eigentlich Chiara Rester treffen sollen.«

»Heißt, dass wir den Verdienstausfall nicht bezahlen müssen«, ergänzte Leitner und blickte Chris Wendell wie seine Kollegin erwartungsvoll an.

Diese betrachtete ihre Mitarbeiter, ohne zu blinzeln. Kein Wort kam über ihre Lippen.

Als ihm dieser Zustand unerträglich wurde, fragte Leitner: »Und wie ist Ihre Einschätzung dazu, Frau Wendell?«

Ihre Chefin griff mit präziser Geste zur Kaffeetasse und trank einen kleinen Schluck. Ohne dass die Tasse auf der Untertasse ein Geräusch verursachte, stellte sie sie wieder ab, bevor sie meinte: »Zunächst freue ich mich, dass Ihnen bei dieser furchtbaren Geschichte nichts passiert ist, Herr Leitner.«

»Danke schön.«

»Darüber hinaus ... kann ich Ihre Beurteilung der Sachlage nicht teilen.«

Agathe sog genervt Luft ein, ein bisschen zu laut, als dass es Chris Wendells Aufmerksamkeit entgangen wäre.

»Frau Viersen«, wandte sie sich ihr zu, »da können Sie noch so schnaufen, aber wir müssen auf Nummer sicher gehen. Ich weiß sehr genau, was man alles gegen unser Unternehmen anführen wird, wenn wir uns bei einem solch großen und bekannten Objekt wie dieser Holzkugel weigern zu zahlen. Wir mögen uns im Recht wähnen – aber die öffentliche Meinung uns gegenüber können wir nicht beeinflussen.«

Agathe schenkte ihrem Kollegen einen kurzen Blick. »Was bedeutet das für Herrn Leitner und mich nun konkret?«, fragte sie schließlich mit erzwungener Gehorsamkeit.

»Der Anschlag auf Frau Rester hat zweifellos stattgefunden. Sie waren ja sozusagen Augenzeuge, Herr Leitner. Aber das war gestern, und wir haben nichts in der Hand, womit wir belegen könnten, dass der Todesfall am vergangenen Samstag auf das Konto desselben Täters geht.«

»Oder derselben Täterin«, murmelte Leitner leise.

Chris Wendell ignorierte diese Spitze und fuhr fort: »Das ist es, was ich von Ihnen beiden noch brauche. Einen Beweis.«

Agathe lehnte sich auf dem Stuhl nach vorn und stützte ihre Ellbogen auf ihre Oberschenkel. »Verzeihen Sie, Frau Wendell, aber ich verstehe das nicht. Es liegt doch auf der Hand, dass jemand Chiara Rester nach dem Leben trachtet, und wir sind nicht die Kriminalpolizei, die nach Tätern suchen muss.«

»Das weiß ich selbst, aber ich habe es Ihnen gerade zu erklären versucht: In diesem Fall brauchen wir hieb- und stichfeste Beweise dafür, dass unser Haus völlig zu Recht die Zahlung verweigern kann. In anderen Fällen würde ich Ihnen zustimmen, doch in diesem haben wir im Nullkommanichts die Presse gegen uns, wenn wir mit halb garen Rechtfertigungen ankommen. Damit ist Ihr Auftrag klipp und klar: Finden Sie heraus, wer die Anschläge verübt hat.«

»Das übernimmt doch nach gestern die Kripo«, wandte Agathe ein.

»Dann seien Sie schneller als die Kripo«, gab Chris Wendell

zurück, zog sich ihren Teller mit dem belegten Brot heran, berührte es aber nicht. Stattdessen durchbohrte sie die Detektive mit Blicken, bis diese verstanden hatten und das Büro verließen.

Auf ihrer Rückfahrt wechselten Agathe und Leitner bis auf Höhe Schwandorf-Klardorf kein Wort. Leitner wusste nicht, woher diese Schweigsamkeit kam. In einem Versuch, Small Talk zu machen, sagte er schließlich: »Jetzt haben wir den offiziellen Auftrag, einen Mörder zu suchen.«

Als Agathe nichts erwiderte, probierte er es weiter. »Oder eine Mörderin.«

»Das schaffen wir aber nur, wenn wir uns gegenseitig nicht im Weg stehen und einander vertrauen können«, erwiderte Agathe gedehnt.

»Wie meinst du das?«

»Du hast mir mit keinem Wort verraten, dass du und Chiara früher einmal ein Paar wart. Das hat mir erst Dominik erzählt.«

Leitners Nacken begann zu kribbeln, so als hätte er Agathe mit einer anderen betrogen – was natürlich Blödsinn war, weil er weder gestern Abend etwas mit Chiara gehabt hatte noch mit Agathe fest zusammen war. »Das erschien mir nicht so wichtig«, brummte er.

»Du findest es nicht wichtig, dass wir beide jeweils alle Details eines Falles kennen?«

»Okay, okay«, gab Leitner nach, verließ die Autobahn und fuhr auf der B 15 in Richtung Innenstadt.

»Ich weiß echt nicht, was ich davon halten soll, dass ihr beide einen romantischen Abend am See verbringt, während wir in diesem Fall noch mitten in den Ermittlungen stecken«, sagte Agathe gereizt.

»Jetzt mach aber mal halblang«, beschwichtigte Leitner sie. »Ich bin doch nicht zum Schmusen mit Chiara an den See gefahren. Sie meinte, sie würde gern ein paar Schritte gehen, weil es sich dabei leichter reden lässt. Deshalb sind wir raus an den See.«

»Das war ihr Vorschlag?«

»Ja«, gab Leitner kleinlaut zu.

»Und genau damit habe ich ein Problem. Bisher habe ich Chiaras Geschichten von den Anschlägen immerhin für möglich gehalten, aber durch solche Dummheiten wie gestern und die Tatsache, dass du mir nichts von euch beiden gesagt hast, kommen mir Zweifel daran.«

Leitner verließ einen Kreisverkehr an der ersten Ausfahrt und fuhr an den Kiesweihern entlang weiter nach Schwandorf. »Ich bin trotzdem der Meinung, dass meine früheren Geschichten mit unserer jetzigen Ermittlung nichts zu tun haben«, sagte er mit fester Stimme, nachdem er sich gesammelt hatte.

»Das will ich hoffen, Gerhard. Für uns beide. Denn Objektivität ist das Wichtigste in einem solchen Fall.«

»Was soll denn das jetzt?«, meinte Leitner erstaunt.

Agathe blickte ihn verständnislos an und bemerkte, dass er nach vorn starrte. Sie folgte seinem Blick und erkannte den Grund für Leitners Frage. In einiger Entfernung hatte sich unweit des nächsten Kreisverkehrs vor ihnen ein Stau gebildet. Der Fahrer des letzten Autos in der Schlange hatte vorschriftsmäßig die Warnblinkanlage angeschaltet, was Leitner nun ebenfalls tat. Er sah in den Rückspiegel, und als am Wagen hinter ihm ebenfalls alle orangefarbenen Lichter aufleuchteten, stellte er die Warnblinkanlage wieder aus.

Sie passierten einen am Straßenrand parkenden Krankenwagen. Leitner konnte an den vielen Autos vorbei nicht zur Ursache des Staus blicken, aber er sah, wie ein Rettungssanitäter von der Unfallstelle vor ihnen zurück zum Krankenwagen ging, und erkannte seinen alten Freund Josef Greischl. Er ließ das Seitenfenster hinunter und rief: »He, Sepp! Was ist denn passiert?«

»Fahren Sie bitte zügig weiter … Ach so, du bist das, Gerhard!« Der Sani kam zu ihnen ans Fenster, weil die Kolonne im Augenblick wieder stillstand. »Vorn am Kreisverkehr ist jemand überfahren worden.«

»Und dein Krankenwagen steht hier, weil ihr ihn da vorn nicht mehr braucht?«

»Keine Chance. Den hat's voll erwischt.«

Leitner verzog betroffen das Gesicht. »Hoffentlich niemand, den man kennt, oder?«

»Ein gewisser Adam Messner. Mir sagt der Name erst mal nichts.«

Leitner wiegte seinen Kopf hin und her. »Mir auch nicht. Aber das heißt, dass es schnell wieder weitergeht?«

»Ja, die vom Bestattungsinstitut sind schon vor Ort.« Er hob die Hand. »Mach's gut, Gerhard!«

Agathe sah dem Sanitäter noch eine Sekunde hinterher, dann sagte sie: »Wir brauchen einen Plan, Gerhard.«

»Den habe ich schon. Ich versuche mal, ob ich den Alfred erreichen kann.«

»Welchen Alfred?«

»Ingelstetter.«

»Muss das sein?«, fragte Agathe genervt. Im letzten Jahr war sie einige Wochen mit Alfred Ingelstetter liiert gewesen, bevor sie sich unter unschönen Umständen von ihm getrennt hatte. »Ich dachte, du kannst den nicht leiden?«

»Kann ich auch nicht«, erwiderte Leitner. »Aber wir suchen nun mal einen großen dunklen Pick-up.«

»Und was hat das mit Alfred zu tun? Der fährt doch keine solche Karre.«

»Das nicht. Aber der weiß seit Schulzeiten, wer in Schwandorf und Umgebung welchen Wagen hat. Erst recht, wenn es sich um einen außergewöhnlichen Truck aus Amerika handelt.«

Agathe war zwar wenig begeistert von dem Vorschlag, akzeptierte ihn aber mit einem von einem tiefen Seufzen begleiteten Nicken.

»Wenn es dir recht ist, übernehme ich das«, sagte Leitner.

»Und was wirst du tun?«

Agathe atmete erleichtert auf. »Ich werde mich mit Sylvia Waselitz unterhalten. Wenn es stimmt, was Dominik mir erzählt hat, müssen Chiara und sie früher beste Freundinnen gewesen sein.«

»Das ist richtig.«

»Vielleicht erfahre ich von ihr ja noch irgendwas Interessantes.«

»Einen Versuch ist es wert«, sagte Leitner.

Sie waren nun auf Höhe des Kreisverkehrs, und Agathe konnte durch das Seitenfenster noch die Blutspuren auf der Straße sehen, die vom Unfall herrührten. Die Leiche selbst war schon verbracht worden. Als sie wieder freie Fahrt hatten, wandte sie sich nochmals an Leitner. »Übrigens, Gerhard: Bevor ich zu Sylvia Waselitz fahre, wäre mir noch eine Sache wichtig.«

»Und die wäre?«

»Sag es mir bitte jetzt, wenn du auch sie gevögelt hast …«

23

Der Ausdruck auf Alfred Ingelstetters Gesicht war kein freundlicher, als er Leitner vor seiner Haustür erblickte. Beide kannten sich seit Schulzeiten und hegten und pflegten ihre gegenseitige Abneigung.

»Was willst na du da?«, bellte Ingelstetter in tiefster Oberpfälzer Färbung.

»Ich muss kurz mit dir reden. Geht um ein Auto.«

Ingelstetter trat einen Schritt vor, um zu sehen, ob Leitner allein war. Als er sich versichert hatte, dass dies der Fall war, ging er ins Haus zurück und deutete mit einer knappen Kopfbewegung an, ihm zu folgen. Leitner ging durch den Flur des kleinen Häuschens, welches Ingelstetters Großeltern nach dem Krieg in der Siedlung am Grillparzerplatz auf dem Schwandorfer Weinberg gebaut hatten. Sie stiegen eine äußerst schmale Treppe in den ersten Stock hinauf, wo Alfred Ingelstetter wohnte. Das Erdgeschoss war das Reich seiner Eltern. Leitner wusste von Agathe, dass Ingelstetters Mutter schlecht zu Fuß war und keine Treppen mehr steigen konnte.

»Komm rein«, befahl Ingelstetter und drehte den großen Flachbildfernseher leise, auf dem er anscheinend vor Minuten noch ein virtuelles Fußballspiel mit seiner Playstation absolviert hatte. Leitner sah sich um, aber seit der Schulzeit hatte sich Ingelstetters Geschmack, was Wohnraumdekoration betraf, nicht groß verändert. Die eine Hälfte der Wände war mit Devotionalien, Wimpeln und Bildern des 1. FC Nürnberg tapeziert, die andere mit orientalischen Schwertern und Messern behängt.

»Also los, was willst wissen?«, fragte Ingelstetter und zündete sich eine Zigarette an.

»Wer fährt bei uns in der Gegend alles einen Pick-up? Du weißt schon, so einen großen amerikanischen, mit dem du in fast keine Parklücke kommst.«

Ingelstetter wirkte so, als hätte er nicht ein Wort von Leitner gehört. Stattdessen beschäftigte er sich mit der TV-Fernbedienung.

Leitner blickte auf den Bildschirm. Ingelstetter hatte eine Internetsuche gestartet, woraufhin Google zahlreiche Bilder ausspuckte.

»Da, so einen meine ich. In Schwarz.« Leitner zeigte auf einen Ford Revolution.

»Die haben mal Power«, murmelte Ingelstetter. »Der da hat vierhundertfünfzig Pferdestärken.«

»Und kennst du jemanden, der so einen hat?«

Ingelstetter sog zweimal an seiner Camel und blies den blauen Rauch ins Wohnzimmer.

Wie hat Agathe das bloß mit dem Typ ausgehalten?, fragte sich Leitner. Als seine Kollegin im letzten Jahr für einige Wochen mit Ingelstetter zusammen gewesen war, hatte auch Leitners und Agathes Wohnung immer penetrant nach Zigarettenqualm gestunken, wenn sie nach einer Nacht mit Alfred wieder nach Hause gekommen war. Und wenn er bei ihr übernachtet hatte, erst recht.

Na ja, zum Glück ging es ja nicht lang …

»Auf Anhieb fallen mir bloß drei ein. Zuerst mal der Saller Nico.«

Leitner kannte den Namen. So hieß in diesem Jahr der erste Kirwabursch vom Burschenverein Tannengrün in Steinberg am See. Doch obwohl sich der gestrige Anschlag am Steinberger See ereignet hatte, konnte sich Leitner nicht vorstellen, dass es ein Zweiundzwanzigjähriger auf sein Leben und das von Chiara Rester abgesehen hatte. Und für einen Bedienfehler des Pickups hatte der den Audi eine zu lange Strecke Richtung Wasser geschoben.

»Wer noch?«, fragte Leitner.

»Der Hinterberger Toni, aber ich weiß nicht, ob er den Wagen inzwischen nicht schon wieder verkauft hat.«

Der Name sagte Leitner nichts. »Und wer ist der Dritte?«, fragte er.

Ingelstetter warf Leitner einen bedeutungsvollen Blick zu. »Der Messner Adi. Mein Ex-Kollege.«

Leitner blieb kurz die Luft weg. »Messner Adi?«, fragte er dann, dachte an den Unfall im Kreisverkehr und an den Namen des Opfers, den ihm sein Bekannter verraten hatte. »Du meinst den Adam?«

»Genau den. Den kennst du wohl?«

»Eigentlich nicht, ich habe bloß vor Kurzem seinen Namen gehört. Du hast gerade gesagt: ›Ex-Kollege‹, war er denn wie du bei der Bundeswehr?«

»Der war bei den ganz harten Hunden. Einzelkämpferausbildung drüben in Calw.«

Leitner wusste von Musikerkollegen, die beim Heeresmusikkorps und im Reservistenzug spielten, dass in der Kleinstadt in Baden-Württemberg die Elitesoldaten ausgebildet wurden. Stundenlang mussten sie nachts ohne Orientierung schwimmen, sich tagelang bei Eiseskälte mit knappster Ausrüstung durch den Wald kämpfen und lernen, gezielt zu töten. Da Ingelstetter offenbar nichts von Messners Tod wusste, sagte er wie beiläufig: »Schau her, ein ganz Scharfer also. Und der Adam hat so einen Ford?«

»Ja. Hat zwar seine besten Zeiten schon hinter sich, aber soweit ich weiß, fährt er den noch.«

»Und wie alt ist der Adam? Dürfte schon über fünfzig sein, wenn er ein Ex-Kollege von dir ist, oder?«

Ingelstetter machte die Balkontür auf und warf seinen Zigarettenstummel in den Garten. »Ach, woher denn! Der Adam ist noch keine vierzig.«

»Ist er wegen des anstrengenden Jobs früher in Pension gegangen, oder wie?«

»Das eine hat mit dem anderen nichts zu tun. Der Adam hat nicht freiwillig aufgehört. Den haben sie hochkant rausgeworfen.«

»Ach geh? Erzähl mir das bitte genauer.« Leitner setzte sich auf die abgewetzte Polstergarnitur und begann, aufmerksam Ingelstetters Geschichte zu lauschen.

Dessen Meinung nach war Adam Messner schon von der

Grundhaltung her der Typ eines Elitesoldaten gewesen. Er hatte keine Familie, war entschlossen und keinesfalls zartbesaitet. Er hatte bewusst diese Art von Leben für sich ausgesucht und keine Probleme mit harten Bandagen, mit denen in den Spezialkommandos gearbeitet wurde. Im Gegenteil. Laut Ingelstetter hatte die Menschlichkeit an und für sich keinerlei große Bedeutung für Adam Messner. Er glaubte an das Gesetz des Stärkeren, und dass ein Land – auch die Bundesrepublik Deutschland – in manchen Situationen auf geheime Todeskommandos zurückgriff, war für ihn eine naturgegebene Tatsache.

Ingelstetter hatte Messner in Regensburg in der damaligen Nibelungenkaserne kennengelernt. Messner war dorthin versetzt worden, als er die Ausbildung in Calw abbrechen musste.

»Warum durfte er die Ausbildung nicht beenden?«, hakte Leitner ein.

Ingelstetter brauchte eine neue Zigarette, musste dafür aber eine unangebrochene Schachtel aus dem aufklappbaren Barfach der betagten Schrankwand holen. »Nun, wie soll ich dir das erklären? Der Adam hat manchmal irgendwie nicht alle Tassen im Schrank gehabt.«

»Hat er Blödsinn geredet, oder wie meinst du das?«

»Eher nicht, aber man hat ihm an jeder Faser seines Körpers angemerkt, dass er den Kick brauchte.«

»Den Kick?«, fragte Leitner verständnislos.

Ingelstetter zündete sich die nächste Fluppe an. »Jeder Soldat weiß genau, dass er der Verteidigung der Sicherheit unseres Landes dient. Das ist unser oberster Auftrag.«

»Und ich habe gedacht, der besteht darin, jeden Morgen um halb zehn NATO-Pause mit Weißwürsten und einer Halben Weizen zu machen.«

Ingelstetter schoss einen warnenden Blick Richtung Leitner, der plötzlich einen gewissen Respekt vor dem glatzköpfigen, muskelbepackten Ex-Freund Agathes bekam.

»Entschuldige, ich wollte dich nicht unterbrechen«, sagte er kleinlaut. »Natürlich weiß ich, dass das euer Auftrag ist. Aber was hat das mit Adam Messner zu tun?«

»Für den Adam war nicht die Sicherheit das Wichtigste, sondern dass es am Schluss tatsächlich schepperte.«

»Wie jetzt?«

»Als Einzelkämpfer weißt du, dass es im Einsatz mit dir oder deinem Feind vorbei sein kann. Das wird bei den Missionen sogar oft mit einkalkuliert.«

»Und?«

»Aber du weißt, wofür du deinen Arsch hinhältst oder wofür du als Scharfschütze den Abzug drückst. Ich meine damit, dass es einen Grund, eine höhere Rechtfertigung gibt, wenn du deine Waffe anlegst. Es ist kein Selbstzweck. Und das hat der Adam nicht mehr unterscheiden können.«

Leitner richtete sich auf der muffigen Couch auf. »Messner war Scharfschütze?«

Ingelstetter nickte. »Du musst dir das so vorstellen, dass die dir in der Ausbildung gehörig zusetzen, damit du ein funktionierendes Werkzeug wirst und im Ernstfall cool bleibst.«

»Und das mit dem Coolsein hat der Messner nicht geschafft?«

»Doch, aber zu gut. Er hat diesen letzten Moment unbedingt gebraucht.«

»Du meinst …?«

»Ich meine, dass es ihm am Schluss gefehlt hat, einen tödlichen Schuss auf einen Menschen abzugeben.«

Leitner überlegte einen Moment. »Das hört sich aber sehr wie aus einem mittelmäßigen Hollywoodstreifen an.«

»Solche Sachen kommen durchaus vor. Aber Gott sei Dank passen die Ausbilder extrem gut auf. Wenn jemand verhaltensauffällig wird, ist der sofort weg vom Fenster, weil du ihn im Ernstfall nicht in den Einsatz mitnehmen kannst.«

Wieder ließ Leitner eine Sekunde verstreichen, bevor er fragte: »Das heißt, die haben ihn in seiner Eliteeinheit geschasst, und danach ist er bei euch in Regensburg stationiert worden?«

»Genau so war es. Aber auch da haben wir schnell gemerkt, dass bei dem was nicht stimmt. Dann musste er zum Psychologen und so weiter, aber alles hat der Adam an sich abprallen lassen. Später hat er versucht, sich mit Jägern im Umkreis anzufreunden, aber auch die haben bald begriffen, dass es ihm nur ums Ballern und darum gegangen ist, dass am Schluss ein Lebewesen tot umfällt. Lange haben die sich das nicht angeschaut, bis sie ihm nahelegten, nicht wiederzukommen.«

»Siehst du den Messner heute noch?«

»Mei, ich bin ja dann nach Amberg in die Schweppermann-Kaserne versetzt worden, und seitdem bin ich ihm nur noch sporadisch begegnet. Meistens in der Nähe einer Autowerkstatt.«

Wo er seinen schwarzen Ford Pick-up hat warten lassen, ergänzte Leitner in Gedanken.

»Warum willst du das eigentlich so genau wissen?«, fragte Ingelstetter jetzt. »Hast du vor, dir auch so einen Wagen zuzulegen, oder was?«

»Nein, nein«, winkte Leitner ab. »Es ist wieder mal was Berufliches.«

»Ach so, ja.« Ingelstetter suchte nach Worten. »Müsst ihr wieder was ermitteln, die Agathe und du?«

Leitner nickte.

»Dann … sag ihr doch einen schönen Gruß von mir.«

»Mache ich«, erwiderte Leitner, erhob sich und ging schon in Richtung der Zwergentreppe.

»Ach, Gerhard, sag ihr besser nix!«, rief Ingelstetter ihm noch hinterher.

»Ist gut, mache ich auch.«

Kurz bevor er seinen Fuß auf die erste Stufe setzte, hörte Leitner abermals Ingelstetters Stimme.

»Ach, übrigens, jetzt ist mir doch noch jemand eingefallen. Der Schuhbauer Leon aus Klardorf!«

»Echt jetzt?«

»Ja, der hat vor ein, zwei Jahren auch so einen schwarzen Pick-up gefahren.«

24

Vor dem Krankenhaus St. Barbara hatte Agathe einige Mühen, einen Parkplatz zu finden. Der Freitagmittag bot sich wohl für viele Menschen an, kranke Angehörige oder Freunde zu besuchen. Endlich fand sie eine Lücke auf der Straße stadtauswärts Richtung Steinberg und ging die letzten hundert Meter zu Fuß.

Am Empfang erkundigte sie sich nach der Krankenschwester Sylvia Waselitz und wurde auf das dritte Stockwerk verwiesen. Durch Wagen, mit denen das Mittagessen verteilt wurde, bahnte sich Agathe ihren Weg zum Schwesternzimmer, wo drei Pflegekräfte damit beschäftigt waren, Papierbögen auszufüllen.

Eine der Krankenschwestern blickte zu Agathe auf. »Was hätten Sie denn gebraucht?«

»Ich bin auf der Suche nach Sylvia. Sylvia Waselitz.«

Die Schwester lachte kurz auf und deutete an Agathe vorbei in Richtung Korridor.

Noch bevor Agathe sich umdrehen konnte, vernahm sie eine Stimme. »Habe ich da gerade meinen Namen gehört?«

Neben Agathe tauchte eine kleine junge Frau auf, die sie mit vergnügten Augen und einem Lächeln ansah. Sie hatte ihre mittellangen rötlichen Haare zu einem Pferdeschwanz gebunden und trug die übliche hellblaue Arbeitskleidung der Krankenschwestern.

»Ich hoffe, ich komme nicht ungelegen, aber ich müsste mich kurz mit Ihnen unterhalten.«

»Aha«, meinte Sylvia Waselitz zwar überrascht, aber freundlich. »Na, da haben Sie Glück. Ich muss nur noch kurz die Übergabe erledigen, dann habe ich für heute Feierabend. Dauert nicht lange. Sie können sich solange dort an den Tisch setzen, dann trinken wir gleich einen Kaffee miteinander, okay?«

Agathe nahm an dem Tisch im hinteren Teil des Stationszimmers Platz und beobachtete das rege Treiben.

Sylvia Waselitz stellte sich zu ihren Kolleginnen, um die Übergabe zu machen. Zwischendurch kamen immer wieder Besucher, die fragten, in welchem Zimmer ihre Angehörigen lagen, und ein Patient wartete auf seine Entlassungspapiere. Die hohe Effizienz, mit der die Krankenschwestern den normalen Tagesablauf absolvierten, während sie im Umgang mit Besuchern und Patienten immer freundlich blieben, imponierte Agathe. Nach wenigen Minuten ging Sylvia Waselitz zur Kaffeemaschine.

»Sie mögen auch einen, oder?«, rief sie Agathe zu, welche die Frage bejahte.

»Jetzt aber. Feierabend«, sagte Waselitz, als sie sich mit zwei Tassen Kaffee erschöpft, aber gut gelaunt auf den Stuhl neben Agathe fallen ließ. Sie nahm einen Schluck und sah Agathe genau an, bevor sie sagte: »Wir kennen uns aber nicht, oder?«

»Nein. Ich heiße Agathe Viersen und bin eine Kollegin von Gerhard Leitner.«

»Ach, der Gerhard. Ist der nicht jetzt bei irgendeiner Versicherung?«

»Richtig, wir arbeiten beide für die Jacortia.«

Als wäre Sylvia Waselitz just in dem Moment ein Licht aufgegangen, sagte sie: »Dann sind Sie diese Detektivin, mit der zusammen er die Leiche auf der Kirwa gefunden hat?«

»Richtig.«

»Da schau her, wie aufregend.« Als Waselitz sah, dass eine junge Krankenschwester bei dem Wort »Detektivin« stehen geblieben war und ungeniert lauschte, fragte sie: »Hast du die Betten schon von der Reinigung geholt?«

Die junge Schwester, wahrscheinlich eine Auszubildende, verschwand, und Sylvia Waselitz wandte sich wieder ihrer Besucherin zu. »Entschuldigung. Wo waren wir stehen geblieben? Ach ja, Sie sind Detektivin. Jetzt sagen Sie nicht, dass ich eine Zeugin in einem Ermittlungsfall bin?«

»Nein, so würde ich es nicht nennen.«

»Na, dann bin ich aber gespannt.«

Agathe stützte ihre Ellbogen auf den Tisch. »Es geht um die Tote draußen an der Holzkugel.«

»Die arme Emma …«, seufzte Waselitz matt.

»Sie kannten sie natürlich als Kollegin?«

»Wir haben manche Nachtschicht miteinander verbracht, ja. Aber wirklich gut gekannt habe ich sie nicht. Was wollen Sie denn über die Emma wissen?«

»Alles, was Ihnen zu ihr einfällt«, antwortete Agathe wahrheitsgemäß. »Ich bin für jede Information dankbar.«

Die Krankenschwester ließ sich gegen die Stuhllehne fallen. »Mei, was kann ich Ihnen sagen? Die Emma ist eine junge Assistenzärztin gewesen, die seit etwa einem halben Jahr bei uns im St. Barbara gearbeitet hat.«

»Wo war sie vorher?«

»Das weiß ich nicht«, sagte Sylvia Waselitz entschuldigend.

»Und was war sie für ein Typ?«

»Hm ... einer von den zwei Grundtypen, möchte ich fast sagen.«

»Grundtypen?«

Waselitz setzte ein Lächeln auf. »Wissen Sie, was das Dumme an Klischees ist? Es gäbe sie nicht, wenn sie nicht doch ein Fünkchen Wahrheit enthalten würden.«

»Sie meinen also, dass Emma Geiger einem Klischee entsprach?«, hakte Agathe nach.

»Schauen Sie: Viele, wenn nicht gar die meisten jungen Ärztinnen stammen aus Arztfamilien oder aus anderen Familien, wo bis hin zum Papagei jeder studiert hat. Sie sehen meistens sehr schick aus, tragen schon zu Schulzeiten und im Studium teure Klamotten und verbringen auch die entsprechenden Urlaube.« Wieder nippte sie an ihrem Kaffee.

»Ich kann mir diesen Typ Frau gut vorstellen«, warf Agathe ein.

»Wenn die dann von der Uni kommen, sind sie meistens überdurchschnittlich gut ausgebildet, haben aber manchmal darüber den normalen Alltag in einem Krankenhaus vergessen.«

»Ich verstehe. Und zu diesem Typ gehörte Emma Geiger?«

»Eben nicht. Sie war eine der anderen Sorte.«

Agathe nahm ihren Kaffeelöffel und begann, mit ihm herumzuspielen. »Die wie ist?«

»Nun, in so ziemlich allem von dem, was ich gerade geschildert habe, das genaue Gegenteil. Emma Geiger war ein ziemlicher Stumpen und sogar noch ein bisschen pummeliger als ich.«

Agathe hatte Waselitz schon zuvor gemustert. Emma Geiger musste dann etwa einen Meter sechzig groß gewesen sein.

»Man hat an ihrer ganzen Art gemerkt, dass sie nicht zu den Leuten gehörte, die gern Spaß im Leben haben«, fuhr die Krankenschwester fort. »Und unter uns Frauen darf ich das ja sagen: Die Allerschönste war sie auch nicht. Also hat sie wie verrückt gearbeitet, um auf diese Art Anerkennung zu bekommen.«

Agathe überlegte sich ihre nächste Frage genau. »Dann war sie also kein Partylöwe?«

»Überhaupt nicht. Eher eine graue Maus. Aber eine sehr gute Ärztin, wenn auch vielleicht ein bisschen dünnhäutig.«

»Was meinen Sie damit?«

»Na, zum Beispiel ist es während der Nachtschicht im Großen und Ganzen einigermaßen ruhig. Aber manchmal gibt es halt auch Nächte, bei denen alle Patienten auf einmal etwas brauchen. Dann ist man nur auf den Beinen, was ziemlich stressig sein kann. In einer solchen Nacht habe ich einmal im Spaß zu ihr gesagt, warum sie denn dem einen Patienten auf Zimmer soundso nicht eine Dosis Morphium verpasst, damit wir vor dem unsere Ruhe haben.«

»Wie hat Emma Geiger reagiert?«

»Die wär mir fast mit dem Arsch ins Gesicht gesprungen«, sagte Waselitz und scherte sich offensichtlich nicht um politische Korrektheit. »Sie fuhr mich an, was ich mir erlauben würde, ihr zu unterstellen, dass sie leichtfertig Betäubungsmittel verabreichen würde. Dabei sollte das doch nur ein Witz sein, damit der Stress leichter zu ertragen ist.«

»Emma Geiger hat keinen Spaß verstanden?«, fragte Agathe.

»Nein, leider nicht. Die hat alles so bierernst genommen, dass es wirklich nicht lustig mit ihr war. Aber so war halt ihr Naturell.«

»Emma war verlobt, nicht wahr?«, wollte Agathe wissen, nachdem sie ihre Gedanken geordnet hatte.

Die Krankenschwester nickte.

»Wissen Sie, mit wem?«

»Er heißt Frimberger. Axel Frimberger«, antwortete Waselitz prompt.

»Ist der auch Arzt hier?«

»Ganz bestimmt nicht. Der ist Juniorchef bei einem Heizungsbauer bei uns in Schwandorf.« Als die Krankenschwester sah, dass Agathe eine Frage auf der Zunge lag, meinte sie aufmunternd: »Na, was wollen Sie denn noch wissen?«

»Ich habe nur gerade überlegt«, begann Agathe langsam, »wie Emma Geiger zu einem Verlobten gekommen ist, wenn sie doch so eine unfrohe Natur war.«

»Das haben wir uns hier alle gefragt. Wahrscheinlich war sie elf Minuten im Internet. Sie wissen schon, *ich parshippe jetzt*.«

Agathe ignorierte den Scherz. »Sie wissen, dass Emma Geiger auf der Hochzeitsfeier von Chiara Rester getötet wurde.« Es war eher eine Aussage denn eine Frage.

»Allerdings.«

»Von Gerhard und seinem ehemaligen Klarinettenspieler …«

»Der Dominik Kammerl?«

»Genau, von beiden habe ich erfahren, dass Sie und Chiara Rester früher gute Bekannte waren.«

»Das ist falsch«, sagte Waselitz rigoros. »Wir waren beste Freundinnen.«

»Und heute sind Sie es nicht mehr?«

»Nein, heute nicht mehr.« Sie schüttelte kurz den Kopf.

Agathe zögerte ein wenig. »Was hat … Ich meine, wie ist es zu dieser Entfremdung zwischen Ihnen gekommen?«

Sylvia Waselitz stand auf und deutete auf Agathes Tasse. »Auch noch einen?«

»Nein danke.«

Die Krankenschwester ließ sich aus der Maschine noch einen Kaffee heraus und kehrte dann an den Tisch zu Agathe zurück. »Ich weiß nicht, wann genau es passiert ist«, begann sie zu erzählen, »und ich kann auch nur Vermutungen über den Grund anstellen, aber irgendwie hatte ich das Gefühl, dass ich für Chiara nicht mehr gut genug war. Meine Eltern hatten damals auch einen Bauernhof, sodass wir uns zu Schulzeiten entweder bei den Schuhbauers oder bei uns fast jeden Tag gesehen haben.«

»Und später?«

»Auch später noch, als wir älter wurden und die ersten Erfahrungen mit Jungs machten. Wir waren ein Herz und eine Seele, und dann ist sie studieren gegangen.«

»Da hat sich das Verhältnis zwischen Ihnen und Chiara dann abgekühlt?«

»Nein. So lange ist das noch gar nicht her. Sie war ja erst an der Erlanger Uni und dann dort im Krankenhaus. Und später hat sie am Klinikum Forchheim gearbeitet.«

»Und wann haben Sie bemerkt, dass sich etwas verändert hatte?«

Waselitz wirkte nun nicht mehr so fröhlich wie noch zu Beginn des Gesprächs. »Vielleicht hat ihr der Fall Emmerling mehr zugesetzt, als sie es sich eingestehen wollte.«

Interessiert rutschte Agathe ihren Stuhl näher an den Tisch. »Was hat es damit auf sich?«

»Das war Chiaras erster Toter.«

»Was?«

»Na, Sie wissen schon, Herbert Emmerling war einer der ersten Patienten, an dessen Operation Chiara teilgenommen hat und der anschließend gestorben ist. Natürlich ist man als junge Ärztin bei OPs noch etwas nervös, weil man die Routine nicht hat. Ein guter Chirurg verbringt den Großteil seines Lebens im Operationssaal, aber Chiara stand noch ganz am Anfang ihrer Karriere.«

»Und dieser Emmerling wurde in Erlangen operiert?«

»Genau. Wissen Sie, es kommt Gott sei Dank sehr selten vor, dass Patienten während oder nach einer Operation sterben. Aber es passiert eben.«

»Und Herr Emmerling ist während der OP gestorben?«

»Ja. Ich hatte das Gefühl, dass mit ihm auch etwas in Chiara gestorben ist. Sie konnte die alte Herzlichkeit nicht mehr aufbringen. Sie wurde kälter.«

»Muss man denn als Arzt oder Ärztin nicht davon ausgehen, dass man nicht jeden einzelnen Patienten retten kann?«, fragte Agathe.

Die Krankenschwester lächelte müde. »Freilich wird einem das in der Ausbildung gesagt. Aber in der Praxis hilft es oft nichts. Außerdem ist Chiara Perfektionistin und immer um ihren Ruf besorgt. Ich denke, aus diesem Grund ist sie nach dem Todesfall aus ihrer Sicht noch professioneller und aus meiner kälter geworden.«

Agathe ließ diese Informationen sacken.

»Bestimmt hat es ihrem Ego auch zugesetzt, dass die Schwester von diesem Emmerling die ganze Presse wegen ihres toten Bruders verrückt gemacht hat«, ergänzte Waselitz. »Als Arzt kann man in einem solchen Fall ziemlich schnell am Pranger stehen. Ich denke mal, das alles hat Chiara dann auch veranlasst, letztendlich in die Oberpfalz zurückzukehren.«

»Verstehe. Sie ist nach Wackersdorf zurückgekommen und hat sich bei dieser Medizinfirma beworben.«

»Nein«, unterbrach Waselitz. »Dorthin ist sie ja erst vor Kurzem gewechselt. Zuerst hat Chiara in Forchheim und dann hier im Krankenhaus gearbeitet.«

»Ach, tatsächlich?«

»Das war ja das Verwunderliche. Ich sah das als gutes Omen dafür, dass sich unser Verhältnis wieder verbessern würde.«

»Aber das tat es nicht?«

Waselitz zuckte hilflos mit den Schultern. »Dafür war vielleicht die Zeit zu kurz. Chiara war nur ein knappes Jahr hier, bevor sie sich für die Industrie entschieden hat.«

»Nun, das kommt vor im Berufsleben.«

»Sicher«, stimmte die Krankenschwester Agathe zu, »aber ich habe mich trotzdem geärgert.«

»Warum?«

»Wie würden Sie denn reagieren, wenn Sie von einer alten Freundin so mir nichts, dir nichts als Trauzeugin ausgetauscht würden?«

»Wie meinen Sie das?«

»Chiara und ich hatten schon zu Schulzeiten ausgemacht, dass wir gegenseitig unsere Trauzeuginnen sein würden, wenn es denn einmal so weit sein sollte. Als sie dann wieder hier in ihrer Heimat war und sich mit Paul Rester verlobt hat, bin ich natürlich davon ausgegangen, dass unsere Verabredung noch galt, und freute mich schon sehr darauf. Wie gesagt, ich hoffte ja auch, dass unsere Freundschaft wieder aufleben würde.«

»Aber Chiara hat nicht Sie darum gebeten, ihre Trauzeugin zu sein?«

»Das wissen Sie doch. Stattdessen hat sie Emma gefragt. Im Nachhinein kann ich das natürlich verstehen. Beide waren Ärztinnen, beide hatten bereits im selben Krankenhaus gearbeitet. Das schweißt zusammen. Da sticht halt die Assistenzärztin die Jugendfreundin aus, die nur eine kleine Krankenschwester ist, vor allem, wenn man wie Chiara nach Höherem strebt.«

Agathe saß stumm da und beobachtete Waselitz.

»Na ja, das ist schade, aber so ist das Leben«, sagte die, und der Ausdruck von Grundvergnügtheit kehrte wieder in ihr Gesicht zurück. »Brauchen Sie noch etwas von mir? Sonst würde ich mich jetzt wirklich gern in den Feierabend verabschieden. Mein Freund und ich wollen übers Wochenende zum Wandern fahren.« Sie sah auf die Uhr. »Oh Gott, habe ich mich jetzt mit Ihnen verratscht. Markus wartet bestimmt schon auf mich. Machen Sie's gut und sagen Sie dem Dominik schöne Grüße, wenn Sie ihn sehen. Und dem Gerhard natürlich auch.« Damit nahm sie ihre Jacke und ihre Tasche von der Garderobe des Stationszimmers und verschwand auf den Krankenhausflur.

Agathe trat ebenfalls auf den Korridor und dachte: Schöne Grüße werden nicht das Einzige sein, was ich dem Gerhard sagen werde …

25

Ein Telefonat später hatten sich Gerhard und Agathe gegenseitig auf den letzten Stand darüber gebracht, was ihnen Alfred Ingelstetter und Sylvia Waselitz erzählt hatten. Sie kamen überein, dass Agathe unmittelbar zu der Heizungsbaufirma Frimberger fahren sollte, um mit dem Juniorchef über den Tod seiner Verlobten zu sprechen, und Leitner sich in dieser Zeit bei seinem alten Freund Fritz Detter melden würde. Für den Chefredakteur der Lokalzeitung, so die Hoffnung, würde es bestimmt kein Problem darstellen, bei seinen fränkischen Kollegen in Erlangen mehr über den Todesfall Herbert Emmerling in Erfahrung zu bringen.

Am frühen Nachmittag fuhr Agathe also im Schwandorfer Stadtteil Dachelhofen auf den Parkplatz der Heizungsbaufirma. Drei Rolltore der großen Halle waren bereits geschlossen, doch gerade verließen ein Mann um die dreißig und ein Mädchen das Gebäude durch eine Stahltür an dessen Seite. Agathe tippte darauf, dass das Mädchen eine Auszubildende war.

»Hätten S' was gebraucht?«, fragte die junge Frau sie, als Agathe ausgestiegen war.

»Ich suche Herrn Frimberger.«

»Den Senior oder den Junior?«

»Herrn Axel Frimberger.«

»Also den Juniorchef. Der ist im Büro. Gleich da drüben!« Damit zeigte die Azubine auf ein Gebäude, das eigentlich mehr wie ein Wohnhaus aussah.

Im unteren Geschoss stieß Agathe dennoch auf mehrere Geschäftsräume, neben der Tür von einem von ihnen hing das Schild »Büro«. Sie klopfte und trat nach einem »Ja bitte?« ein.

Das Zimmer war hell, die Beleuchtung warm. In und auf Regalen an den Wänden standen und lagen Waschbeckenarmaturen, Duschköpfe und Badspiegel. In der Mitte des Raumes saß ein Mann Ende zwanzig hinter einem Verkaufstresen auf dem Boden. Er hatte kurz geschorene Haare und dicht stehende Augen, die in makellosem Blau strahlten. Seine Gesichtszüge verrieten, dass er oft lachte, aber sein Hauptmerkmal waren zweifelsfrei die Segelohren, die Agathe schmunzeln ließen. Sie passten einfach zu gut zu ihrem Besitzer, einem heiteren jungen Mann.

»Was kann ich für Sie tun?«, fragte er, als er Agathe erblickte.

Sie lehnte sich auf den Tresen. »Mein Name ist Agathe Viersen, und ich bin mit dem Fall Emma Geiger betraut. Ich benötige für meine Ermittlungen einige Auskünfte über den Todesfall an der Holzkugel vergangenen Samstag«, sagte sie.

Der junge Mann stand auf und ging zu Agathe. Auf dem Namensschild, das er an seiner Arbeitsjacke trug, stand »A. Frimberger«. Als er Agathe stumm ansah, schienen seine Augen noch ein wenig enger zusammenzurücken. Sie konnte erkennen, dass in seiner Seele etwas brodelte, aber nicht an die Oberfläche durchdringen konnte.

»Wie wir gehört haben, handelte es sich bei der Toten um Emma Geiger, eine junge Ärztin aus dem hiesigen Krankenhaus. Sie kannten sie, nicht wahr?«, versuchte Agathe, ihm eine Brücke zu bauen.

Frimberger konnte sich noch immer nicht durchringen, etwas zu sagen.

»Sie war Ihre Verlobte, richtig? Sie wollten heiraten?«

»Ja mei, jetzt können wir nicht mehr heiraten. Jetzt ist sie tot.«

Agathe traute ihren Ohren nicht. *Was war denn das für eine lapidare Aussage über die eigene Verlobte, die erschossen worden war?* »Allerdings ist sie jetzt tot«, sagte sie konsterniert. »Und ich bin hier, weil ich herausfinden will, wieso.«

Frimberger klappte den Tresen hoch, ging zum Bürobereich in der vorderen linken Ecke des Raums und setzte sich auf einen Schreibtischstuhl. Agathe folgte ihm und nahm ihm gegenüber Platz. Sekunden vergingen, bevor Frimberger hilflos sagte: »Was wollen S' denn wissen?«

»Was hat sich aus Ihrer Sicht letzten Samstag an der Kugel abgespielt?«

Er wedelte abwesend mit den Händen. »Abgespielt ... abgespielt ... Mei, die Hochzeit war halt. Die von der Schuhbauerin und dem Rester.«

»So weit bin ich informiert«, sagte Agathe, froh darüber, dass er endlich den Mund aufmachte. »Ihre Verlobte war die Trauzeugin der Braut, stimmt's?«

»Ja, schon«, murmelte Frimberger. »Das hatten die untereinander ausgemacht. Mei, in der Früh waren wir zuerst beim Standesamt im Rathaus in Wackersdorf.«

»Da war die Trauung?«

»Freilich. Der Bürgermeister persönlich hat die beiden verheiratet. Hat er schön gemacht, da gibt's nix.«

»Glaube ich gern«, sagte Agathe, um Frimberger zum Weitererzählen zu animieren.

»Als wir raus sind aus dem Standesamt, sind da die Leute vom alten Fußballverein vom Paul gestanden und die vom Tennisclub«, fuhr er denn auch fort. »Die haben ihm einen Sektempfang hingezaubert, mit Stehtischen und mit Reiswerfen und so weiter. Das hat alles die Emma organisiert gehabt. Die hatte vorher mit dem Vorstand vom Fußballverein und auch mit den alten Reservisten vom Rester gesprochen. Die waren ja auch alle da.«

»Sie meinen Kameraden aus Resters Zeit bei der Bundeswehr?«

»Genau. Die Emma hat den ganzen Tag organisiert gehabt. Wer wann was machen darf und so weiter.«

Agathe nickte und fragte auffordernd: »Dann ging es aber irgendwann in die Kirche?«

»Gleich danach. So wie die Chiara es wollte. Das hat mir zumindest die Emma gesagt. Das sollte alles ein Aufwasch sein. Die Kirche und das Rathaus sind in Wackersdorf ja vis-à-vis, deswegen ging es schnell.«

»Hört sich ganz schön stressig an.«

»Mei, die Chiara hat sich das halt so gewünscht. Die wird

sich halt gedacht haben, wenn ich schon ein weißes Kleid trage und mir die Haare schön habe machen lassen, dann ziehe ich es eben durch.«

Da Agathe an der Logik von Axel Frimberger keinen Fehler entdecken konnte, hörte sie ihm schweigend weiter zu.

»Nach der Kirche haben dann die Bundeswehrler einen Holzbock mit einem Mordsbaumstamm aufgebaut, den die Chiara und der Paul mit einer Handsäge durchsägen mussten. Haben sie überraschend schnell geschafft, muss ich sagen. Ja, und dann sind wir auch schon ins Wirtshaus gefahren.«

»Haben Sie während des Vormittags auf dem Wackersdorfer Rathausplatz oder in der Kirche irgendetwas Außergewöhnliches bemerkt?«, versuchte Agathe ihr Glück. »Eine bestimmte Person oder sonst etwas Seltsames?«

Sie hoffte, dass sich vielleicht Angelika Hammer eingefunden hatte, um ihre Wut auf ihren Verflossenen weiter zu nähren, oder Anja Bandermann, um die Braut durch ihre bloße Anwesenheit zu provozieren.

Aber Axel Frimberger sah Agathe nur angestrengt nachdenkend an, als er sagte: »Eine Person? Davon weiß ich jetzt nichts. Mir ist nix aufgefallen.«

»Ist auch nicht wirklich wichtig. Wie ging es denn dann weiter? Sie sagten, Sie seien in ein Wirtshaus gefahren?«

»Ja, nach Steinberg rüber. Zum ›Fenzl‹. Da war die eigentliche Feier.«

»Verstehe.«

»Da haben wir dann zu Mittag gegessen und Kaffee getrunken. Und dann hätte jeder eigentlich ein Kanapee zum Ausruhen gebraucht.«

Agathe hatte noch nicht an besonders vielen Hochzeiten teilgenommen, konnte aber nachvollziehen, dass man an einem solch langen Tag nach Mittagessen, Kaffee und Kuchen eine gewisse Müdigkeit verspürte.

»Und irgendwann begann dann eben das Brautverziehen.«

»Das was, bitte?«

»Der Brautverzug. Die Brautentführung, wenn Sie so wollen. Wir Männer haben uns den Paul geschnappt, ihn zu einem Schnaps an den Tresen gebeten und das dann schön in die Länge gezogen. Beim ›Fenzl‹ gibt's ja verschiedene Schnäpse, und wir haben eine Wissenschaft draus gemacht festzustellen, ob jetzt der Marillenschnaps, der Haselnussschnaps, der Himbeergeist oder der Vogelbeerbrand der beste ist, verstehen Sie?«

»Sie haben den Bräutigam abgelenkt, damit die Hochzeitsgemeinde seine Braut entführen konnte?«

»Genauso war's. Wir haben mit dem Paul eine halbe Stunde lang Schnaps getrunken, und er hat natürlich gewusst, was es gepfiffen hat, als wir wieder in den Gastraum zurückgekommen sind und niemand mehr da war.«

»Wie ging es dann weiter?«, fragte Agathe.

»Wir haben den Bräutigam ins Auto gepackt und sind einige Stationen abgefahren, um die Chiara zu suchen. Sie wissen schon, das Vereinsheim seines Fußballclubs, das heimische Wirtshaus, in das sie oft gehen.«

»Wussten Sie und die anderen Männer denn, wo Chiara wirklich war?«

»Der Fregger Lukas hat's gewusst. Das ist der Trauzeuge vom Paul. Der hat's uns und dem Paul dann schon irgendwann verraten, aber das ist ja gerade der Witz am Brautverzug, dass man den Bräutigam zappeln lässt. In der Zwischenzeit konnten die anderen auf der Holzkugel ein bisschen bechern, wofür der Paul dann zahlen musste.«

»Und schließlich sind Sie zur Kugel gefahren. Was ist dann passiert?«

Frimberger schluckte kurz. »Mei, als wir angekommen sind, haben wir schon gehört, wie die Musik oben gespielt hat. Als wir hingegangen sind, hat die Musik aufgehört. Der Lukas hat ein Megafon im Kofferraum dabeigehabt, durch das hat er dann den Paul hinaufschreien lassen, dass er seine Braut ganz gern wiederhätte. Natürlich wollte er gleich raufrennen, aber die Emma hatte schon zwei Leute abgestellt gehabt, die ihn aufgehalten haben.«

»Was war die Reaktion oben?«

»Oben hatte auch jemand ein Megafon dabei, das war wohl im Vorfeld so ausgemacht. Auf jeden Fall hat die Emma dann runtergeschrien, dass die Hochzeitsgesellschaft jetzt nach unten kommen würde. Sie hatte von der Fuchsberger Brauerei mehrere Bierkästen und zwei Paletten besorgt, die neben der Kugel standen. Der Paul musste so viele Kästen wie möglich so lange von einer auf die andere Palette schleppen und aufstapeln, bis alle Gäste wieder unten waren. Die Kästen, die er nicht geschafft hatte, musste er zahlen.«

Agathe rief sich ihr Gespräch mit Dominik Kammerl am Montag in Erinnerung. »Was ist geschehen, als alle Gäste vor der Kugel standen?«

»Die Emma hat durch das Megafon geschrien, dass der Paul seine Braut unten an der Rutsche auffangen soll. Haben Sie die Röhre gesehen?«

»Ja, ich war schon draußen an dem Ding. Ziemlich steil.«

»Genau. Jedenfalls haben wir uns dort alle hingestellt. Ganz vorn der Paul. Dann hat die Musik einen Tusch gespielt, und aus der Röhre rausgerutscht ist nicht die Chiara, sondern die Emma, der es den halben Kopf derbatzt hatte.«

Agathe schreckte vor der Gefühlskälte zusammen, die aus Frimbergers Schilderung sprach. Es war immerhin der Schädel seiner Verlobten, der von einer Kugel zerfetzt worden war, und dieser Kerl sprach so davon, als hätte man eine Fliege mit einer alten Zeitung zerquetscht. Sie versuchte, ihre Verwirrung unter Kontrolle zu bringen. »Wie lange waren Sie und Emma ein Paar?«

Frimberger verzog keine Miene, während er nachdachte. »Das müssen etwa vier Monate gewesen sein. Ja, genau. Ein paar Wochen vor Weihnachten sind wir zusammengekommen.«

»Aber Sie kannten sich schon davor?«

»Noch nicht lang. Wir haben uns auf der Gartenparty vom Paul kennengelernt.«

»Moment mal«, hakte Agathe ein, »auf einer Gartenparty von Paul Rester?«

»Ja, freilich.«

»Dann kennen Sie ihn besser als die Braut?«

»Ich kenne ihn schon einige Zeit, aber mein Vater ist seit Ewigkeiten Kunde bei ihm. Um unsere ganzen Steuersachen kümmert sich der Paul, seit er sein Büro in Wackersdorf eröffnet hat.«

»Interessant«, sagte Agathe leise. »Wer hatte denn die Idee, zu heiraten? Emma oder Sie?«, fragte sie dann, um zu testen, ob sie sich in ihrem Urteil über Frimbergers Emotionslosigkeit vielleicht getäuscht hatte.

»Ich. Also, das heißt, mein Vater –«

»Ihr Vater hat Ihnen befohlen zu heiraten?«

»Nicht befohlen. Aber er hat mich auf die Idee gebracht. Emma war immerhin Doktorin.«

Agathe wunderte sich über den Ausdruck nicht. Sie wusste, dass er als Berufsbezeichnung für Medizinerinnen in der Oberpfalz geläufig war. »Sie wäre also keine schlechte Partie gewesen«, gab sie sich kumpelhaft.

»Ach wo, die hätt schon gepasst. Aber ich habe ihr gleich gesagt, dass sie von mir das Geld nicht kriegt. Das hätte sie schon selbst aufbringen müssen.«

»Welches Geld?«

»Na, für ihre Praxis.«

»Langsam, langsam«, bat Agathe. »Emma Geiger hatte vor, eine Praxis zu eröffnen?«

»Logisch. Haben Sie das nicht gewusst?«

»Nein. Ich dachte, sie war aufstrebende Assistenzärztin am St.-Barbara-Krankenhaus?«

»Das war sie auch. Aber sie wollte ihr eigener Chef sein und dafür noch den Facharzt machen. Facharzt für Allgemeinmedizin. Ich habe ihr geraten, erst einmal das eine vernünftig zu machen und das mit der Fortbildung noch zu verschieben. Aber sie wollte gleich damit beginnen. Da war sie spinnert.«

Nun hörte sich Frimberger wie ein Witwer an, der nach vierzig Jahren Ehe von seiner verstorbenen Frau sprach. Agathe konnte sich nur dunkel ausmalen, wie eine Ehe zwischen ihm und Emma Geiger im Alltag ausgesehen hätte. Geld und Geschäft wären wahrscheinlich die Alltagsthemen gewesen. Nie und nimmer hätte Axel Frimberger seiner Frau am Abend nach einem anstrengenden Tag liebevoll den Nacken massiert. »Wie geht es jetzt mit Ihnen persönlich weiter?«, fragte sie. »Wie verkraften Sie diesen Schicksalsschlag?«

Frimberger zuckte erneut mit den Achseln. »Mei, jetzt wird's halt nix mit dem Heiraten.«

Fehlt nur noch, dass er sagt: »So was kann halt mal vorkommen«, explodierte es in Agathes Kopf. Was für Sturschädel hier in der Oberpfalz!

»Dann danke ich Ihnen für Ihre Ausführungen und darf mein aufrichtiges Mitgefühl ausdrücken«, bereitete Agathe ihren Abgang vor.

»Mei«, bemühte Frimberger sein Lieblingswort, »davon kommt sie ja auch nicht wieder zurück.«

Auf ihrem Weg nach draußen wollte Agathe die zwar richtige, wenn auch pietätlose Aussage von Axel Frimberger nicht aus dem Kopf gehen. Vielleicht war das aber auch wirklich nur seine sehr spezielle Art, mit der Trauer umzugehen. Zumindest bemühte sie sich, sich das einzureden.

Als Agathe den BMW startete und ihr Smartphone sich mit dem Bordsystem gekoppelt hatte, rief sie ihren Kollegen an. »Hallo, Gerhard. Stell dir mal vor, was ich eben von diesem Verlobten gehört habe.« Sie schilderte ihr Gespräch mit Axel Frimberger und schloss mit »Das gibt's doch wohl nicht, oder?«, dann imitierte sie den Juniorchef: »Ach Gott, ist doch egal, ob ich heirate oder nicht, und dass man meiner Verlobten die Birne weggeschossen hat, ist halt bedauerlich, aber nicht zu ändern.«

Am anderen Ende der Leitung kicherte Leitner.

»Ich finde das absolut nicht witzig, Gerhard!«

»Ist es auch nicht. Aber so bewältigt eben jeder Mensch auf seine Art die Trauer. Ein Oberpfälzer Handwerker wie der Frimberger heult halt nicht einer Fremden vor, wie schlimm ihm das Schicksal mitgespielt hat.«

Agathe schnaufte tief durch. »Und was hat sich bei dir so ergeben?«, fragte sie dann und lauschte aufmerksam, was ihr ehemaliger Freund Alfred Ingelstetter Leitner erzählt hatte. »Dann habe ich eine Idee«, meinte sie schließlich. »Hast du die Adresse von diesem Adam Messner?«

»Ja, hat mir der Alfred verraten. Er wohnte am unteren Ende von Dachelhofen.«

»Das trifft sich gut. Ich bin ganz in der Nähe.«

»Was hast du vor, Agathe?«

»Ich werde mich bei Adam Messner zu Hause mal ein bisschen umsehen.«

Es entstand eine kurze Pause. »Sei bitte vorsichtig«, bat Leitner schließlich.

»Immer mit der Ruhe. Messner kann mich ja schlecht überraschen, nicht wahr?«

»Pass trotzdem auf.«

»Mache ich. Hast du übrigens den Fritz von der Zeitung erwischt?«

»Ja. Ich habe ihm mein Anliegen schon geschildert, und er versucht gerade, aus Franken einige Informationen über diesen Todesfall zu bekommen, der Chiara so mitgenommen haben soll.«

»Gut. Dann treffen wir uns später in der Wohnung.«

»Nein«, sagte Leitner.

»Wieso nicht?«

»Weil man bei diesem wunderbaren Wetter sein Abendessen an einem besonderen Platz einnehmen sollte.«

Während Agathe Leitners Vorschlag lauschte, breitete sich ein Grinsen auf ihrem Gesicht aus. »Das klingt wirklich sehr verlockend«, sagte sie, als er geendet hatte. »Dann sehen wir uns später dort.«

»Passt. Und bis der Fritz Neuigkeiten für mich hat, werde ich zum Schuhbauer-Hof nach Klardorf fahren.«

»Was willst du denn dort?«

»Wenn der Ingelstetter Alfred recht damit hat, dass auch Leon Schuhbauer einen solchen schwarzen Brummer von Pick-up besitzt, dann will ich mal einen Blick darauf werfen.«

»Das wiederum schmeckt mir nicht wirklich, Gerhard.«

»Vielleicht bin ich etwas nachtragend, aber ich würde schon gern wissen, wer mich samt Auto im See versenken wollte.«

»Kann ich natürlich nachvollziehen, aber ...« Agathe zögerte.

»Keine Angst. Ich gebe auch acht. Ich kann ja wohl schlecht dich ermahnen, vorsichtig zu sein, und mich selbst dann leichtsinnig verhalten.«

»Na gut«, akzeptierte Agathe die Gegebenheiten.

26

Auf ihrem Weg von der Schwandorfer Seite Dachelhofens in Richtung Süden passierte Agathe das Bayernwerk, dessen Hinteransicht gespenstisch wirkte. Seltsame Türme, die aussahen wie Bienenstöcke, ragten in den Himmel, Kamine entließen weißen Dampf in den Abendhimmel, und Hunderte Lichter brannten an den metallenen Treppenkonstruktionen, die an den Außenwänden der Werkhallen verliefen. Davor lagen Felder und standen einige kleine Wohnhäuser. Agathe ließ die Alustraße links liegen, fuhr die Dachelhofer Straße weiter stadtauswärts und erblickte nach wenigen Metern links von sich das Haus, in dem Adam Messner gewohnt hatte.

Sie parkte den Wagen davor und blickte sich um. Keine Nachbarn weit und breit, die sie hätten beobachten können. Agathe wusste, dass sie im strengen gesetzlichen Sinn nicht in das Haus eindringen durfte, aber zur Vervollständigung ihrer Informationen war es unerlässlich. Es war ein altes Gebäude, Agathe schätzte, dass es in den späten sechziger Jahren errichtet worden war. Graue Außenwände, an denen der Zahn der Zeit genagt hatte, ein zerbrochenes Namensschild aus Ton neben der Haustür, die verschlossen war. Als Agathe aber bemerkte, dass ein deutlich sichtbarer Spalt zwischen dem Rahmen und der Tür selbst entstand, wenn sie mit Kraft dagegendrückte, kramte sie kurz entschlossen ihre ADAC-Mitgliedskarte aus ihrer Geldbörse und versuchte ihr Glück. Tatsächlich sprang das Schloss der Tür zurück, und sie konnte eintreten. Im eiskalten Flur des Hauses roch es abgestanden. Messner musste seit Längerem weder geheizt noch gelüftet haben.

Rechts führte eine Tür ins Badezimmer. Nichts darin erregte Agathes Aufmerksamkeit, Messner hatte keine Luxusartikel besessen, lediglich billiges Duschbad und ebenso billige Einwegrasierer benutzt. Dem Badezimmer gegenüber lag der Wohnraum. Allein der Anblick verursachte Agathe Gänsehaut, die sich vom Nacken abwärts über ihren ganzen Körper ausbreitete. Sämtliche Wände waren in dunklem Braun gestrichen und mit Hunderten von Fotos bedeckt, die Soldaten in Kampfanzügen zeigten, wie sie in martialischen Posen in die Kamera blickten. Manche Bilder waren in einer wüstenähnlichen Gegend aufgenommen worden, andere in Wäldern und auf Ausbildungsplätzen. Gesichter waren auf den Fotos kaum zu sehen, weil die Soldaten sie mit Sturmhauben verhüllt oder mit Tarnfarbe bedeckt hatten. Alle trugen Maschinenpistolen, Kurzwaffen oder Präzisionsgewehre.

Beim Betrachten fiel Agathe auf, dass ein Mann mit unverhülltem Gesicht auf mehreren Fotos zu sehen war. Das musste Adam Messner sein. Sie sah sich weitere Bilder an und stellte fest, dass sie Messner allein zeigten, der häufig mit einem bestimmten Gewehr posierte. Dessen Kolben hatte nicht die übliche Form einer Schulterstütze, sondern war sehr verkürzt gehalten. Das Griffstück sah nach handgeschnitztem Holz aus, und der Lauf der Waffe lag nicht frei, sondern war in einer außergewöhnlichen Konstruktion zwischen mehreren Metallführungsstangen eingebettet. Obenauf prangte ein überdimensionales Zielfernrohr. Agathe nahm eines der Fotos von Messner mit der Waffe von der Wand und steckte es in ihre Handtasche, um es später Leitner zu zeigen.

Die Dekoration an der angrenzenden Wand wirkte auf Agathe wie der Altar in einer Kirche. Ihre Aufmerksamkeit wurde automatisch von einem etwa anderthalb Meter hohen Emblem auf sich gezogen, das in der Form einem antiken Ritterschild ähnelte. Auf ihm ragte ein langes Schwert mit der Spitze nach oben und wurde vom Griff her von zwei Eichenlaubranken eingefasst. Diese große Insignie wurde von mehreren Abzeichen eingerahmt, die alle dasselbe Motiv zeigten: Auf blauem Hintergrund ragte ein schwarzer Pfeil mit gekerbtem Schaft nach oben, während davor ein goldener Adler nach unten stürzte. Vermutlich Embleme der Bundeswehreinheit, die Messner letztlich rausgeworfen hatte. Offensichtlich hatte er sich der Truppe immer noch zugehörig gefühlt. Vor der Wand stand ein Tisch mit einer schweren weißen Tischdecke, auf dem Agathe zwei Halterungen aus Hartgummi sah. Nochmals warf sie einen Blick auf das merkwürdige Gewehr auf den Fotos und kombinierte. Messner musste seine Waffe auf dem Tisch vor den Insignien aufgestellt haben, damit er sie anbeten konnte.

Der Typ muss ziemlich krank in der Birne gewesen sein, dachte sie.

Links und rechts neben den Gewehrhalterungen standen zwei etwa zwanzig Zentimeter hohe Glasskulpturen, die jeweils eines der beiden Logos zeigten, die an der Wand dahinter hingen. Agathe nahm ihr Handy und fotografierte den gesamten Aufbau.

Nachdem sie auch die Küche und das Schlafzimmer besichtigt hatte, aber auf nichts Interessantes gestoßen war, machte sie sich wieder auf den Weg, um sich mit Leitner am verabredeten Ort zu treffen.

27

Leitner parkte seinen Mazda in Klardorf etwa zwei Gehminuten vom Schuhbauer-Hof entfernt. Schon ein einzelner Fußgänger war in der verlassenen Gegend auffällig, ein Auto erst recht. Aus der Ferne suchte Leitner die Häuser- und Stadelsilhouetten ab, ob sich irgendwo etwas regte. Da das nicht der Fall war, ging er langsam näher, wobei er versuchte, sich so weit wie möglich im toten Winkel der Wohnhausfenster zu halten.

Als ihn nur noch etwa hundert Meter vom Gehöft trennten, blieb er abermals stehen und lauschte. Doch lediglich das Schnauben eines Pferdes drang an sein Ohr. Immer noch konnte er keinen Menschen auf dem Hof ausmachen.

Das wäre natürlich schon ein Ding, dachte Leitner, wenn der Bruder die eigene Schwester mit ihrem Audi in den Steinberger See geschoben hätte.

Plötzlich flammte Licht im Wohnhaus auf. Leitner schlug sich zur Rückseite des Stalles, der dem Wohnhaus gegenüberlag. Die Tiere darin schienen seine Anwesenheit zu bemerken, denn sowohl Pferde als auch Kühe gaben nervöse Laute von sich und scharrten mit den Hufen.

Jetzt gebts halt Ruh!, fluchte Leitner stumm. Da er befürchtete, dass die Aufregung der Tiere Leon Schuhbauer veranlassen könnte, nach dem Rechten zu sehen, beschloss er, sich schnell zu den Schuppen zu begeben, dann würden sich die Biester schon wieder beruhigen.

Mit großen Schritten bewegte er sich durch das hohe Gras an der Schuppenwand, das wahrscheinlich mit der Hand geschnitten werden musste. Schließlich erreichte er den Teil des Schuhbauer-Hofes, wo Geräte und Fahrzeuge gelagert wurden. Die Fenster des Schuppens, die wahrscheinlich von innen her mit einer Hebelmechanik geöffnet und geschlossen werden konnten, waren ungünstigerweise in einer Höhe von über zwei Metern. Von außen hatte Leitner also keine Chance, hindurchzusehen.

Er schlich weiter um das Gebäude herum und gelangte so auf die letzte Seite des Gebäudevierecks, aus dem der Schuhbauer-Hof bestand. Unter der Überdachung zu seiner Rechten parkten zwei Traktoren, desgleichen Anhänger und ein Mähdrescher. Daneben erblickte Leitner noch einen alten Unimog. Alles Nutzfahrzeuge. Sein Privatauto musste Leon Schuhbauer folglich in dem Schuppen unterstellen, durch dessen Fenster Leitner nicht hatte sehen können. Also musste er in diesen Schuppen hinein, da biss die Maus keinen Faden ab.

Leitner kontrollierte, ob seine Schnürsenkel noch fest gebunden waren, dann betrat er federnden Schrittes den Innenhof. Der Tierstall befand sich nun ihm gegenüber, doch zu seiner Verblüffung brachen die Tiere diesmal nicht in ein erneutes Wieher- und Muh-Konzert aus. Da dämmerte es ihm: Sie waren fremde Personen gewöhnt – sofern sie sich ihnen von vorn und damit sozusagen offiziell näherten.

In relativer Stille gelangte Leitner zum Schuppen, fand die Eingangstür unverschlossen und hoffte, dass sie beim Öffnen nicht quietschen würde. Das Glück war ihm hold, und so betrat er den düsteren Schuppen.

Und erschrak.

Die Beleuchtung reagierte auf Bewegung!

Die gesamte Scheune wurde in gleißendes Licht getaucht. Leitner fuhr herum, um zu sehen, ob sich im Wohnhaus etwas tat. Dann fiel ihm zu seiner Erleichterung ein, dass es draußen noch hell war und der Lichtschein nicht groß auffallen dürfte. Dennoch sollte er keine Zeit verlieren.

Flinken Blickes registrierte er die Fahrzeuge im Schuppen.

Ein breites Mercedes-Schiff, das, so schloss Leitner, sich wohl noch die Eltern von Leon und Chiara Schuhbauer angeschafft hatten. Ein grauer Jeep Cherokee in Sonderausstattung – der zu einem jungen Bauern und Jäger passte, der damit standesgemäß, aber mit Komfort zu seinen Privatterminen fuhr. Die Sammlung komplettierte ein alter Ford Galaxy, der wohl auf Fahrten benutzt wurde, auf denen das Interieur etwas litt. Wahrscheinlich wurden mit ihm Wohnzimmerschränke, Gipssäcke oder Steine vom Baumarkt transportiert. Außerdem konnte Leitner zwei Motorräder erkennen, die im hinteren Teil der Scheune hinter den Autos abgestellt waren.

Kein Pick-up.

Doch als Leitner sich genauer umsah, entdeckte er einen Verschlag. Er überlegte scharf, ob er das Risiko wagen und ganz in den Schuppen hineingehen sollte.

Die Antwort war klar, als er hörte, dass sich ein Auto dem Hof näherte. Möglichst geräuschlos schloss er die Scheunentür und brachte sich am Unterstand der Nutzfahrzeuge in Sicherheit. Zwei Atemstöße lang schnaufte er durch. Immer noch pochte das Blut in seinen Ohren, als er hinter dem Reifen des Mähdreschers hervorlugte.

Bei dem Auto handelte es sich um einen kleinen dunkelgrünen Suzuki-Geländewagen. Am Steuer saß eine Frau, die zum allgemeinen Leidwesen der Hoftiere zweimal hupte, als sie parkte. Zeitgleich öffnete sich die Haustür, und ein junger Mann erschien. Das musste Leon Schuhbauer sein, folgerte Leitner aufgrund von Agathes Beschreibung. Zu seiner Zeit mit Chiara waren sie sich nie über den Weg gelaufen.

Jetzt entstieg die Frau dem Suzuki, und er konnte sie in voller Größe sehen. Sie war nicht wirklich groß. Dafür bemerkte Leitner sofort etwas, das die Bezeichnung eher verdiente. Es waren ihre Brüste. Sie hätten seiner Meinung nach sogar den Ausdruck »riesig« verdient gehabt.

»Servus!«, hörte er Schuhbauer sagen. Die Stimme schnarrte in reinem G-Dur.

»Grüß dich!«, antwortete die Frau. »Ich wollte es schnell hinter mich bringen.« Sie entnahm dem Wagen eine Umhängetasche, aus der sie eine Geldbörse fischte.

»Das pressiert doch nicht. Der Job ist ja noch gar nicht vollständig erledigt.«

Die Frau zählte einige Scheine ab und gab sie dem jungen Bauern.

Leitner stieß einen stummen Fluch aus, weil er nicht sehen konnte, um wie viel Geld genau es sich handelte.

»Ich will trotzdem, dass alles seinen korrekten Gang geht. Damit hinterher keine Fragen auftauchen.«

»Gut. Soll mir recht sein.«

Die Frau schloss ihre Geldbörse und verstaute sie wieder in ihrer Tasche. Einen Augenblick lang starrten sich die beiden unbeholfen an, dann sagte sie: »Ich freue mich, dass wir in dieser Sache zusammenarbeiten können. Es ist nicht leicht, einen Profi zu bekommen. Noch dazu zu diesem Preis.«

Schuhbauer grinste. »Es lohnt sich eben doch, wenn man häufig in die Tschechei fährt.«

Leitner durchfuhr ein kalter Schauer, und er spitzte weiter die Ohren.

»Ich würde zu gern wissen, wer es getan hat …«, begann die Frau zögerlich.

Schuhbauer machte eine abwehrende Bewegung mit der Hand. »Kommt nicht in Frage. Das war der Deal.«

Rasch nickte die Frau. »Du hast ja recht. So hatten wir es ausgemacht.« Sie ging zu ihrem Mini-Jeep, stieg ein und beugte sich noch mal aus dem geöffneten Seitenfenster. »Ich hoffe, dass wir nach dem nächsten Mal seine Dienste nicht so bald wieder in Anspruch nehmen müssen.«

»Warten wir's ab«, antwortete Schuhbauer mit einem Achselzucken.

Daraufhin wendete die Frau ihren Suzuki und verließ den Hof.

Leitner konnte kaum glauben, was er gehört hatte. Er musste der Frau unbedingt folgen! Er musste herausbekommen, wer sie war und wohin sie fuhr. Dummerweise stand Leon Schuhbauer noch immer regungslos im Hof.

Leitner wartete einige Sekunden, doch Schuhbauer drehte sich nur zum Tierstall um, rührte sich aber nicht vom Fleck.

Wenn er doch nur endlich verschwinden würde, schoss es Leitner durch den Kopf. Dann könnte er zu seinem Wagen zurückspurten und die Verfolgung aufnehmen. Doch mit jeder Sekunde, die er hier verbringen musste, sank die Chance auf eine erfolgreiche Verfolgung.

Dann fasste Leitner einen Entschluss. Er erhob sich, ging hinter den Landmaschinen zum Ende des Unterstandes, trat hervor und auf Schuhbauer zu. So hätte er auch nur ein Spaziergänger sein können, den sein Weg über den Hof führte.

Er zwang sich, Ruhe und Gelassenheit auszustrahlen. »Guten Abend!«

Schuhbauer drehte sich ohne große Eile um. »Servus«, war die lapidare Antwort. Dann blinzelte er. »Du bist der Leitner Gerhard, oder?«

»Freilich«, bestätigte Leitner. Anscheinend hatte der Bruder seiner Ex-Freundin ihn erkannt. Aber als ehemaliger Kirwamusikant war er in und um Schwandorf sowieso so etwas wie eine kleine Berühmtheit.

»Dich habe ich ja schon ewig nicht mehr gesehen.« Schuhbauer musterte den späten Gast. »Wenn du die Chiara suchst, dann bist du hier falsch, das weißt du aber, oder?«

»Ist mir bekannt«, sagte Leitner und hatte immer noch ein Auge auf den Suzuki, der schon die Hälfte der Zufahrtsstraße hinter sich gebracht hatte. »Ich bin aber nicht wegen der Chiara hier, sondern suche meine Kollegin.«

»Aha?«

»Die Agathe. Die kommt aus Lübeck, und das hört man auch.«

»Ach, jetzt weiß ich, wen du meinst! Die war tatsächlich bei mir. Aber nicht heute. Und das ist deine Kollegin?«

»Ja. Wir ermitteln in einem Versicherungsfall, und da sie nicht ans Telefon gegangen ist, dachte ich, ich schau mal hier nach. Na, macht nichts, irgendwann und irgendwo werde ich sie schon finden. Ist ja mein Beruf, gell?«, witzelte Leitner und ging Richtung Hofausfahrt. Der Suzuki wartete mittlerweile an der Einmündung zur Straße. Einige Lkws zwangen ihn zu einer unfreiwilligen Pause, sodass Leitner sehen konnte, dass die Frau den Blinker rechts gesetzt hatte. Richtung Autobahn! Er musste sich beeilen!

»Kann ich dir sonst irgendwie weiterhelfen, Gerhard?«, rief Schuhbauer ihm hinterher, als Leitner schon seinen Schritt beschleunigte.

»Mir nicht, das macht alles die Agathe. Wenn noch was sein sollte, rührt die sich bei dir. Nix für ungut, aber ich muss jetzt weiter! Servus, Leon!«

Damit blieb der junge Landwirt verdutzt zurück, und Leitner hoffte inständig, nicht zu großen Verdacht erregt zu haben. Nicht auszudenken, würde Schuhbauer die Frau von gerade eben warnen.

In rekordreifer Geschwindigkeit sprintete Leitner zu seinem Mazda, startete ihn und lenkte ihn ebenfalls Richtung A 93.

Zu seinem Glück wollten auch die vielen Lkws auf die Autobahn. Ein Überholvorgang hätte sich bei einem einzigen Laster vielleicht gelohnt und wäre möglich gewesen, so aber zog es die Lenkerin des Suzuki vor, gemütlich hinter ihnen herzuzuckeln. Leitner war nur zwei Fahrzeuge hinter ihr. Bei Schwandorf-Süd fuhren alle Lastwagen bis auf einen Richtung Regensburg, der andere sowie der Suzuki und auch Leitner bogen nach Norden ab.

Auf der Autobahn fuhr die Frau sehr gemächlich an den Schwandorfer Ausfahrten Mitte und Nord vorbei.

Leitner hatte kein Problem, ihr zu folgen, und zückte sein Handy. »Hallo, Agathe? Ich komme ein bisschen später, es hat sich noch etwas ergeben.«

»Was heißt das? Und was?«

»Ich war bei Leon Schuhbauer und habe mich nach dem Pick-up umgeschaut.«

»Hast du ihn entdeckt?«

»Das nicht«, sagte Leitner und musste sich das Smartphone verkehrswidrig unter sein Kinn klemmen, weil er die eine Hand zum Lenken und die andere zum Schalten brauchte. »Aber ich habe ein Gespräch zwischen Schuhbauer und einer Frau belauscht. Recht klein, dafür aber Monstertit... also, mit sehr ausgeprägtem Vorbau.«

Agathe schien kurz zu überlegen. »Das kann eigentlich nur Angelika Hammer sein. Und sie war bei Leon Schuhbauer auf dem Hof?«

»Allerdings.«

»Was haben sie denn gesprochen?« Agathe klang ganz aufgeregt.

»Das erzähle ich dir später. Ich habe da nämlich eine Idee. Wir sehen uns nachher!«

Auf Höhe Schwarzenfeld setzte die vermeintliche Angelika Hammer den Blinker und verließ die BAB. Leitner nahm mit ihr die dritte Ausfahrt des Traunrichter Kreisels und blieb so lange hinter dem Suzuki, bis der von der Amberger Straße in die Schwägerlstraße einbog und dort nach etwa zweihundert Metern hielt. Leitner parkte mit Abstand dahinter. Er wollte beobachten, was die Frau als Nächstes tun würde.

Hammer stieg aus und ging die Schwägerlstraße wieder zurück. Leitner legte den Rückwärtsgang ein und blieb auf dem Parkstreifen der Amberger Straße stehen. Einige Sekunden später tauchte Hammer vor ihm auf.

Leitner konnte sich vorstellen, was ihr Ziel war. Das Wetter war an diesem Freitagnachmittag sonnig und warm, und einige Meter weiter befand sich die Eisdiele Cremagelato.

Er verließ seinen Wagen ebenfalls und folgte der Frau, die tatsächlich an einem freien Tisch auf der Terrasse Platz nahm.

Leitner stellte sich an der Schlange des Straßenverkaufs an, sodass er Gelegenheit hatte, Angelika Hammer unauffällig zu beobachten. Bei dem Andrang würde es einige Minuten dauern, bis eine Bedienung seine und ihre Bestellung aufgenommen hätte.

Endlich hatte der Familienvater vor Leitner geordert, und Angelika Hammer wurde ihr Eisbecher serviert. Eine turmartige Kreation mit verschiedenen bunten Soßen und Pfirsichstücken.

»Pass auf, wo du hinläufst!«, hörte Leitner eine Männerstimme und spürte auch schon den Rempler an seinem Oberschenkel.

Er sah nach unten und erblickte ein etwa vierjähriges Kind, das nicht nach vorn geschaut hatte. Mit dem Ergebnis, dass die Waffel in seiner Hand zerbrochen war und eine Kugel Zitroneneis an Leitners linkem Hosenbein klebte. Das Mädchen sah an ihm empor, verharrte einen Moment still und brach dann in herzzerreißende Tränen aus. Ob es die Angst vor Leitner war, das Bewusstsein, etwas falsch gemacht zu haben, oder einfach der simple Verlust des Zitroneneises, ließ sich nicht feststellen. Der Vater des Mädchens entschuldigte sich wortreich, doch Leitner konnte Aufsehen nicht gebrauchen. Schnell versicherte er ihm, dass das Missgeschick nicht so schlimm sei. Als er endlich an der Reihe war, spendierte er dem Kind eine weitere Kugel Zitroneneis, was den Tränenfluss abrupt versiegen ließ, und sich zwei Kugeln im Becher. Pistazie und Schoko.

Während sich Leitner drei Löffel Schokolade in den Mund schob, wählte er eine Taktik. Er sah sich um und fasste dabei den freien Stuhl neben Hammer ins Auge.

»Darf ich mich kurz setzen?«, fragte er knapp, und sie deutete mit ihrem langen Eislöffel auf den Platz.

»Bitte«, erwiderte sie, nachdem sie ein Pfirsichstück hinuntergeschluckt hatte. »Kommt keiner mehr.«

Leitner ließ sich nieder.

»Das geht beim Waschen schon wieder raus«, meinte Hammer.

»Bitte? Ach so.« Also hatte sie die Sache mit dem Mädchen mitbekommen. »Das ist überhaupt kein Problem«, bemühte er sich, locker zu klingen. »Und selbst wenn, Probleme sind dazu da, gelöst zu werden.«

»Natürlich, natürlich«, stimmte Angelika Hammer ihm zu.

»Jeder hat doch Probleme, oder?«, gab Leitner Vollgas.

»Aber ja.«

»Sie wohnen in Schwarzenfeld?«

»Stimmt, warum?«

»Aber Sie sind auch öfter in Schwandorf unterwegs, korrekt?«

Angelika Hammer rückte ihren Stuhl so, dass sie Leitner besser ansehen konnte. »Sagen Sie mal, was soll denn diese Fragerei?«

»Ich wollte Ihnen bestimmt nicht zu nahe treten. Es hat mich nur interessiert.« Verschwörerisch fügte er hinzu: »Geschäftlich.«

Sie nahm ihre Sonnenbrille ab. »Würden Sie mir jetzt bitte verraten, was Sie von mir wollen, oder sofort meinen Tisch verlassen. Ich mag Ihre Geheimnistuerei nicht!«

Leitner lächelte in sich hinein. Sie hatte angebissen. Er setzte eine Miene auf, die seiner Meinung nach Entschlossenheit ausstrahlte. »Sie ... haben doch geschäftlich mit Leon Schuhbauer zu tun?«

Sein Gegenüber verharrte regungslos.

»Ihr Schweigen sagt mir, dass ich recht habe«, fuhr Leitner fort. »Von dieser Art von Geschäft spreche ich.«

»Könnten Sie bitte etwas präziser werden?«

Leider nicht, dachte Leitner. Es käme wohl nicht so gut, wenn ich Ihnen in aller Öffentlichkeit vorwerfen würde, bei einem bezahlten Auftragsmord mit Leon Schuhbauer unter einer Decke zu stecken.

»Ich denke, wir wissen beide, wovon wir reden«, sagte er stattdessen. »Die Leistung, die Leon Schuhbauer bisher erbracht hat, kann ich Ihnen auch bieten.« Er machte eine Pause. »Nur billiger.«

Als hätte Hammer verstanden, was er meinte, widmete sie sich wieder ihrem Eisbecher. »Nun, Leon Schuhbauer hat diese ... ›Leistung‹, wie Sie es nennen, aber gar nicht selbst erbracht«, sagte sie schmatzend. »Der Auftrag ging an einen Dritten.«

»Das würde bei uns natürlich genauso ablaufen«, improvisierte Leitner nach Leibeskräften. »So was erledigt doch keiner von uns selbst, nicht wahr?«

»Natürlich nicht. Von uns könnte es ja auch niemand.«

»Sehr richtig.« Dann beugte er sich vor und flüsterte: »Es hat schon seine Vorteile, wenn man häufiger in der Tschechei unterwegs ist, gell?« Er zwinkerte ihr zu und hatte schon Angst, zu dick aufgetragen zu haben.

Doch Angelika Hammer ließ sich nicht aus der Ruhe bringen. »Sie kennen also jemanden, der diesen Job auch erledigen kann?«

»Allerdings.«

»Wie viel Vorlaufzeit braucht Ihr Mann?«

»Das können wir schnell und unkompliziert handhaben. Je kurzfristiger, desto teurer wird die Sache allerdings, das versteht sich von selbst.«

Hammer schob sich einen Löffel Schlagsahne in den Mund. »Natürlich. Aber gerade haben Sie ja gesagt, dass Sie billiger sind als der Kontakt von Leon Schuhbauer. Also müssen wir auch über den Preis sprechen.«

Verdammt!, schimpfte Leitner mit sich selbst. Es hätte ihm vorher klar sein müssen, dass Angelika Hammer – sofern sie auf sein Angebot eingehen würde – harte Fakten hören wollte. Aber natürlich hatte er nicht die geringste Ahnung, wie viel man einem tschechischen Auftragskiller bezahlen musste, damit er einen Mord mit seinem Scharfschützengewehr beging. Er konnte nichts anderes tun, als zu versuchen, möglichst realistisch zu schätzen.

»Nun, im Vergleich zu Schuhbauers Tarif könnte ich die Kosten wohl um ein Drittel senken. Sagen wir siebentausend Euro? Als erstes Angebot?«

Der Löffel in Angelika Hammers Hand begann leicht zu zittern. »Siebentausend Euro?«, flüsterte sie.

»Ein Schnäppchen. Sie bestimmen, wann und wo.«

Sie musterte ihn eine Weile, bevor sie ihrem Eisbecher den Garaus machte.

Leitner schwieg abwartend. Er musste seine Rolle als »cooler Zwischenhändler des Todes« aufrechterhalten.

Irgendwann stellte er sein noch fast volles Pappschälchen mit dem schon zerlaufenen Eis auf den Tisch, erhob sich und beugte sich zu Hammer hinunter, sodass er einen tiefen Einblick in ihr Dekolleté erhielt. »Warten Sie nicht zu lange«, flüsterte er ihr zu, »sonst gilt mein Angebot nicht mehr.«

»Ich habe keine Ahnung, wovon Sie sprechen«, flüsterte sie ebenfalls. »Normalerweise bezahle ich nur hundertdreißig Euro.«

Leitner riss seinen Blick von ihrem Busen los und sah ihr ins Gesicht.

»Wir haben wohl gerade aneinander vorbeigeredet«, sagte sie in normaler Lautstärke.

Leitner blieb nichts weiter übrig, als zu passen. »Sieht wohl ganz danach aus«, pflichtete er ihr bei und blickte sich nochmals auf der Terrasse um. Doch ihm fiel partout keine weitere Möglichkeit ein, Angelika Hammer zu weiteren Aussagen zu bewegen.

Habe ich mich dermaßen im Preis verschätzt? Sind siebentausend Euro zu viel für ein Menschenleben? Warum sonst hätte sie mich mit dieser offensichtlich zu niedrigen Summe von hundertdreißig Euro abserviert?

In Gedanken vertieft räumte Leitner das Feld, fuhr die Amberger Straße weiter und nach der Bahnbrücke links nach Schwandorf zurück.

In den wenigen Minuten, die er bis zu seinem Ziel benötigte, wo Agathe hoffentlich schon auf ihn wartete, beschäftigten ihn zwei Dinge. Erstens die Frage, an welcher Stelle seiner Unterhaltung mit Angelika Hammer er sich verraten hatte. Und zweitens ihre Titten.

28

Agathe stellte ihren BMW in der Klosterstraße vor ihrer Wohnung ab und machte sich zu Fuß auf den Weg Richtung Krondorf. Sie überquerte die erste und die zweite Naabbrücke, bevor sie sich in der Wöhrvorstadt rechts hielt und zum Gasthof Baier einbog. Als sie das Gastzimmer betrat, waren nur zwei Tische besetzt, dennoch hörte Agathe Stimmen, die von mehr Gästen stammten. Sie ging auf die Terrasse und fand deren Ursprung. Kaum ein Tisch war im abendlichen Sonnenschein noch frei, viele der Gäste trugen Sonnenbrillen. Agathe bemerkte ein Kleinkind, das sein Spielzeugauto über den Terrassenboden fahren ließ.

Die Bedienung trat mit einem Tablett voller Getränke aus dem Gebäude. »Julian, geh bitte zur Seite, sonst komme ich nicht vorbei«, sagte sie erkennbar gestresst, aber noch freundlich.

Die Eltern nahmen den kleinen Julian daraufhin auf den Schoß, und er durfte auf dem Tisch mit seinem Modell-Jeep weiterspielen.

Agathe ließ ihren Blick über die Tische schweifen, konnte ihren Kollegen jedoch nirgends entdecken.

»Haben Sie reserviert?«, drang nun die Frage der Bedienung an Agathes Ohr.

»Nein.«

Hektisch blies die Frau Luft durch die Lippen.

»Höchstens der Gerhard«, hatte Agathe einen Geistesblitz.

»Gerhard Leitner?«

»Ja, der hat vorhin angerufen. Da hinten bitte schön, der letzte Tisch. Sie sind aber ganz schön spät.«

Agathe bedankte sich, schlängelte sich an den anderen Gästen vorbei zu besagtem Tisch und nahm Platz. Sie musste nicht lange warten, bis Leitner durch die Terrassentür ins Freie trat.

»Ach, da hinten steckst du«, sagte er. »Warum hast du dich denn nicht auf die andere Seite des Tisches gesetzt?«

Verdattert sah Agathe sich um.

»Ich wollte doch, dass du den Ausblick genießen kannst«, erklärte Leitner. »Ich kenne ihn ja schon.«

Kurzerhand wechselte Agathe den Platz und nahm sich die Zeit, ihre Umgebung zu betrachten.

Die Terrasse war zweifellos etwas Besonderes. Sie ragte so über das Ufer der Naab, dass Agathe das Gefühl hatte, der Fluss würde gemächlich direkt unter ihr hindurchfließen. Einige Enten und Möwen waren unterwegs, auf der Wasseroberfläche brach sich die Frühlingsabendsonne.

»Wirklich schön hier«, sagte Agathe.

»Habe ich es mir doch gedacht, dass es dir gefällt«, freute sich Leitner.

»Ziemlich viel los.«

»Ist doch klar. Nach dem langen Winter stürmt jeder sofort wieder ins Freie.«

»Na«, meinte Agathe vergnügt, »da mach ich doch gern mit.«

Beide bestellten zunächst je ein Augustiner Edelstoff und studierten dann die Speisekarte. Als sie ihre Wahl getroffen hatten, brachten sich Agathe und Leitner gegenseitig auf den neuesten Stand.

Agathe hörte aufmerksam zu, als Leitner ihr von seiner Unterredung mit Angelika Hammer berichtete. Als er geendet hatte, sah sie zu einem unbestimmten Punkt am Horizont, wo die Naab den Himmel berührte, und er befürchtete schon, sie würde ihm wegen seiner Improvisation eine Standpauke halten.

Doch als ehemalige Polizistin kannte Agathe die Taktik, einen *agent provocateur* einzusetzen. Bei kriminalistischen Untersuchungen gehörte es eben ab und zu dazu, dass die Ermittler als Lockvogel getarnt die Verbrecher aus der Reserve locken mussten.

»Was hältst du von der Geschichte?«, fragte Leitner schließlich.

»Was hältst *du* davon?«, gab Agathe gedehnt zurück.

Er beugte sich über den Tisch. »Ich kann mir eigentlich nur einen einzigen Reim darauf machen. Dass ich mit siebentausend Euro einfach übers Ziel hinausgeschossen bin. Vielleicht kostet es wirklich weniger, einen Menschen erschießen zu lassen. Letztendlich wird die Summe wohl Verhandlungssache zwischen Auftraggeber und Killer sein.«

Agathe nickte zustimmend. »Tarifverträge gibt es in dieser Branche bestimmt keine.«

»Ich weiß nicht«, fuhr Leitner fort, »aber ich hatte das Gefühl, dass die Hammer mich loswerden wollte und deshalb diesen unterirdisch niedrigen Preis von hundertdreißig Euro genannt hat. Weil sie wusste, dass ich dann Leine ziehen würde.«

»Möglich«, sagte Agathe noch gedehnter als zuvor, »aber es wäre auch denkbar, dass der Deal zwischen Leon Schuhbauer und der Hammer einen ganz anderen Inhalt hatte.«

Leitner ließ die Mundwinkel nach unten sacken. »Freilich, das wäre auch eine Möglichkeit. Ich konnte ja leider nicht sehen, wie viel Geld sie ihm zugesteckt hat.«

Agathe richtete ihren Blick noch für einige Momente in die Ferne, bevor sie wieder Leitner ansah. »Dennoch sollten wir sehr vorsichtig sein.«

»Wie meinst du das?«

»Ich traue Angelika Hammer nicht einen Millimeter über den Weg. Du erinnerst dich daran, dass sie mich bei meinem Besuch auf dem Reiterhof aus Eifersucht fast mit der Heugabel aufgespießt hat?«

»Klar.« Leitner konnte sich sehr gut daran erinnern.

»Außerdem halte ich die Geschichte für wahr, die uns Chiara über Angelikas Einbruch erzählt hat«, fuhr Agathe fort.

»Dass Angelika bei ihnen im Schlafzimmer gestanden und Paul und sie mit Gummidildos und rosa Handschellen beworfen hat?«

»Genau. Angelika Hammer ist eine verletzte Frau und, noch schlimmer, eine verlassene Frau. Außerdem nicht besonders vernunftgesteuert, ergo gefährlich. Erst recht, wenn wir mit der Sache mit ihr und Leon Schuhbauer richtigliegen. Dann muss sie jetzt davon ausgehen, dass du ein Mitwisser bist. Wie sonst hättest du sie auf ihren Deal mit Leon ansprechen können?«

»Mist, das hatte ich gar nicht überrissen«, sagte Leitner leise. »Wir müssen wirklich aufpassen ...«

»Bei mir war es auch interessant«, wechselte Agathe nach Sekunden bedrückter Stille das Thema. »Wobei, eher schon verstörend und gruselig.«

Sie berichtete von ihrem Besuch in Adam Messners Wohnung und zeigte ihrem Kollegen die Handyaufnahme des Altars. »Merkwürdig, findest du nicht? Und die Logos mit dem Adler und dem Schwert sehen aus wie aus dem alten Rom.«

»Das sind die Symbole vom KSK«, sagte Leitner.

»KSK?«

»Kommando Spezialkräfte. Die Jungs von dieser Einheit der Bundeswehr gehen dahin, wo es wehtut. Das sind Spezialisten für gefährliche Einsätze, bei denen es auch mal kracht.«

»Und woher kennst du diese Logos?«

»Als Chef der Blasmusik bin ich zwangsläufig mit vielen Bundeswehrlern zusammengekommen, wenn wir mit Musikkorps auf Veranstaltungen gespielt haben. Da schnappt man eben so einiges auf.«

»Verstehe.«

»Der Adler«, Leitner deutete auf das entsprechende Emblem, »steht beispielsweise für die Fallschirmtruppe, die mit der Präzision eines Adlers in der Luft am Einsatzort abgesetzt wird.«

»Und das Schwert?«

»Die Bedeutung erklärt sich von selbst. Es steht für den Kampf, in den man zieht.«

Agathe murmelte etwas Unverständliches, dann zückte sie das Foto, welches sie aus der Wohnung entwendet hatte. »Das ist wohl der Messner. Er war als Einziger auf mehreren Fotos drauf. Kommt es mir nur so vor, oder hat der wirklich ein komisches Gewehr? Es sieht so ... zusammengeschoben aus.«

Leitner spitzte die Lippen und dachte angestrengt nach. »So was habe ich schon mal gesehen. Warte ... ich komme gleich drauf.«

»Trink erst mal einen Schluck, vielleicht fällt's dir dann wieder ein«, meinte Agathe, als die Bedienung den Edelstoff brachte.

Gesagt, getan, und tatsächlich haute Leitner nach dem ersten Schluck mit der flachen Hand auf den Tisch und rief: »Freilich, jetzt weiß ich's wieder. Das ist ein Gewehr von der Firma Walther!«

»Sag bloß, du bist auch Waffenspezialist?«

»Nein, aber es gibt einen James-Bond-Film, in dem genau so ein Ding vorkommt. Mit einem Schauspieler, der den Bond nur ein- oder zweimal gespielt hat.«

»Aha«, sagte Agathe. »Und deshalb weißt du genau, welches Fabrikat das ist?«

»Bond benutzt doch immer eine Walther PPK, und als dieses Gewehr in Nahaufnahme gezeigt wurde, war eben auch der geschwungene Schriftzug ›Walther‹ zu sehen.«

Agathe schenkte ihm einen ungläubigen Blick.

»Sonja, sitzt der Klingenthaler drinnen?«, rief Leitner der Bedienung zu.

»Ist gerade gekommen!«, antwortete die über die Schulter, während sie zum Ausschank ins Gebäude lief.

»Bin gleich wieder da«, sagte Leitner und ging mit dem Foto in der Hand ins Haus.

Wenig später kehrte er zu Agathe zurück, die ihn fragend ansah.

»Wie ich gerade schon gesagt habe: Es ist ein Walther-Gewehr. Typ WA2000.«

»Und wie hast du das jetzt so schnell abgeklärt?«

»Der Klingenthaler Gust ist erstens ein erfahrener Jäger und hat zweitens einen Sohn, der für die deutsche Nationalmannschaft der Sportschützen mal an den Olympischen Spielen teilgenommen hat. Der kennt sich aus.«

»Wirklich erstaunlich, dass ihr hier in der Oberpfalz für jedes Thema einen Experten habt.«

»Ja mei«, sagte Leitner, »wir sind halt auch nicht auf der Brennsuppe dahergeschwommen.«

Agathe hob überfordert die Augenbrauen.

»Wir sind auch nicht ganz dumm oder leben hinter dem Mond«, übersetzte Leitner.

»Ach so … und hat dir dein Waffenspezialist noch mehr verraten?«

»Ja, dass es sich bei diesem Modell um etwas ganz Besonderes handelt. Nicht einmal zweihundert Stück sind davon gebaut worden.«

»Das wundert mich nicht. Das Gewehr sieht so … gestaucht aus.«

»Weil das Magazin und der Verschluss hinter dem Abzug liegen. Bei den meisten Gewehren ist das andersherum. So aber wird die Waffe kürzer, und die normalen Proportionen verschieben sich. Aber das Aussehen war nicht der Grund, warum so wenige Exemplare hergestellt wurden.«

»Sondern?«

»Der hohe Stückpreis. Das WA2000 ist ein sehr teures Scharfschützengewehr.«

Agathe betrachtete nochmals das Foto. »Dann ist es wohl gar nicht so leicht, an ein solches Ding zu kommen. Von den Kosten ganz zu schweigen.«

Sie wurden unterbrochen, als Sonja Agathes Salat mit panierten Hühnerbruststreifen und Leitners Brotzeit an den Tisch brachte.

Agathe nahm ein Messer und eine Gabel von dem kleinen Teller in der Mitte ihres Tisches. »Lass es dir schmecken«, sagte sie und warf erst jetzt einen Blick auf Leitners Gericht. »Iiih, was ist das denn?«

Leitner grinste. »Tatar.«

»Rohes Fleisch?«

»Freilich. Rohes Rindfleisch, frisch durch den Wolf gedreht.«

»Und was ist damit?« Mit ihrem Messer deutete Agathe auf die Mulde im Hackfleischberg, in der ein rohes Ei schwamm.

»Ein Ei. Schau, so isst man das«, sagte Leitner und begann, alles mit den angerichteten kleinen Portionen Pfeffer, Salz, Paprika, Zwiebeln, Essiggürkchen und Peperoni zu vermischen.

Agathe starrte auf das Schauspiel und wusste nicht, ob sie es ekelhaft oder appetitanregend finden sollte.

Plötzlich näherte sich Sonja schnellen Schrittes. »Stopp, Gerhard, da fehlt doch noch was!« Damit schraubte sie eine Flasche Portwein auf und goss ein wenig davon über die Fleischmasse. »Das gibt den besonderen Geschmack, Rezept vom alten Seniorchef!«

»Die haben früher halt auch schon gewusst, was gut ist«, sagte Leitner, nachdem er sich bedankt hatte, und bestrich eine Scheibe vom frischen Bauernbrot dick mit Butter, um dann einen Batzen der Fleischmasse darauf zu verteilen. »Magst probieren?«

»Nee, lass man. Ich bleibe heute beim Salat.«

Beide gaben sich ihren kulinarischen Genüssen hin.

»Hast du eigentlich von Fritz Detter schon was gehört?«, erkundigte sich Agathe etwas später.

Leitner bejahte und schilderte, was der Journalist erfahren hatte. Demnach war die Schwester von Herbert Emmerling der festen Ansicht gewesen, dass ihr Bruder wegen ärztlichen Versagens gestorben war. Der befreundete Chefredakteur der »Erlanger Nachrichten« hatte Detter Artikel und Hintergrundinfos geschickt, die dieser noch an Leitner weiterleiten wollte.

»Da schauen wir morgen genau drüber«, meinte er.

Agathe sinnierte einen Moment vor sich hin. »Ein solcher Rüpel wie dieser Frimberger ist mir noch nie untergekommen«, wechselte sie dann abrupt das Thema. »Der geht mir einfach nicht mehr aus dem Kopf mit seiner ›Mir doch egal‹-Haltung.«

»Jaja, die Oberpfälzer Männer neigen nicht zu starken Gefühlsausbrüchen.«

»Müssen sie ja auch nicht. Aber das war mir ein bisschen zu viel. Beziehungsweise zu wenig.«

Leitner bestellte für sich und Agathe zwei weitere Bier, und als sie an den Tisch gebracht wurden, drehte sich am Nachbartisch ein Mann zu den beiden Detektiven um und hob grüßend sein Glas.

»Kauft ihr euch wohl auch eine frische Mass bei dem schönen Wetter, Gerhard?«

Leitner sah über die Schulter und entdeckte einen der langjährigsten Stammgäste des Gasthofs, Hans Merkl. Er war dafür berüchtigt, dass er immer gern junge Damen im Lokal sah. Und wenn sie auch noch in Begleitung eines Bekannten waren, wie in diesem Fall von ihm, Leitner, ließ Merkl sich die Chance nicht entgehen, Kontakt aufzunehmen.

»Freilich«, entgegnete Leitner. »Bei der schönen Abendsonne wären wir ja dumm, wenn wir zu Hause rumsitzen würden.«

»Da hast du recht. Und die junge Frau mag auch gern ihr Bier?«

Da Agathe mit dieser Form des Oberpfälzer Flirtens nicht viel anfangen konnte, hielt sie einfach ihr volles Glas in die Höhe. »Wer kann dazu schon Nein sagen?«

»Der Trend geht allgemein zum Zweitbier, nicht wahr, Hans?«, fügte Leitner hinzu. »Aber mit Genuss, wir sind ja keine Säufer.«

»Natürlich nicht. Wir trinken bloß jeden Tag unsere zwei Mass, gell?«

Die Männer lachten, und Merkl wandte sich wieder um.

Als Leitner sein Glas abstellte, musterte er Agathe mit Unbehagen. Sie saß da wie vom Donner gerührt. Sekundenlang wirkte sie wie versteinert. »Was ist denn mit dir los? Hast du eine Fliege im Bier?«

Langsam nahm Agathe die Hand von ihrem Glas und starrte den Hopfentrunk an. Dann glitt ihr Blick langsam am Glas empor, und sie sah in den Abendhimmel.

»Agathe?«

Ihre Augen wanderten vom Abendrot wieder an den Tisch und blieben an ihrem leeren Teller hängen.

Leitner sah sie besorgt an. »Ist dir schlecht, oder was? Brauchst du einen Schnaps?«

»Nein«, flüsterte Agathe. »Den hat *er* ja auch nicht gebraucht ...«

»Bitte? Wovon sprichst du, um alles in der Welt?«

Agathe blickte Leitner in die Augen. »Ich weiß jetzt alles, Gerhard.«

»Was alles?«

»Ich weiß, wer den tödlichen Schuss auf Emma Geiger in der Kugelrutsche abgegeben hat, und ich weiß auch, warum.«

»Okay ...«, sagte Leitner überrumpelt. »Und wer? ... Ich meine, was sollen wir jetzt tun?«

Agathe lehnte sich über den Tisch. »Wir müssen handeln, Gerhard«, sagte sie leise. »Ich muss dringend mit jemandem telefonieren. Er soll für mich etwas in die Wege leiten.«

Leitner begleitete Agathes Worte mit einem verstehenden Nicken, kapierte aber gar nichts.

»Du wirst dir nachher genau die Unterlagen anschauen, die dir Fritz Detter hoffentlich schon geschickt hat«, redete sie weiter. »Genauestens, verstehst du? Wir sind auf der Suche nach ganz spezifischen Hinweisen.«

»Ist gut«, nahm Leitner ihren Befehl zur Kenntnis und hoffte, dass sie ihm noch sagen würde, um welche Hinweise es sich handelte.

»Und gleich morgen früh«, Agathe senkte ihre Stimme, »musst du dich bei Chiara melden.«

»Bei Chiara?«

»Ja. Das ist unerlässlich.«

»Aber warum?«

»Weil ich mir jetzt sicher bin, dass es morgen einen weiteren Anschlag geben wird.«

29

Am nächsten Morgen kramte sich Leitner durch die Kleidungs-stücke, die er vor dem Zubettgehen auf dem Boden seines Schlafzimmers verteilt hatte. In der Tasche seiner Jeans fand er sein Handy, mit dem er jetzt, um kurz nach neun, Chiara Rester anrufen wollte. Er hatte sich am Abend noch lange mit Agathe unterhalten und war nun ebenfalls davon überzeugt, dass es Zeit zum Handeln war. In ihrer Wohnung hatten sie Fritz Detters Material durchgelesen und sich die Stellen markiert, die sie heute nochmals genauer durchgehen wollten.

In der Küche betätigte Leitner den Vollautomaten und wählte, während der duftende Kaffee in die Tasse lief, Chiaras Nummer. Aber Chiara hob nicht ab. Auch nicht beim fünften Versuch.

»Sie geht nicht ran«, sagte er, als Agathe sich in ihrem Schlaf-T-Shirt zu ihm gesellte.

»Dann musst du zu ihr nach Hause fahren.« Auch sie ver-sorgte sich mit einem Kaffee. »Ja, vielleicht ist das sogar besser.«

»Wie meinst du das?«

»Das werde ich dir gleich erklären. Lass uns zuerst nochmals durchgehen, was uns gestern an Fritz' Material aufgefallen ist.«

Während der Lektüre saß Leitner am Küchentisch, Agathe trank – immer noch in ihrem Nachtoutfit – ihren Kaffee im Stehen neben ihm und sah über seine Schulter auf den Laptop. Nur mit Mühe konnte Leitner sich auf den Bildschirm konzen-trieren, ein- oder zweimal glitt sein Blick zu Agathe.

Als sie das bemerkte, legte sie die Hand auf seinen Kopf und drehte ihn wieder Richtung Computer.

Nachdem sie alles gelesen hatten, stellte Agathe entschlossen ihre Tasse auf die Arbeitsplatte und ging zur Küchentür. »Be-eilung, Gerhard. Sieh zu, dass du nach Wackersdorf zu Chiara fährst. Schwing die Hufe!«

In dem Moment klingelte Leitners Handy.

»Chiara, Gott sei Dank!«

»Wieso ›Gott sei Dank‹?«, fragte Chiara.

»Wo bist du im Augenblick?«

»Noch zu Hause in Wackersdorf, warum?«

»Was bedeutet ›noch‹?«

»Ich wollte an den Steinberger See fahren. Eine Runde mit unserem Segelboot drehen. Wie wär's, möchtest du mich begleiten?«

Leitner hatte das Telefon so weit von seinem Ohr weggehalten, dass Agathe mithören konnte. Jetzt nickte sie ihm zu.

»Okay, aber ich komme gleich zum See«, erwiderte er. »Wo genau liegt euer Boot?«

»Am Südufer. Beim Yachtclub.«

»Dann treffen wir uns dort. Sagen wir, in einer halben Stunde?«

»In Ordnung. Du klingst so merkwürdig, Gerhard. Ist alles okay?«

»Alles roger. Warte einfach, bis ich da bin, ja?« Damit legte er auf.

In kürzester Zeit machten er und danach Agathe sich im Badezimmer frisch und zogen sich an. Sie vereinbarten noch letzte Einzelheiten, und keine zwei Minuten später sprang Agathe in ihren BMW und fuhr ihres Wegs, während Leitner seinen Mazda zunächst auf den Wendelinplatz und dann über die Adenauerbrücke nach Süden lenkte.

Es waren genau achtundzwanzig Minuten seit ihrem Telefonat verstrichen, als Leitner auf das Gelände des Yachtclubs fuhr. Er entdeckte Chiara an Bord des bereits zu Wasser gelassenen Segelbootes und ging zu ihr.

Sie winkte ihm zu. »Hallo! Das ist doch wirklich ein Traumwetter heute, oder?«

Leitner nickte. »Ein schönes Ding habt ihr da«, meinte er voller Respekt.

»Es macht auch einen Heidenspaß. Komm an Bord, dann drehen wir eine Runde auf dem See.«

Leitner kletterte zu Chiara und war überrascht, mit welcher Professionalität sie das Boot steuerte. Langsam fuhren sie nordwärts und passierten bald die kleinste der drei Inseln im Steinberger See.

Leitner hielt seine Hand über Bord ins Wasser und gab einen erschrockenen Laut von sich. »Teufel, das ist noch genauso eiskalt wie am Donnerstagabend!«

»Es ist ja auch erst April. Aber wenn es mit dem Wetter so weitergeht, werden bald die ersten Badegäste im See plantschen.«

Nachdem Chiara die Leinen und das Segel in die richtigen Positionen gebracht hatte, setzte sie sich Leitner auf dem Deck gegenüber.

»Du bist ganz schön mutig, dass du dich so schnell wieder hierhertraust, nachdem wir vor drei Tagen fast im See ertrunken wären.«

Chiaras Blick wirkte entschlossen. »Ich lasse mich nicht einschüchtern, Gerhard. Ich will mein Leben ganz normal weiterführen. Entweder findet die Polizei den Täter, der für den Anschlag am Donnerstag und die anderen verantwortlich ist, oder nicht. Auf Dauer kann ich nicht in dieser Angst leben.«

»Respekt, Chiara. Du bist eine sehr starke Frau.«

Sie brachte das Boot wieder in den Wind. »Wer, Gerhard?«, fragte sie. »Wer ist dafür verantwortlich?«

Leitner ließ den Blick über das Ufer schweifen. »Ich denke, dass Anja Bandermann einen ziemlichen Hass auf dich hat. Wenn man bedenkt, dass sie nicht nur ihre berufliche Perspektive, sondern auch ihre Familie durch dich verloren hat.«

»Aber daran bin doch nicht ich schuld.«

»Wirklich nicht, Chiara?«

»Wie hätte ich denn wissen sollen, dass ihr Mann die Nerven verliert und sie verlässt? Ich bin keine Hellseherin.«

»Das nicht, aber dir muss klar gewesen sein, dass sie wegen ihrer Sperrklausel im Arbeitsvertrag für mindestens zwei Jahre keinen anderen vergleichbaren Posten dieser Qualität bei einem anderen Unternehmen annehmen darf. Das war bei dir anders, weil du vorher als Ärztin gearbeitet hast und wechseln konntest, wann und wohin du wolltest.«

»Was soll denn das jetzt heißen?«, fragte Chiara feindselig.

»Dass es dir leichter möglich gewesen wäre, einen anderen lukrativen Job in der Industrie zu finden als ihr.«

Chiara griff in ihre Umhängetasche, die sie neben sich auf den Boden gestellt hatte, und entnahm ihr ein in Papier gewickeltes Schinkenbrot. »Soll das jetzt eine Abrechnung mit mir werden?«, fragte sie nach dem ersten Bissen.

»Absolut nicht. Aber Anja Bandermanns Wut auf dich sitzt tief.« Und nach einer Pause fügte Leitner hinzu: »Genauso wie Angelika Hammers.«

Die Erwähnung dieses Namens trieb Chiara die Röte ins Gesicht. »Wut ... die habe ich auf sie! Ich könnte mich heute noch ohrfeigen, dass ich sie damals nicht bei der Polizei angezeigt habe, nachdem sie in unserem Schlafzimmer aufgetaucht war! Nur Paul zuliebe habe ich darauf verzichtet.«

»Auch ihr Schmerz sitzt tief. Eine enttäuschte Liebe ... Es wird lange dauern, bis ihre Wunde verheilt ist.«

»Liebe? Ich glaube, Angelika weiß überhaupt nicht, was Liebe ist. Sie will doch nur besitzen, dominieren, den Mann zu ihrem Eigentum machen.«

»Wollen das nicht viele Frauen? Kennst du diese Wünsche nicht auch von irgendwoher?«

»Was soll das bedeuten, Gerhard?«

Leitner machte Anstalten, aufzustehen, bemerkte aber, dass er damit das Boot in Schieflage brachte. Schnell setzte er sich wieder hin. »Wir kennen uns doch schon so lange, Chiara. Ich weiß, dass du nicht der Typ Frau bist, der erobert werden will. Du willst selbst erobern – und dann den Sieg davontragen.«

Chiara sah ihn grimmig an. Schließlich huschte doch ein Grinsen über ihre Lippen. »Manche Frauen sind halt so gestrickt. Tu bloß nicht so, als würdet ihr Männer das nicht auch mögen.«

Auch Leitner schmunzelte. »Kann schon sein, aber diese Art

der Beziehung hinterlässt halt deutliche Pflugspuren auf dem Liebesacker, wenn ich es mal so ausdrücken darf. Narben, die Angelika Hammer für immer bleiben werden.«

»Ihr Acker geht mich nichts an.« Gleichgültig hob Chiara die Achseln.

»Ihrer nicht …«, sagte Leitner süffisant, »aber der von deinem Bruder.«

Sie kaute nachdenklich einen Bissen ihres Schinkenbrots, schluckte. »Leon hat mich nie verstanden. Genauso wenig wie meine Eltern. Keiner von ihnen hat je kapiert, was ich im Leben erreichen wollte. Es ging immer nur um den Hof, die Felder, den kaputten Bulldog und die Scheißkühe und ihre Kuhscheiße im Stall!«

»Das ist normal auf einem Bauernhof.«

»Aber es hat mich nicht interessiert. Nicht ein bisschen. Doch danach hat mich nie jemand gefragt. Es wurde einfach vorausgesetzt, dass die kleine artige Tochter das macht, was die Eltern ihr befehlen. Aber nicht mit mir, Gerhard. Da sind sie an die Falsche geraten!«

»Offenbar.«

»Und du hör bitte mit diesen unterschwelligen Vorwürfen auf. Es ist nicht verwerflich, was ich mit unserem Hof vorhabe. Und wenn das Recht auf meiner Seite ist – und das ist es –, dann werde ich die alten Gebäude abreißen. Egal, was mein Bruder dazu sagt.«

»Das ist juristisch freilich dein gutes Recht, Chiara. Und Leon wird sich fügen müssen. Es sei denn, er findet einen anderen Weg.«

»Du meinst, dass er es war, der auf mich geschossen hat?«

Leitner zuckte mit den Schultern. »Er ist Jäger.«

Chiaras Blick verlor sich am Horizont. »Der eigene Bruder«, flüsterte sie. Nach einigen Minuten sah sie ihn trotzig an. »Ich habe es dir eben schon gesagt, Gerhard: Ich werde mein Leben weiterleben. Diese Anschläge sind nur ein einziges Kapitel, und genau dieses schlage ich mit dem heutigen Tag zu und schaue nach vorn. Aus. Beendet. Vorbei. Es geht weiter.«

Als Leitner daraufhin nichts erwiderte, fragte Chiara: »Woran denkst du gerade?«

Leitner sah sie unsicher an. »Ich überlege, ob Sylvia Waselitz auch so ein Kapitel in deinem Leben ist, das du einfach zugeschlagen hast.«

Chiara wurde nervös. »Du hast dich mit ihr unterhalten?«

»Nicht ich. Meine Kollegin.«

»Ach, die«, brummte Chiara. »Und?«

»Wir haben uns gefragt, warum du eure Freundschaft beendet hast.«

»Man entwickelt sich weiter, Gerhard.« Chiara sprach langsam, legte sich ihre Worte zurecht. »Kennst du das nicht auch von dir? Du warst mit jemandem in der Schule eng befreundet, aber danach, im echten Leben, passt es nicht mehr.«

»Ihr hattet schon zu Schulzeiten ausgemacht, dass ihr gegenseitig eure Trauzeuginnen sein wolltet. So etwas schmeißt man doch nicht über Bord.«

»Du bist sehr gut informiert«, sagte Chiara. »Aber es ist, wie es ist, Gerhard. Besser kann ich es dir nicht erklären. Warum ist dir das alles überhaupt so wichtig?«

Leitner lehnte sich an die Reling des Bootes. »Weil man das alles berücksichtigen muss, wenn man dahinterkommen will.«

»Dahinterkommen? Du meinst, wenn man rausfinden will, wer es auf mich abgesehen hat? Ich bitte dich! Sylvia will mich doch nicht ermorden, nur weil sie nicht mehr meine Trauzeugin sein sollte. Die anderen haben deutlich bessere Motive.«

»Das stimmt natürlich.«

Chiara hatte ihr Brot aufgegessen, als sie Leitner herausfordernd fragte: »Und? Wer war es deiner Meinung nach? Anja Bandermann? Oder Angelika Hammer?«

Er spitzte die Lippen. »Weder noch. Du musst in deinem näheren Umfeld suchen.«

»Also doch mein Bruder Leon?«

»Noch näher.«

»Ich verstehe dich nicht. Näher als mein Bruder?«

»Genau.«

Sie schüttelte vehement den Kopf und brach in Lachen aus. »Mach keine Scherze, Gerhard. Du willst doch nicht sagen, dass derjenige, der die Anschläge auf mich geplant und durchgeführt hat, mein –«

»Dein Ehemann war, genau. Paul Rester.«

Chiara lachte noch lauter als zuvor. »Also damit hast du wirklich aufs falsche Pferd gesetzt. Paul stand doch am Ende der Rutsche und hat darauf gewartet, mich aufzufangen, als Emma ermordet wurde. Erinnerst du dich?«

»Sehr gut sogar.«

»Wie kann er dann auf mich beziehungsweise Emma geschossen haben?«

»Das lässt sich bewerkstelligen.«

»Was soll denn das nun wieder heißen? Glaubst du, dass er einen Komplizen hatte?«

»Nein, das glaube ich nicht.«

»Na, Gott sei Dank. Vergiss den Blödsinn. Bitte.«

Er blickte ihr starr in die Augen. »Ich glaube, dass Paul *zwei* Komplizen hatte.«

»Was?«

»Zum einen den Mann, der den Schuss auf die Rutsche abgegeben hat. Und dann noch die Person, die mit ihm zusammen alles geplant hat.«

Chiara wurde ernst und rückte auf ihrem Sitz näher an Leitner heran. »Du willst mir also ernsthaft sagen, dass mein Mann in aller Ruhe meine Ermordung gemeinsam mit jemandem geplant hat?«

»Fast. Denn er hat nicht deine Ermordung geplant.«

»Sondern?«

»Die Ermordung jener Person, die es auch erwischt hat: Emma Geiger. Deine Trauzeugin.«

Mit einem Ruck, der das Boot zum Schwanken brachte, ließ sich Chiara gegen die Bootswand fallen. Dann lachte sie kurz auf und machte mit ihrer Hand die klassische Scheibenwischer-Geste. »Du musst verrückt sein! Das ist die einzige Erklärung, die mir dazu einfällt.«

Auch Leitner setzte sich wieder aufrecht hin und blickte zum nördlichen Ufer. »Ich bin kein bisschen verrückt, Chiara«, sagte er mit fester Stimme. »Das ist die Wahrheit.«

»Die Wahrheit. Ganz bestimmt«, erwiderte sie in einem Tonfall, in dem man normalerweise mit einem Kind redet, das eine Lügengeschichte erzählt hat. »Aber mal rein hypothetisch: Wer war dann der mysteriöse Dritte im Bunde? Nummer eins: mein Mann. Nummer zwei: der geheimnisvolle Schütze. Und Nummer drei ...?

Leitner sah Chiara wieder an. »Nummer drei: der planende Kopf hinter der ganzen Geschichte.« Seine Stimme war kaum hörbar, als er sagte: »Du, Chiara. Du bist die Nummer drei.«

30

Chiara hatte das Boot vom Ostufer nach Norden gefahren und auf Höhe des Erlebnisparks MovinGround gewendet. Jetzt waren sie in Richtung Westufer unterwegs und passierten gerade den Bootsverleih, wo ein Monteur damit beschäftigt war, die Wasserskianlage für den bevorstehenden Betrieb in den warmen Monaten instand zu setzen. Chiara betrachtete Leitner, der die letzten Minuten geschwiegen hatte, und holte aus ihrer Tasche ein Snickers.

»Auch eins?«, fragte sie ihn höflich, der ablehnte. Sie entfernte die Verpackung. »Du weißt natürlich, dass das horrender Blödsinn ist, Gerhard«, sagte sie, bevor sie in den Schokoladenriegel biss. Sie warf ihm einen Blick zu, der darum bat, ihr recht zu geben. »Das weißt du doch, nicht wahr?«

»Es ist die Wahrheit, Chiara. Und *du* weißt, dass sie es ist.«

»Na, wenn es dich glücklich macht, dann glaube eben das«, meinte sie, während sie, plötzlich wieder unbekümmert, kaute und schließlich den Bissen hinunterschluckte. »Mich würde aber doch interessieren, wie du auf einen solchen Schmarrn gekommen bist.«

»Das kann ich dir erklären, Chiara.«

»Oh, ich bitte in aller Form darum.«

Leitner stützte die Ellbogen auf seine gespreizten Beine und knetete abwechselnd seine Hände. »Alles begann mit einer gewissen Grete Emmerling. Sagt dir der Name etwas?«

Chiara blieb stumm.

»Nein?«, fragte Leitner. »Dann kennst du vielleicht ihren Bruder besser. Der heißt Herbert Emmerling. Oder besser: hieß. Er war ein Patient von dir, als du als Ärztin im Praktikum im Klinikum Erlangen gearbeitet hast.«

»Natürlich erinnere ich mich an Herbert Emmerling«, sagte Chiara leise.

»Er verstarb während einer Operation, nicht wahr?«

»Ja.«

»Es war das erste Mal, dass dir so etwas passierte?«

Chiara nickte. »Mein einziges«, sagte sie dann leise. »Ich habe mehrere Patienten verloren, aber nur einen während einer Operation.«

»Nun«, nahm Leitner den Faden wieder auf, »die Todesursache war offiziell Herzstillstand, korrekt?«

»Woher weißt du das alles?«

»Wart's ab. Es stimmt also?«

»Ja, er hatte einen Herzstillstand, aber alles, was wir taten, half nichts. Der Tod trat innerhalb weniger Minuten ein. Aber worauf willst du hinaus, Gerhard?«

»Herbert Emmerling ist also gestorben.«

»Ja, verdammt noch mal! An Herzversagen! Eine schreckliche Geschichte, aber so etwas passiert eben.«

»Ich kann mir vorstellen, dass deine Reaktion unter Ärzten üblich ist. Du weißt schon, so nach dem Motto: ›Lass uns professionell damit umgehen, der Tod gehört zu unserem Beruf‹, und so weiter.«

»Das ist bei uns Medizinern eben so. Darüber solltest du dich nicht lustig machen.«

»Das tue ich keineswegs. Aber Sylvia Waselitz hat uns erzählt, dass dich der Tod dieses Mannes ziemlich mitgenommen hat. Das ging sogar so weit, dass du Erlangen verlassen hast und über Forchheim wieder zurück in die Oberpfalz gekommen bist.«

»Ja …«, sagte Chiara zögerlich. »Es ist mir wirklich unter die Haut gegangen. Aber du musst bedenken, dass Emmerling mein erster Patient war, den ich verloren habe.«

»Und genau das ist das Problem.«

»Was?«

»Na, warum hat der Tod von Herbert Emmerling dir so zugesetzt? Hast du nicht immer dein Leben in der Hand gehabt? Hast du nicht selbstsicher beschlossen, deine Familie und deren Schicksal hinter dir zu lassen? Bist du nicht diejenige, die ohne Rücksicht auf Verluste anderer ihre Zukunft und ihre Männer raubt, wenn es ihr in den Kram passt? Hast du nicht eben noch gesagt, dass du das letzte Kapitel zuschlagen und in die Zukunft schauen willst?«

Chiara saß regungslos da.

»Vor diesem Hintergrund erscheint es doch merkwürdig, dass du Hals über Kopf aus Erlangen weggegangen bist, oder?« Er musterte Chiara.

Mit einer zornigen Bewegung warf sie das halbe Snickers ins Wasser. »Das ist überhaupt nicht merkwürdig, Gerhard!«, entgegnete sie scharf. »Das ist genau die Art, in der ich mein Leben bisher gelebt habe. Ich *habe* das Kapitel mit dem Namen ›Erlangen‹ zugeschlagen. Ich wollte mich eben verändern.«

»Ich glaube nicht, dass dein Weggang nur dem Wunsch nach einem Tapetenwechsel entsprang. Was mich wieder zu Grete Emmerling führt. Die Schwester von Herbert Emmerling.«

»Was soll mit ihr sein?«

»Nun, sie hat beim Tod ihres Bruders nicht an Herzversagen als Ursache geglaubt. Sie war der Meinung, es würde ein ärztlicher Fehler dahinterstecken.«

»Sie hatte keine Ahnung! Sogar Emmerlings Ehefrau, die der Tod ihres Mannes tief getroffen hat, wusste, dass es sein Herz war.«

»Das ist interessant, dass du seine Frau erwähnst. Die kommt nämlich auch häufig in Grete Emmerlings Schilderungen vor. Allerdings spricht sie nicht gerade schmeichelhaft über ihre Schwägerin. Grete Emmerling hat vor drei Jahren alles darangesetzt, die wahren Hintergründe des Todes von ihrem Bruder herauszufinden. Sie ist sogar an die Presse gegangen, von der ich auch meine Informationen habe.«

Chiara sah gleichgültig aufs Wasser.

»Herbert Emmerling hinterließ ein beträchtliches Vermögen«, führte Leitner weiter aus. »Bis auf seine Darmgeschichten, wegen denen er sich mehreren Operationen unterziehen musste, war er bei bester Gesundheit. Grete Emmerling beschuldigte damals ihre Schwägerin, für den Tod ihres Bruders mitverantwortlich zu sein. Geldgier habe sie getrieben. Sie warf ihr sogar vor, einen der Ärzte bestochen zu haben, damit der seinen Tod herbeiführte.«

Wieder musste Chiara lachen. »Gerhard, wir haben einen Darmverschluss operiert, dabei kommen wir als Chirurgen noch nicht mal in die Nähe des Herzens. Bei einer OP wird alles elektronisch überwacht, außerdem schauen ein halbes Dutzend Kollegen zu. Es ist nicht mehr wie früher, wo der Einzige, der etwas sehen durfte, der operierende Arzt war. Wir arbeiten heute mit Endoskopen und Minikameras. Im ganzen OP hängen Bildschirme, auf denen die Live-Übertragung inklusive aller Details der Operation läuft. Deine Geschichte ist Nonsens!«

»Vielleicht ist es als Chirurgin wirklich sehr schwierig, einen Herzstillstand zu provozieren, ohne dass es jemand merkt.«

»Na also.«

Leitner griff in die Seitentasche seines Blousons, holte sein Smartphone hervor, rief eine bestimmte Seite auf und zeigte sie Chiara.

»Was soll das sein?«, fragte sie angespannt.

»Grete Emmerling hat nach dem Tod ihres Bruders den Aufstand geprobt. Sie ging der Klinikleitung auf die Nerven. Sie befragte und beschuldigte jeden im Krankenhaus. Sie spitzte sogar die Zeitung und das Fernsehen an. Vieles, was an die Öffentlichkeit kam, war nur Spekulation, ihre Vorwürfe waren unhaltbar.«

»Siehst du!«

»Aber auf diese Art und Weise hat sie jede Menge Informationen über die Operation ihres Bruders zusammengetragen und jedes Fitzelchen genau katalogisiert. In diesen Aufzeichnungen fand sich dann schließlich auch eine bestimmte Liste, die sie angefertigt und den Journalisten zugespielt hat.«

»Was für eine Liste?«

»Eine Aufstellung aller Mediziner, Assistenten und Schwestern, die an der fraglichen Operation beteiligt waren.« Er steckte das Handy wieder ein.

Chiara schwieg.

»Wie du schon sagtest, als Chirurgin hättest du es schwer gehabt. Aber an diesem Tag hast du überhaupt nicht operiert. Du warst für die Anästhesie zuständig ...«

Chiara nahm ihren Blick nicht vom Wasser. Regungslos lauschte sie Leitners weiteren Ausführungen.

»Du solltest die Narkosewirkung bei Herbert Emmerling überwachen und hast selbstständig gearbeitet. Es wäre dir also ein Leichtes gewesen, eine Substanz in die Narkose zu mischen, die schließlich zum Herzstillstand führte.«

Nun hob Chiara doch ihren Kopf. »Und sicher wirst du mir auch gleich verraten, was für ein Mittel ich damals verwendet haben soll, um Emmerling um die Ecke zu bringen?«

Leitner nickte wie selbstverständlich. »Ich habe mich mit meinem Freund Josef Greischl unterhalten. Der ist Rettungsassistent beim Roten Kreuz.«

»Ich kenne ihn. Ich hatte öfter mit ihm in der Schwandorfer Notaufnahme zu tun.«

»Er kennt sich super aus, von daher tippt er auf eine Überdosis Kalium. Der Herzstillstand wäre die logische Folge gewesen. Und soweit ich von Josef weiß, wäre der Narkosearzt prädestiniert dafür, diese zu verabreichen, ohne dass es jemand anders mitkriegt.«

Leitner holte sein Telefon wieder hervor, rief die Liste der Ärzte auf, die an Emmerlings Operation beteiligt gewesen waren, und zeigte Chiara das Display.

Sie las:

Oper. Arzt/Ärztin: Dr. Marlies Gelsenfried
Ass. Arzt/Ärztin: Dr. Gerd Haupt
Anästhesist/in: approb. Ärztin Chiara Schuhbauer

»Dein Problem war, *dass* es in deinem Fall leider jemand mitgekriegt hat«, fuhr Leitner unverdrossen fort. »Nämlich eine junge Medizinstudentin. Eine von vielen, die am Erlanger Klinikum ihre Praktika absolvieren.«

Er wischte auf dem Display herum, bevor er es Chiara wieder hinhielt.

Sie musste nur einen kurzen Blick darauf werfen, um unter

den Namen der Medizinstudenten einen bestimmten zu entdecken.

Cand. med. Inge Bellmann
Cand. med. Hubert Freymann
Cand. med. Emma Geiger
Cand. med. Wa Ling Xiao

31

Das Display erlosch gemäß den Einstellungen nach exakt dreißig Sekunden. Leitner steckte es wieder in seine Tasche und beobachtete Chiara.

Sie schaffte es nicht, seinem Blick standzuhalten.

»Emma Geiger hat als Einzige mitbekommen, was du getan hast«, sagte Leitner. »Vielleicht ist es ihr in diesem Moment noch gar nicht so außergewöhnlich vorgekommen. Aber ich kann mir vorstellen, dass sie einem Instinkt folgte und sich die Kartuschen an der Narkosestation schnappte, als klar war, dass Emmerling mit dem Tod rang. So konnte Emma sich den Beweis dafür sichern, dass du ihn getötet hattest.«

Chiara hob trotzig den Kopf. »Aber warum hätte ich das tun sollen?«

Leitner breitete seine Hände aus. »Das liegt doch auf der Hand. Emmerlings Schwester hat ihre Schwägerin verdächtigt, es auf das Geld von ihrem Bruder abgesehen zu haben, und nach dessen Tod ist eine beträchtliche Summe Geld in deren Besitz übergegangen. Wenn die Recherchen der ›Erlanger Nachrichten‹ und die Aussage der Schwester stimmen, dann reden wir hier von etwa neun Millionen Euro. Emmerlings Fleisch-Großhandel lief wohl ganz gut.«

»Und was hat das mit mir zu tun?«

»Ich bitte dich. Ob die Witwe Emmerling nun neun oder nur achteinhalb Millionen bekommen hat, dürfte für sie nicht ins Gewicht gefallen sein. Bestimmt wäre sie auch mit acht noch glücklich gewesen. Jedenfalls hat sie dir einen Teil ihres zukünftigen Vermögens versprochen, sollte ihr Mann die Operation nicht überleben.«

»Du hast wirklich eine begnadete Phantasie, Gerhard. Das habe ich schon immer an dir gemocht. Auch schon früher. Du warst ein Träumer. Ich dagegen bin schon immer Realistin gewesen. Für mich zählen nur die harten Fakten.«

Leitner hörte, dass sich ein frostiges C-Dur in Chiaras Stimme eingeschlichen hatte. »Dann kommt dir meine Theorie ja entgegen«, sagte er. »Denn was ich dir hier präsentiere, sind die harten Fakten.«

Sie erwiderte nichts und musterte ihn.

»Emma Geiger bekam nach Emmerlings Tod mit, was dieser Vorfall für Wellen schlug«, führte er aus. »Sie bemerkte, dass sich die Schwester des Toten für den Ablauf der OP interessierte, und auch das Presseecho blieb ihr nicht verborgen. Wahrscheinlich war sie sich nicht vollends sicher, dass bei der Operation etwas nicht gestimmt hatte, dennoch sprach sie dich darauf an. Vielleicht hat sie zuerst nur ein bisschen auf den Busch geklopft, um deine Reaktion zu sehen. Und die war eindeutig. Nämlich Angst. Angst, aufzufliegen. Und damit wusste Emma Geiger, dass sie in dir ein perfektes Opfer gefunden hatte.«

»Ein Opfer?«

»Weil sie dich erpressen wollte, wandte sie sich nicht etwa an die Klinikleitung oder die Medien. Sie unterhielt sich nur mit dir, um sich so ein Stück von dem Geldkuchen zu sichern.«

Chiara zog das Ruder zu sich, sodass das Boot den Sicherheitsabstand zu den großen Stahlpfosten der Wasserskianlage beibehielt. »Wie gesagt, eine sehr phantasiereiche Geschichte. Aber natürlich nur ein Hirngespinst.«

»Ich denke, dass sie mehr ist als das.«

»Glaubst du wirklich, dass ich zu der Sorte von Mensch gehöre, die sich erpressen lässt, Gerhard?«

»Das kommt darauf an, was für dich auf dem Spiel steht. Vielleicht war Emma Geiger ja so schlau, mit dir eine Art Fairness-Deal abzuschließen. Es wäre denkbar, dass sie nur die einmalige Zahlung eines Betrags von dir gefordert hat und es dabei bewenden lassen wollte, um eure künftige Zusammenarbeit nicht zusätzlich zu belasten. Eventuell wollte sie sogar vermeiden, dass du Schuldgefühle wegen des Todes von Emmerling bekommst.« Er beugte sich zu ihr. »Aber du hattest und *hast* Schuldgefühle, nicht wahr?«

Chiara schwieg.

»Etwas, das du in deinem bisherigen Leben nicht kanntest. Bis zu diesem Zeitpunkt hast du keine Reue für deine Taten gefühlt. Hast dir keine Gedanken darüber gemacht, ob das, was du getan hast, richtig war. Und auch keine übertriebene Rücksicht auf deine Mitmenschen genommen. Bis zu diesem Tag, an dem du zum ersten Mal an dir gezweifelt hast. Eine junge Medizinstudentin hatte geschafft, was deine Familie und deine Schulkameraden nicht fertiggebracht hatten. Meiner Meinung nach war dieses Erlebnis und nichts anderes der Grund für dich, von Erlangen an das Forchheimer und schließlich an das Schwandorfer Krankenhaus zu wechseln.«

Gleichgültig zuckte Chiara mit den Schultern. »Meinungen sind keine Beweise, Gerhard.«

»Eine Zeit lang ging es dir hier gut.« Er schien ihre Bemerkung gar nicht gehört zu haben. »Doch dann fand auch Emma Geiger, die inzwischen ihr Studium abgeschlossen hatte, eine Anstellung am St.-Barbara-Krankenhaus, und deine Ängste holten dich ein. Plötzlich war sie wieder da – die gefährliche Möglichkeit, dass sich an jedem x-beliebigen Tag rächen könnte, was du in der Vergangenheit getan hattest.«

»Aber wenn mir Emma in Erlangen so einen einmaligen Deal vorgeschlagen hätte, warum hätte ich sie dann beseitigen sollen?«

»Weil sie natürlich mitbekam, dass du in die Industrie wechseln wolltest. Nun verdienen Ärzte am Krankenhaus bestimmt gutes Geld, aber in der freien Wirtschaft gelten doch andere Dimensionen. Es wird Emma wie schon so vielen Erpressern vor ihr ergangen sein: Am Schluss hat die Gier die Vernunft besiegt.«

»Wie du schon selbst gesagt hast, Gerhard: Ärzte verdienen am St.-Barbara-Krankenhaus wirklich gut.«

»Schon. Aber Emma Geiger wollte sich eine eigene Arztpraxis aufbauen und brauchte dafür schon ein bisschen mehr Bares. Vielleicht hörte sie auch schon die biologische Uhr ticken. Kinder und eine Karriere als Chirurgin am Krankenhaus vertragen sich nur schwer miteinander, eine eigene Praxis wäre da schon praktischer gewesen.«

»Du glaubst, dass Emma Geiger Kinder wollte?«, fragte Chiara.

»Allerdings. Die Hochzeit mit Axel Frimberger stand schon fest, und damit fehlten in ihrer idealen heilen Welt nur noch zwei Dinge: Kinder und eine eigene Arztpraxis.«

»Aber für einen Kredit gibt es doch Banken, oder nicht?«

»Natürlich«, gab Leitner zu.

»Glaube mir, Gerhard, eine Ärztin bekommt äußerst günstige Konditionen.«

»Mag sein, aber dann wären da die Raten gewesen. Kaufen ist immer einfacher. Emma hat also ihre Chance gewittert und nochmals Geld von dir verlangt. Und das war für dich der Moment, in dem du wusstest: Sie muss für immer zum Schweigen gebracht werden.« Leitners Blick schweifte kurz über das Ufer zur Holzkugel. »Ich muss dir an dieser Stelle im Übrigen ein Kompliment machen.«

Verwundert hob Chiara die Augenbrauen. »Ein Kompliment? Mir?«

»Du hast wirklich einen messerscharfen Verstand. Die Art und Weise, auf die ihr Emma aus dem Weg räumen wolltet, habt ihr äußerst weitsichtig und klug vorbereitet.«

»Wir?«

»Paul und du.«

»Stimmt, du hattest ja angedeutet, dass wir«, sie malte Anführungszeichen in die Luft, »*zusammengearbeitet* haben.«

»Das ist die einzig mögliche Erklärung.« Leitner lächelte kühl. »Du und Paul, ihr beide hattet beschlossen zu heiraten. Ich kenne deine Macht über Männer, Chiara. Du wusstest, wie du Paul bearbeiten musstest, damit er dir aus der Hand frisst. Als Emma zur Bedrohung wurde, hast du ihm erzählt, was du in Erlangen getan hast. Und auch, dass Emma dich anschließend erpresst hat. Du hast bei Paul die ›Bitte hilf mir‹-Platte aufgelegt und damit an seinen Beschützerinstinkt appelliert. Was dazu geführt hat, dass ihr die Tat in allen Details gemeinsam vorbereitet habt.«

Chiaras Blick wurde eisig.

»Dein Pathos ist mir bekannt, Chiara, und ich weiß auch, dass du keine halben Sachen machst. Ein stilles und leises Verschwinden von Emma Geiger hätte deiner Meinung nach mehr Verdacht erregt als ein Tod auf offener Bühne, der als Verwechslung getarnt wird. Getreu dem Motto ›Halte deine Freunde nah bei dir und deine Feinde noch viel näher‹ machtest du Emma Geiger, als dein Jobwechsel feststand und sie bereits Anstalten machte, dich zu erpressen, noch im Krankenhaus zu deiner Vertrauten. Du trafst dich immer öfter mit ihr, sodass sie das Gefühl bekommen musste, zum Spiel, zum *inner circle* dazuzugehören. Schließlich bist du sogar so weit gegangen, sie zu deiner Trauzeugin zu machen. Sehr zur Enttäuschung deiner alten Schulfreundin Sylvia Waselitz.«

»Ich und Sylvia, wir haben uns einfach auseinandergelebt, das habe ich dir doch schon erklärt.«

»Aber eure Entfremdung war nicht der Grund, Emma als Trauzeugin zu wählen. Die Entscheidung war im Gegenteil ein absolut notwendiges Element in eurem Plan, sie zu ermorden. So wie die Tatsache, dass auch Emma heiraten wollte.«

»Ich weiß wirklich nicht, was du dir da zusammenspinnst, Gerhard«, sagte Chiara und ließ das Boot eine zweite Runde um den See beginnen.

»Emma wollte nicht zufällig heiraten, oh nein! Auch da hattest du die Hände im Spiel. Genauer gesagt, Paul.«

»Ach, jetzt wieder Paul?«

»Ja. Der Heizungsbauer Frimberger senior ist ein langjähriger Klient von ihm, daher kennt er auch dessen Sohn Axel. Er weiß, dass Axel mit Frauen nicht so gut kann, womit er zu einem idealen Bräutigam für Emma Geiger wurde.«

»Dann haben Paul und ich also auch eine Heiratsvermittlung betrieben?«

»Nicht im großen Stil, aber in diesem speziellen Fall schon. Nachdem Emma zum zweiten Mal Geld von dir wollte, hast du ihr konsequent und gnadenlos vorgespielt, dass sich eine echte, aus dem gemeinsamen Schicksal gewachsene Freundschaft zwischen dir und ihr entwickelt hat, was einer so unscheinbaren

Person wie ihr natürlich schmeichelte. Wahrscheinlich kam sie sich vor wie im siebten Himmel: Sie hatte die Aussicht auf noch mehr Geld von dir, auf eine eigene Praxis, auf einen Bräutigam und ein Leben in eurem höheren Kreis. Geschickt eingefädelt.«

»Und wie soll ich Axel Frimberger zu der geplanten Heirat gebracht haben?«

»Nicht du. Paul redete mit Axels Vater ein paar Takte, der die Hochzeit mit einer Ärztin für seinen Sohn bestimmt befürwortete. Er wird ihm die Ehe mit Emma schmackhaft gemacht haben, und der Junior hat auf seinen Alten gehört.«

»Und wie geht deine Räuberpistole weiter?«, fragte Chiara zynisch.

»Es folgte das Übliche. Die Organisation für deine Hochzeit begann, als du schon bei Frontzeck arbeitetest. Während deine Trauzeugin vollauf damit beschäftigt war, dir den schönsten Tag deines Lebens zu zaubern, liefen bei Paul und dir die Vorbereitungen für deren Ermordung auf Hochtouren.«

»Aber wie sollen Paul oder ich auf Emma geschossen haben, wenn ich oben bei ihr auf der Kugel und er unten war?«

»Ihr selbst habt natürlich nicht geschossen, das erledigte jemand anders für euch. Ich habe ja gerade eben von *drei* Personen gesprochen.«

»Und wer?«

»Adam Messner.«

»Wer soll das sein?«

»Natürlich willst du ihn jetzt nicht kennen«, sagte Leitner ironisch. »Aber dein Mann kannte ihn gut aus seiner Zeit bei der Bundeswehr.« Noch einmal bemühte Leitner sein Handy und rief das Foto auf, das Agathe am Vortag in Messners Wohnung aufgenommen hatte. Er drehte das Display zu Chiara. »Steht in eurer Glasvitrine nicht eine ebensolche Kristallskulptur?«

Als sie nichts erwiderte, fuhr Leitner fort: »Ich weiß, dass es so ist. Agathe hat sie bei unserem ersten Besuch bei euch gesehen, als sie dir die Box mit Taschentüchern holte. Die gleiche Skulptur fand sich im Haus von Messner. Sie stellt das Emblem der Eliteeinheit KSK in Calw dar.«

»Was bedeutet das schon? In Calw wurden so viele Männer ausgebildet.«

»Aber nicht viele sind während der Ausbildung rausgeflogen und haben danach in Schwandorf und Umgebung gelebt. Außerdem haben wohl auch nicht so viele davon sich einen Altar für ihr Scharfschützengewehr im Wohnzimmer gebaut. Und es gibt wohl auch nicht viele von ihnen, die psychisch so labil sind oder waren, dass sie eine Führungspersönlichkeit im Leben brauchen. Einen Anführer ... einen Charismatiker wie deinen Mann.«

»Du spinnst ja vollkommen.«

Leitner ließ die Bemerkung ins Leere laufen.

»Agathe und ich kamen zufällig vorbei, nachdem Adam Messner am Kreisverkehr in einen tödlichen Unfall verwickelt worden war. Johannes Greischl hat mir gestern bestätigt, dass Messner stark alkoholisiert war, als er von einem Auto überfahren wurde. Was Agathe und mich auf etwas gebracht hat, das wir in seiner Wohnung gefunden haben. Oder besser: *nicht* gefunden haben.«

»Und was?«

»Schnaps.«

Chiara zuckte zusammen.

»In der gesamten Wohnung gab es keinen Tropfen Alkohol und auch keinen Hinweis darauf, dass dort jemals welcher konsumiert worden wäre«, erklärte Leitner mit der Freundlichkeit eines engagierten Museumsführers. »Auf Rückfrage hat mir Greischl bestätigt, dass er bei der Erstuntersuchung Messners keine säufertypischen Symptome feststellen konnte. Keine großporige Haut, keine Verfärbungen, du kennst dich von Berufs wegen ja aus.«

»Aha. Und was soll das bedeuten?«

»Ganz einfach. Adam Messner, ehemaliges Fast-Mitglied einer Eliteeinheit der Bundeswehr, hat nie getrunken. Er hat seinem Körper keinen Alkohol zugemutet, weil er sich fit halten wollte. Aber nach seinem Tod fand man jede Menge Alkohol in seinem Blut.«

»Na und? Irgendwann trinkt jeder mal einen über den Durst.«

Leitner wog die Möglichkeit ab. »Ich halte es für wahrscheinlicher, dass dein Mann Adam Messner bei ihrem letzten Treffen eine Spritze mit Alkohol injiziert hat. Die Gerichtsmedizin wird das in der nächsten Woche noch mal überprüfen. Dennoch ist es nicht gänzlich ausgeschlossen, dass dein Mann Messner überreden konnte, nach bester Bundeswehr-Tradition einen zu heben. Sozusagen nach erfolgreich abgeschlossenem Auftrag. Und es war ja nicht eben ein einfacher Job, den er für euch erledigt hatte.«

»Aber wie soll das alles abgelaufen sein?«

»Nun, zunächst habt ihr Adam Messner angewiesen, sich im Wald gegenüber der Holzkugel mit seinem Präzisionsgewehr auf die Lauer zu legen. Sein Auftrag lautete, die Person zu erschießen, die oben in die Rutsche einsteigen würde.«

Chiara lachte kehlig und abfällig. »Aber die Rutsche ist geschlossen, wie du weißt. Man kann nicht hineinsehen.«

»Als Profi wird Messner die Strecke zwischen seinem Standort und der Rutsche im Vorfeld genauestens vermessen haben. Dann hat er wahrscheinlich tagelang vom Wald aus die Besucher der Kugel beobachtet und die Zeit gestoppt, die Menschen verschiedenster Größe und Gewichts benötigen, um durch die Röhre zu rutschen. Scharfschützen müssen bei ihren Aufträgen jede verfügbare Variable berücksichtigen, bis hin zur Windrichtung und -stärke, damit sie in der Lage sind, ihr Ziel präzise zu treffen. Ich sehe die Szene genau vor mir: Die Hochzeitsfeier nimmt ihren Lauf. Nach dem Mittagessen wirst du wie geplant im Spaß von deinen Gästen entführt und zur Kugel gebracht. Dort lasst ihr es ordentlich krachen, und bei bombastischem Wetter ist jeder happy und von Sekt und Bier mehr oder weniger angetüdelt. Dann kommt dein Prinz angeritten, und alle erliegen der Romantik. Übrigens ein genialer Einfall, eine solch neue und beeindruckende Kulisse für den Mord zu wählen.«

Leitner schenkte Chiara einen anerkennenden Blick. »Auf die Anweisung der Trauzeugin hin beeilen sich die Gäste also, nach unten zu kommen, bevor das Fest deinen persönlichen Höhepunkt erreicht.«

Er senkte seine Stimme. »Emma breitet am Röhrenanfang den Rutschteppich für dich aus, aber plötzlich nimmst du deinen Schleier ab. Emma fragt dich, was das soll, woraufhin du ihr von deiner spontanen Idee erzählst. Sie ist verdutzt, sie zögert, doch du machst von deiner Überredungskunst Gebrauch. Du sagst ihr, dass das *der* Knaller des Tages wäre, wenn statt dir sie in die Arme deines Bräutigams rutschen würde. Endlich springt Emma auf deine Idee an. Sie steckt sich den Schleier ins Haar und klettert in die Röhre. Du übergibst ihr deinen Brautstrauß und wünschst ihr viel Spaß. Emma verschwindet hinter der ersten Biegung, und deine Augen wandern zu dem Waldstück, wo Adam Messner Stellung bezogen hat. Du siehst einen Mündungsblitz und hörst als Einzige der Hochzeitsgesellschaft den von dir so sehnlich erwarteten Knall. Messner hat sein Geschoss losgeschickt, es durchdringt mühelos das Metall der Röhre und Emmas Schädel. Ihr Kopf wird zerfetzt, und dein Problem ist gelöst. Peng!«

Leitner klatschte so laut in die Hände, dass Chiara zusammenzuckte. Sie zitterte am ganzen Körper.

»Das war ein Teil des Auftrags, den Messner für euch erledigt hat.«

»Und der andere?«, fragte Chiara mit großer Anstrengung, Haltung zu bewahren.

»Oh, jetzt wird es pikant«, meinte Leitner nicht ohne Zorn in der Stimme. »Beim zweiten Teil war ich live dabei. Nämlich als Adam Messner uns in eurem Audi da vorn ins Wasser geschoben hat.«

Chiaras Blick folgte Leitners Finger zum »MovinGround«.

»Gegen seinen Pick-up hatten wir rein kräftemäßig keine Chance, aber darum ging es ja auch nicht«, fuhr Leitner fort. »Schließlich war der Plan, euer schönes Auto samt Insassen zu versenken, damit die Story der Anschläge auf dein Leben glaubhaft wurde. Die Vorfälle, die du uns zuvor geschildert hattest, hätten nämlich wahr sein können oder auch nicht. Weder die

Polizei noch Agathe und ich konnten sie überprüfen. Also gab es für dich nur einen Weg, uns davon zu überzeugen, dass du in Gefahr bist: Es mussten weitere Anschläge passieren.«

»Ich habe absichtlich ein Hunderttausend-Euro-Auto geschrottet, obwohl ich doch angeblich so geldgierig bin?«

Geringschätzig zuckte Leitner mit den Achseln. »Der Wagen war wahrscheinlich ein Leasingauto von Pauls Firma und hoch versichert. Ihr musstet mit einer Heraufstufung des monatlichen Versicherungsbeitrags rechnen, aber mit mehr auch nicht. Nein, nein, es führte kein Weg daran vorbei: Der Audi musste ins Wasser.«

Chiara atmete immer flacher, als Leitner resümierte: »Für dich als langjährige Vereinsschwimmerin war es kein Problem, aus dem Wagen zu entkommen und dich in Sicherheit zu bringen. Zu deinem Glück vergnügte sich dieses junge Pärchen am Ufer, als wir baden gingen, und der junge Kerl zog mich raus. So waren unverhofft sogar noch Augenzeugen dabei. Wenn sie nicht gewesen wären, hättest du mich gerettet. Du standest ja nicht unter Schock, deine Panik war nur gespielt. Du wusstest bereits im Vorfeld wie bei einem Drehbuch, was als Nächstes passieren würde.«

»Ich glaube, ich habe langsam genug gehört«, sagte Chiara leise.

»Das glaube ich nicht. Denn die Geschichte geht noch munter weiter. Mit Adam Messner hattet ihr einen Mitwisser, der natürlich auch noch verschwinden musste.«

Chiara wandte sich ab.

»Also geht Paul zu seinem Schützling und alkoholisiert ihn – auf welche Weise auch immer. Dann hievt er ihn in dessen Pick-up und fährt am frühen Vormittag, wenn der Berufsverkehr schon wieder schwächer ist, zum Kreisverkehr. Dort wirft er ihn aus seinem eigenen Wagen und benutzt denselben, um den armen Kerl mehrmals zu überfahren. Messner stirbt an Ort und Stelle, und dein Mann bringt den Pick-up in aller Ruhe zu dessen Haus, wo er in seinen eigenen Wagen steigt, um zu dir nach Hause zu fahren. *Game over.*«

Chiara drehte sich um und sah Leitner lange in die Augen, bevor sie abermals den Kurs des Bootes korrigierte. Sie steuerten zum zweiten Mal die größte Insel im Steinberger See an. Erneut griff sie in ihre Tasche und holte diesmal eine Trinkflasche aus Plastik heraus. Nachdem sie einen Schluck genommen hatte, stellte sie die Flasche neben sich und fing an, leise zu lachen.

»Was ist so komisch, Chiara?«

Das Lachen wurde lauter, verstummte dann aber binnen Sekunden. Sie betrachtete ihn mit schelmischem Blick. »Das war schon damals das Problem mit dir, Gerhard. Du hast immer bis in mein Inneres sehen können. Egal, welchen Schutzschild ich mir zugelegt hatte.«

Leitner runzelte nachdenklich die Stirn. »Du hast dir stets viel Mühe gegeben, die starke Frau zu spielen«, sagte er gedehnt. »Und nach außen hin bist du das auch immer gewesen. Für die anderen.«

»Und für dich? Was war ich für dich?«

Er wählte seine Worte sorgfältig. »Ich habe auch deinen Schmerz gefühlt. Deine Verletzlichkeit. Sie kam mir vor wie deine größte Triebfeder. Wolltest du den anderen etwas beweisen? Deiner Familie, deinen Schulfreunden? Sicher. Aber ich glaube, dass du auch deshalb vorangeprescht und hart mit anderen Menschen umgegangen bist, um möglichen Verletzungen zuvorzukommen. Angriff ist die beste Verteidigung, so sagt man doch.«

Chiara lächelte matt. »Da haben wir es wieder. Du kannst es immer noch, Gerhard.«

»Was?«

»In mir lesen wie in einem offenen Buch.«

»Ich kenne dich, Chiara …«

Sie schenkte ihm einen vertrauten Blick. Plötzlich weiteten sich ihre Augen, und sie sah zu einem Punkt hinter Gerhard. »Scheiße, der rammt uns gleich!«, rief sie.

Leitner fuhr blitzartig herum und hielt sich dabei mit beiden Händen an der Reling fest.

Chiara benötigte eine halbe Sekunde, mehr nicht. Ihre Hand

verschwand in ihrer Tasche, um einen großen Kabelbinder herauszuziehen. Bevor Leitner reagieren konnte, hatte sie seine beiden Handgelenke an das Metallgeländer gefesselt.

»Was …?«, entfuhr es ihm. Er sah an Chiara hinauf, die vor ihm stand und mit dem Erfolg ihres Ablenkungsmanövers sichtlich zufrieden war.

»Es stimmt schon, du kennst mich, Gerhard«, sagte sie, während sie sich in aller Seelenruhe wieder ihm gegenübersetzte. »Aber das bringt uns nicht weiter. Was du über mein Seelenleben gesagt hast, mag stimmen. Doch ich bin schon zu weit gegangen. Es gibt kein Zurück mehr.«

»Was hast du vor?«, fauchte Leitner wütend.

»Das sage ich dir gleich. Aber zuerst kläre ich dich noch vollends auf.« Ihr Blick richtete sich auf die Insel, der sich das Boot langsam näherte. »Obwohl wir nicht mehr allzu viel Zeit haben.«

»Was meinst du, Chiara?«

»Ich meine, dass das Spiel noch nicht vorbei ist. Das *Game* ist noch nicht *over*. Wenn du mich wirklich so gut kennen würdest, wie du glaubst, hättest du gewusst, dass ich immer vorausplane …«

32

Ohne Hektik stellte Chiara das Segel so, dass das Boot wieder mehr im Wind stand und sich der großen Insel schneller näherte. Sie blickte nun ihrerseits auf ihr Handy, steckte es aber schnell wieder weg und setzte sich links neben Leitner, dessen Hände rechts von seinem Körper an der Reling fixiert waren.

Er musste seinen Kopf weit zur Seite drehen, um Chiara sehen zu können. »Du hast natürlich recht. Das ist eine deiner widerwärtigsten Eigenschaften.« Fieberhaft überlegte er, wie er Zeit gewinnen könnte. »Wie ... wie bist du eigentlich in Kontakt mit der Ehefrau von diesem Herbert Emmerling gekommen?«, fragte er schließlich.

»Ach, das war einfach. Emmerling wurde ja nicht zum ersten Mal in Erlangen operiert. Bei den vielen Visiten war seine Ehefrau immer mit von der Partie. Sie hat die besorgte Gattin perfekt gespielt. Sogar so gut, dass ich sie einmal vor allen Ärzten trösten musste, weil sie einen hysterischen Anfall vortäuschte. ›Sie müssen meinen Herbert retten, bitte, Herr Doktor!‹ So in dem Stil.«

»Klingt ganz schön dick aufgetragen.«

»Ich habe es ihr geglaubt. Bis zu dem Abend, an dem sie auf mich gewartet hat. Vor der Klinik. Ich hatte gerade Feierabend und wollte in meinen alten Fiat Uno steigen. Den kennst du doch auch noch, oder?«

Leitner warf einen Blick auf den Kabelbinder, der in seine Handgelenke schnitt. »Und ob ich den noch kenne. Wir haben darin so manchen Abend verbracht.«

»Allerdings. Das waren schöne Zeiten, Gerhard.«

Er ruckelte leicht an seiner Fessel, aber das Plastik gab nicht einen Millimeter nach. »Kann man wohl sagen«, pflichtete er ihr bei.

»Na, jedenfalls kam Frau Emmerling auf mich zu«, besann sich Chiara wieder auf die Geschichte, die sie erzählen wollte.

»Sie fragte mich, ob ich mit ihr in der Stadt etwas trinken wolle. Ich war zwar verblüfft, aber ich hatte Zeit und die Frau Stil.«

»Ihr habt also was getrunken, und dabei hat sie dich nebenbei gefragt, ob du nicht ihren Mann umbringen könntest?«

Chiara lächelte. »Nicht mit diesen Worten, aber unter dem Strich ... ja. Sie ging mit mir ins ›Basilikum‹ und lud mich zum Essen ein.«

»Ich hätte nicht gedacht, dass ein Wiener Schnitzel genügt, um dich zu einem Mord zu überreden.«

»Hör auf, dich lustig zu machen, Gerhard. Erstens gab es kein Schnitzel, sondern Carpaccio und Steinpilzravioli, und zweitens hätte auch das nicht genügt. Ich kann es dir schlecht erklären, aber es war die Mischung. Ihr schicker Mercedes, die Kleidung, die sie trug. Ihre Sicherheit bei der Weinauswahl. Diese Frau verkörperte etwas, was ich sein wollte.«

Leitner gab seinen Versuch, den Kabelbinder zu lockern, auf. »Dann habt ihr eben stilvoll einen eiskalten Mord verabredet.«

»Wenn du es so sagst, klingt es hart. Aber letztlich ... ja.«

»Wie viel, Chiara? Wie viel Geld hat sie dir versprochen?«

»Anderthalb Millionen.«

Leitner stieß einen Pfiff aus. »Eins Komma fünf Millionen Mäuse. Das ist also der Preis für ein Menschenleben.«

»Spar dir deinen Sarkasmus, Gerhard.«

»Okay, der Deal stand also. Und wie hast du es am Tag der Operation angestellt?«

»Genau so, wie du es vorhin erklärt hast. Mit Kalium. Wenn man merkt, dass mit dem Patienten etwas nicht stimmt, ist es für ihn leider auch schon zu spät. Niemand kann das Kalium mehr aus dem Blut herausfiltern.«

In Leitners Magen machte sich ein flaues Gefühl breit. »Und Emma hat dich beobachtet?«, fragte er nach einer Weile.

»Auch in dem Punkt warst du der Wahrheit ganz nah. Das kleine Miststück hat mich nach der OP wie beiläufig angesprochen. ›Das würde auf die Klinik aber kein gutes Licht werfen, wenn diese Kaliumzugabe bekannt werden würde, nicht wahr? Und natürlich käme auch die Anästhesistin nicht ungeschoren davon ...‹, das waren ihre Worte. Mir blieb nichts weiter übrig, als auf die niederträchtige Erpressung der unverschämten kleinen Medizinstudentin einzugehen und ihr ein paar Kröten abzugeben.«

»Wie hat sie darauf reagiert?«

»Sie hat sich gefreut, als wäre das siebte Weltwunder passiert. Konnte ihr Glück kaum fassen, die blöde Kuh! Aber das Schlimmste daran war, dass sie auf einmal Verständnis geheuchelt hat. Sie verhielt sich mir gegenüber zuckersüß und wollte mit mir befreundet sein. Als wären wir wirklich vom gleichen Schlag. Pah!«, stieß Chiara verächtlich aus. »Gleicher Schlag! Dieser unwichtige Trampel hat tatsächlich geglaubt, ich würde fortan meine ganze Freizeit mit ihr verbringen. Wäre ich in Erlangen geblieben und hätte ihr die kalte Schulter gezeigt, hätte sie mich womöglich wieder erpresst. Selbst in Forchheim war ich nicht sicher. Ist ja nicht weit entfernt.«

»Also zurück in deine alte Heimat. Aber das Glück blieb dir auch hier nicht lange hold?«

»Nach ein paar Monaten am St.-Barbara-Krankenhaus in Schwandorf hörte ich von einer Personalerin, dass eine gewisse Emma Geiger bei uns anfangen würde. Als Assistenzärztin.«

Leitner nickte langsam, als würde vor seinem geistigen Auge langsam ein lückenloses Bild der Wahrheit entstehen. »Bei dir dürften die Alarmglocken geschrillt haben.«

»Natürlich. Weshalb ich das einzig Richtige tat.«

»Und das wäre?«

»Ich weihte meinen damaligen Verlobten Paul in alles ein. Früher oder später wäre sowieso jemand mit dieser Geschichte aus Erlangen zu uns gekommen, von daher war es unumgänglich, dass er und ich an einem Strang ziehen mussten.«

»Und wie hat er reagiert? Ich weiß nicht, was ich sagen würde, wenn meine Verlobte mir zwischen Abendessen und dem Glas Wein am Kamin erzählen würde, dass sie einen Mord auf dem Gewissen hat.«

»Du kennst Paul im Gegensatz zu mir nicht. Ich wusste, dass ich mich auf ihn verlassen konnte.« Wieder blickte Chiara zur Insel hinüber, die sie nun links von sich liegen ließen, während sie Kurs auf das Nordufer nahmen.

Auch Leitner suchte die mit Bäumen bewachsene Insel ab, konnte dort jedoch nichts Verdächtiges erkennen. »Und dann, als sie in Schwandorf war, ist Emma der Versuchung erlegen, dich nochmals zu erpressen?«

»Das war sozusagen das Tüpfelchen auf dem i. Wobei ich insgeheim froh darüber war. Denn so stand fest, dass Emma für immer zum Schweigen gebracht werden musste, damit diese Situation endlich aufhörte.«

»Wer hat dann den Mord im Detail geplant? Du oder Paul?«

»Wir haben uns sehr gut ergänzt.« Chiara klang beinahe vergnügt. »Einige Abende haben wir damit verbracht, einen Plan auszuarbeiten. Wusste ich nicht mehr weiter, hat er mir geholfen und umgekehrt. Erst wollte er es eher unauffällig erledigen, aber ich habe ihn davon überzeugen können, dass wir es, wenn, dann nur im großen Stil durchziehen können. So. Jetzt weißt du alles.« Mit diesen Worten leitete Chiara eine weitere Wende ein und ließ das Boot wieder in südliche Richtung fahren.

»Das heißt, es gab vor eurer Hochzeit keine Mordanschläge auf dich?«, fragte Leitner.

»Natürlich nicht.«

»Keinen Hundeangriff im Wald?«

Sie schüttelte den Kopf.«

»Kein manipuliertes Auto?«

»Leider nein.«

»Und auch kein angesägtes oder verschobenes Gitter in deiner Firma?«

»Weißt du, Gerhard«, Chiaras Ton war jetzt kumpelhaft, »um einen Mord oder einen Mordanschlag zu begehen, braucht es Format. Zumindest wenn es ein raffinierter sein soll. Und Format traue ich weder Anja Bandermann noch Angelika Hammer oder meinem Bruder Leon zu.«

»Trotzdem hast du eine gute Auswahl an Verdächtigen getroffen. Jeder von ihnen hatte schließlich ein starkes Motiv, dich zu töten.«

Leitner bemerkte wieder Chiaras angestrengten Blick zur Insel. »Was ist los? Warum guckst du immer da rüber?«

»Weil ich den idealen Winkel finden muss«, erwiderte sie mit Eiseskälte in der Stimme.

»Was für einen Winkel?«

»Den Schusswinkel.«

Leitner straffte ganz automatisch seinen Körper, als er Chiara sagen hörte: »Sieh mal, bislang kennst nur du die volle Wahrheit. Und meine Rechnung muss aufgehen.«

»Was meinst du damit?«

»Es wird einen weiteren Anschlag auf mein Leben geben, Gerhard«, erklärte sie, als wäre es das Naheliegendste. »Und du wirst wie beim letzten Mal zufällig bei mir sein. Aber leider wird diesmal kein junger Liebhaber aus dem Gebüsch springen, um dich zu retten.«

Leitners Augen tasteten den dichten Wald auf der Insel ab. Ohne seinen Blick abzuwenden, fragte er: »Du willst mich erschießen lassen? Jetzt und hier auf diesem Boot?«

»Allerdings«, sagte Chiara wie selbstverständlich. »Paul hat das Gewehr von Adam Messner aufgehoben. Er meinte, wir könnten es bestimmt noch mal brauchen. Als du heute Morgen mehrfach versucht hast, mich auf dem Handy zu erreichen, war mir klar, dass du etwas vermutest. Ich sprach kurz mit Paul, und wie ich war er der Meinung, dass so ein Bootsausflug eine gute Gelegenheit sei, gleich zwei Fliegen mit einer Klappe zu schlagen.«

»Was für zwei Fliegen?«, fragte Leitner nervös.

Chiara blickte fachmännisch zur Insel, wie um die Entfernung zu ihrem Boot abzuschätzen, und nahm die notwendige Kurskorrektur vor. »Zum einen können wir so glaubhaft einen weiteren Anschlag auf mich vortäuschen, und zum anderen werden wir einen Mitwisser los.« Mit pathetischer Geste zeigte sie auf Leitner.

Dessen Blick wanderte nun ruhelos zwischen der Insel und Chiara hin und her. »Auch Agathe kennt die Fakten.«

»Nicht alle. Und eine weitere Leiche, deine, wird die volle Aufmerksamkeit auf sich ziehen und von deinen sogenannten Fakten ablenken.«

»Die Polizei wird euch draufkommen, Chiara«, warf er ein. »Das Gewehr gehört Adam Messner, und der ist nicht mehr am Leben. Wie hätte er auf dich schießen können?«

»Oh, mach dir darum mal keine Sorgen«, beruhigte sie ihn. »Messner hatte das Gewehr ja nicht legal gekauft, also ist es auch nirgends registriert und nicht zurückverfolgbar. Dafür werden die Beamten die Projektile vom Schuss auf Emma und vom Schuss auf dich miteinander vergleichen und feststellen, dass es sich um dieselbe Waffe handelt. Sie werden weitere Ermittlungen anstellen, und die werden erfolgreich sein. Sie werden Anja Bandermann und Angelika Hammer zumindest nicht gefallen, aber für meinen Bruder Leon ziemlich unangenehm enden.«

»Wieso?«

»Weil ich in der Tat vorhabe, auf das Gelände unseres alten Bauernhofes etwas Vernünftiges hinzubauen. Weshalb nach deinem Tod die Mordwaffe wie durch ein Wunder im Wohnhaus meines Bruders gefunden werden wird und ich aussagen werde, dass das Gewehr schon lange in Leons Besitz ist. Genau genommen seit einer seiner Reisen nach Tschechien, wo er es auf dem Schwarzmarkt gekauft hat. Ich werde auch sagen, dass ich schon immer dagegen gewesen sei, eine illegale Waffe im Hause zu haben, aber meinen eigenen Bruder doch nicht in Schwierigkeiten bringen konnte. Schließlich sind wir doch eine Familie!«

Leitner blickte Chiara voller Abscheu an. »Du bist ein Teufel …«

»Ich hasse es, zu verlieren. Das ist alles. Und weil ich, wie ich dir ja schon gesagt habe, vorausgeplant habe, ist alles, was ich jetzt noch tun muss, dieses Boot ein paar Meter näher an die Insel heranzubringen.«

Leitner sah mit Entsetzen, wie Chiara offenbar als Signal ein rotes Tuch an den Mast band. Dann betätigte sie das Ruder, und das Boot änderte minimal seine Richtung.

Wie ferngesteuert wanderte Leitners Blick nach vorn, wo die dichtbewachsene Insel unaufhaltsam näher kam.

33

Ohne ein Wort steuerte Chiara das Segelboot im rechten Winkel auf die Insel zu. Dazwischen lagen vielleicht noch dreihundert Meter. Leitner wusste, was sie bezweckte. Je näher der Scharfschütze seinem Ziel war, desto größer war die Treffsicherheit – kein Geheimnis. Panisch sah er zu seinen gefesselten Händen, dann wieder geradeaus.

»Es wird nicht funktionieren, Chiara«, begann er wieder. »Wenn Paul eine Kugel aus dieser Nähe auf mich abfeuert, geht die einfach durch mich hindurch. Man wird kein Projektil finden, das man mit dem vergleichen könnte, das Emma Geiger getötet hat.«

»Beleidige nicht mein Planungsvermögen, Gerhard. Man *wird* ein Projektil finden. Paul wird mehrmals schießen, dann wird man auch eher glauben, dass der Schütze kein Profi war und den Falschen getroffen hat. Eine der Kugeln wird in diesem Kasten dort mit zusammengefalteten Planen einschlagen. In denen bleibt auch ein Hochenergiegeschoss stecken.«

»Du hast wirklich an alles gedacht, Chiara.«

»Freut mich, dass du das endlich einsiehst.«

Leitner blickte wieder zur Insel, die noch etwa einhundert Meter entfernt war. »Ich denke, allzu nah solltest du nicht ranfahren«, sagte er beiläufig.

»Zerbrich du dir mal nicht deinen Kopf. Wir werden schon nicht auf Grund laufen.«

»Das habe ich nicht gemeint. Aber wenn wir uns zu nah am Ufer aufhalten, wird deine Geschichte an Glaubwürdigkeit verlieren. Aus dieser Nähe würde auch ein normaler Jäger wie dein Bruder nicht danebenschießen. Schon gar nicht mit so einer präzisen Waffe.«

»Jetzt sei endlich ruhig.« Tatsächlich drehte Chiara nach Norden ab und fuhr eine weitere Schleife, bevor sich das Boot wie schon zuvor in einem Neunzig-Grad-Winkel zum Eiland drehte.

»Zweiter Versuch?«, fragte Leitner mit unüberhörbarem Hohn in der Stimme. Als Antwort erhielt er nur einen gehässigen Blick.

Wieder näherte sich das Boot der Insel, und wieder wurde kein Schuss abgefeuert.

»Verdammt«, zischte Chiara zwischen den Zähnen hindurch.

»Sieht ganz so aus, als hätte Paul Ladehemmung, hm?«, meinte Leitner.

Chiara musterte ihn gereizt, offenbar versucht, ihn auf andere Weise zum Schweigen zu bringen.

»Wirklich dumm, dass du mich nicht einfach erstechen kannst. Aber dann ginge dein schöner Plan mit dem missglückten Anschlag nicht auf. Doch abseits davon: Nach dem fünften Fehlversuch ist auch der sechste nicht mehr allzu glaubwürdig.«

»Das werden wir ja sehen«, presste Chiara hervor. Einige Sekunden später fluchte sie: »Verdammt noch mal!«

Leitners Telefon gab ein »Ping!« von sich. »Na bitte«, sagte er, »jetzt ist es endlich so weit.«

»Was ist wie weit?«

»Es wird Zeit, dieses Theater zu beenden, Chiara.«

»Oh, da täuschst du dich aber. Wir haben alles genau vorbereitet.«

Mit Bedauern im Blick schüttelte Leitner den Kopf. »Das war bei dir schon immer das Hauptproblem.«

»Was?«

»Du hast einen genialen Verstand und eine hohe Intelligenz. Deine Pläne sind meist gut durchdacht und gehen auch fast immer auf. Aber du vergisst leider immer etwas.«

Chiaras Lippen begannen zu zittern. »Was? Was habe ich vergessen?«

Leitner fixierte sie wie eine Schlange die durch ihren Biss betäubte Maus. »Dass du nicht die Einzige bist, die vorausplant.« Wieder machte sich sein Handy bemerkbar.

»Was bedeutet das?«, fragte Chiara aufgewühlt.

»Nun, das ist das Zeichen für mich, dass sich der Vorhang jetzt senkt.«

Noch immer suchte Chiara verzweifelt den Waldrand auf der Insel ab.

»Es hat keinen Sinn, mich zu erschießen und den Mord dann deinem Bruder Leon in die Schuhe zu schieben.«

»Und warum nicht?«

»Weil er für die Zeit meiner potenziellen Ermordung ein todsicheres Alibi hätte.«

Chiara blickte ihn frontal an.

»Als Agathe und ich gestern Abend beim Essen saßen, hatte sie einen Geistesblitz«, führte Leitner aus. »Ihr sind die fehlenden Alkoholika in Messners Wohnung aufgefallen. Zu Hause haben wir dann alles, was wir bisher herausgefunden hatten, noch einmal durchdiskutiert. Und Stück für Stück hat sich so eine Theorie ergeben, die alle noch offenen Fragen beantwortete und die ich dir gerade dargelegt habe.«

»Scheiße!«, fluchte Chiara, weil sie wieder kurz vor der Insel abdrehen musste.

»Agathe hat noch gestern Abend Hauptkommissar Deckert angerufen, ihm unseren Verdacht in allen Einzelheiten erklärt und ihn gebeten, sowohl Anja Bandermann als auch Angelika Hammer und deinen Bruder für eine Nacht in Polizeigewahrsam zu nehmen.«

Chiaras Schultern fielen nach unten.

»Somit kann Leon später nicht als euer Sündenbock herhalten.«

Mit einem Ruck sprang sie auf, ging zum Mast und riss verzweifelt an dem roten Tuch, das sie zuvor daran festgebunden hatte. Doch der Knoten löste sich keinen Millimeter.

»Gib dir keine Mühe, Chiara.«

Doch sie nestelte wie im Rausch weiter an dem Stück Stoff herum. »Er darf nicht schießen. *So* darf er nicht schießen! Dann wird man *ihn* verdächtigen. Oh Gott! Er darf nicht schießen!«

»Paul *wird* auch nicht schießen. Weil er nicht auf der Insel ist.«

Chiara horchte auf, nahm die Hände vom Tuch und sah Leitner an.

»Wir hatten nach meinem Anruf natürlich vermutet, dass Paul und du etwas inszenieren würdet. Ich hatte gehofft, dass wir euch so zum Handeln zwingen würden.«

»Du hast es gewusst?«, fragte Chiara heiser.

»Die Chancen standen gut. Ich wusste, dass du dir eine solche Gelegenheit nicht entgehen lassen würdest. Du bist von deiner Genialität so überzeugt, dass dir eine weitere Chance, deine Geschichte zu untermauern, gerade recht kam. Du hast alles auf eine Karte gesetzt. Und verloren.«

Das Blut wich aus Chiaras Wangen. Mit leerem Blick setzte sie sich hin.

»Chiara!«, rief Leitner, und sie hob den Kopf. Er deutete mit dem Kinn auf seine gefesselten Hände.

Wortlos erhob sie sich, zog aus ihrer Hosentasche ein Klappmesser und durchschnitt mit einem Ruck den Kabelbinder. Dann sackte sie neben Leitner auf den Bootsboden, während er sich die schmerzenden Handgelenke rieb.

Eine Weile verharrten beide in dieser Position.

»Ein Tag«, sagte Chiara dann leise. »Das wäre alles gewesen, was wir noch gebraucht hätten. Oder, Gerhard?«

»Ein Tag? Ich verstehe nicht.«

Sie sah erwartungsvoll zu ihm auf wie ein Kind zu seinem Vater. »Ich meine, hätten Paul und ich mit dem geplanten Anschlag noch einen Tag gewartet, wären alle drei Verdächtigen wieder auf freiem Fuß gewesen, nicht wahr?«

»Natürlich«, sagte Leitner. »Die Kripo darf sie ohne Grund nicht länger als vierundzwanzig Stunden festhalten.«

»Ein Tag …«, hauchte Chiara, »dann hätte es wieder mehrere mögliche Mörder gegeben, und alles wäre gut geworden.«

»Wenn du drei Morde als ›gut‹ bezeichnen willst … dann ja«, meinte Leitner nachdenklich. »Vielleicht wärt ihr damit durchgekommen, Paul und du. Aber vergiss nicht: Auch Agathe hätte keine Ruhe gegeben, erst recht nicht, wenn ich tot gewesen wäre.«

Chiara suchte den Schiffsboden ab wie ein kleines Mädchen, das ihren Spielzeugschmuck verloren hat. »Wo ist Paul, Gerhard?«

Er zog sie am Arm auf die Beine. Sie setzte sich neben ihn, und er deutete auf den Yachtclub am Südufer. Neben den geöffneten Türen eines Polizeiwagens standen Agathe und Hauptkommissar Deckert. »Dort sitzt er. In diesem Streifenwagen.« Chiara sah Leitner mit gebrochenem Blick an.

»Nachdem ich dich angerufen hatte, hat Agathe abermals Kontakt zu Hauptkommissar Deckert aufgenommen und ist sofort zu eurem Haus gefahren.«

Er griff nach seinem Handy und las die Nachricht, die zuvor eingetroffen war. »Es ist, wie ich es mir gedacht hatte«, sagte er schließlich. »Agathe schreibt, dass Paul verhaftet wurde und sie zusammen mit Deckert beim Yachtclub eingetroffen sind.«

Chiara faltete die Hände, legte sie in den Schoß, rückte an Leitner heran und bettete ihren Kopf an seine Schulter. »Wir waren damals ein verdammt gutes Team. Du und ich.«

»Das ist vorbei, Chiara. Wir hatten unsere Chance, und vielleicht war es besser, dass sich unsere Wege wieder trennten und jeder sein Glück auf eigene Faust gesucht hat.«

»Glück?« In Chiaras Stimme lag wieder die gewohnte Selbstsicherheit. »Ach, weißt du … man muss das Glück im Leben erzwingen. Von allein kommt es nicht. Du siehst ja, wie jetzt alles unter meinen Händen wegbricht.« Sie stieß ein teuflisches Lachen aus, das Leitner einen kalten Schauer über den Rücken jagte. »Und das alles nur wegen dieser billigen kleinen Schlampe, die unbedingt Ärztin werden musste. Ein einziges mieses Gör hat ausgereicht –«

Leitner schob Chiara von seiner Schulter weg, die ihn ohne Schuldbewusstsein ansah. »Bitte lenke das Boot jetzt wieder in den Hafen zurück«, sagte er schroff. »Ich will, dass das jetzt und hier aufhört.«

Sie zuckte unschuldig mit den Achseln und nahm Kurs auf den Hafen. Den Rest der Fahrt verbrachten sie schweigend. Erst als sie gerade noch so weit vom Ufer entfernt waren, dass Agathe und Hauptkommissar Deckert sie nicht hören konnten, sagte Chiara: »Wir werden uns bestimmt wiedersehen. Ich fühle es. Das Schicksal wird uns wieder zusammenführen.«

Leitner strich sich mit der Hand über das Kinn. »Wir werden uns nur noch an den Verhandlungstagen vor Gericht wiedersehen, bei denen Agathe und ich wohl als Zeugen aussagen müssen«, sagte er entschlossen. »Also muss ich dir in zwei Dingen widersprechen.«

»Ach ja?«

»Erstens: Wir werden uns mit gerade genannter Ausnahme nie mehr wiederbegegnen.«

Chiaras Gesichtszüge froren ein.

»Und zweitens: Wir waren nie ein gutes Team. Du spielst deine Teamfähigkeit nur vor, um deine eigenen Interessen zu verfolgen.«

Als würde sie ihn dann nicht mehr hören können, drehte Chiara demonstrativ den Kopf von ihm weg.

Umso deutlicher sprach Leitner eine tief empfundene Wahrheit aus: »Ja, ich bin mir sicher: Dein Ehrgeiz hätte auch damals irgendwann alles zwischen uns zerstört.«

Epilog

Das Knattern des Dieselmotors wurde lauter. Agathe sah, wie Leon Schuhbauer seinen Traktor gekonnt um die Ecke lenkte. Der Landwirt stellte den Bulldog ab und verharrte ein paar Sekunden lang unentschlossen auf dem Fahrersitz, bevor er die Tür öffnete und herabstieg.

»Was willst du denn noch hier?«, fragte er wenig freundlich. »Ich habe einen Haufen Arbeit, der liegen geblieben ist.«

»Das weiß ich«, sagte Agathe.

»Das glaube ich kaum. Du hast ja keine Ahnung, was gestern passiert ist. Die Kripo hat mich verhaftet.«

»Das ist mir bekannt, Leon«, versuchte Agathe, Schuhbauer zu beruhigen, der noch immer ungläubig den Kopf schüttelte.

»Die ganze Nacht haben die mich eingesperrt!«

»Jetzt komm mal wieder ein bisschen runter. Du bist schließlich nicht verhaftet worden, sondern wurdest nur eine Nacht lang zur Befragung auf der Inspektion festgehalten. Eine Verhaftung ist nicht das Gleiche wie eine Festnahme.«

»Und das macht deiner Meinung nach einen Unterschied?«

»Sogar einen großen.« Agathe hob beschwörend die Hände. »Dein Aufenthalt bei der Kripo und die Befragung durch Hauptkommissar Deckert hatten ihren Sinn.«

»Und ich weiß auch schon, welchen. Die glauben nämlich, *ich* hätte irgendwas mit dieser Schießerei an der Holzkugel zu tun. Ich weiß wirklich nicht, wer mich hinhängen wollte, aber wenn ich es rausfinde, dann gibt's Ärger, das verspreche ich dir.« Schuhbauer warf einen giftigen Blick in Richtung seiner Felder.

Agathe ging zu ihm und stellte sich direkt vor ihn hin. »Dann kannst du mir jetzt gleich eine runterhauen.«

»Wieso?«

»Weil ich diejenige bin, die dir die vergangene Nacht bei der Kripo beschert hat.«

Schuhbauer stieß die Luft hörbar aus, als hätte er einen Haken in den Magen bekommen. »Du ...?«

»Aber ich kann dir versichern, dass es nicht deswegen geschehen ist, weil ich oder die Beamten glauben, dass du irgendwas mit dem Todesfall an der Kugel zu tun hast«, sagte sie ruhig. »Genau genommen habe ich den Kommissar gebeten, dich einzubestellen, weil ich davon überzeugt war, dass du in dieser Sache absolut unschuldig bist.«

Mit wackligen Schritten taumelte Schuhbauer rückwärts und lehnte sich gegen seinen Traktor. »Jetzt kapier ich gar nichts mehr.«

Agathe klärte ihn darüber auf, was sich seit dem letzten Abend zugetragen hatte. Sie berichtete von der Einbestellung aller Verdächtigen, die der Kommissar auf ihr Bitten hin veranlasst habe, und dass diese drastische Maßnahme nur dem Zweck gedient habe, die Unschuld dieser Menschen zu beweisen. Schließlich fügte sie noch hinzu, dass dies die einzige Möglichkeit gewesen sei, weil sie gleichzeitig seine Schwester Chiara und deren Mann aus der Reserve gelockt hätten.

Mehrmals während der Erzählung wischte sich Schuhbauer Schweiß von der Stirn. Es fiel ihm sichtlich schwer, das Gehörte auf die Schnelle zu verarbeiten.

Als Agathe geendet hatte, stieß er sich vom Bulldog ab und ging ohne Ziel auf seinem Hof hin und her.

Aus ihrer Erfahrung als Polizeibeamtin war Agathe besonnen genug, ihm die Zeit zu geben, die er brauchte.

»Dieses dumme Ding«, flüsterte er schließlich kaum hörbar. Dann machte er noch ein paar Schritte und schrie: »Diese saublöde Kuh!«, bevor er auf einen Batzen Schlamm auf dem gepflasterten Hof zulief und diesen mit einem Tritt in die Luft beförderte.

Agathe schwieg aus Respekt.

Als Schuhbauer sich beruhigt hatte, stand er etwa zwanzig Meter von Agathe entfernt. Sie ging zu ihm. Seine Augen waren gerötet, eine Träne bahnte sich ihren Weg über sein attraktives Gesicht.

»Was wirst du jetzt machen?«, fragte sie behutsam.

»Was bleibt mir denn übrig?« Er lachte verzweifelt und verbittert auf. »Ich habe nur eine einzige Chance.«

»Und die wäre?«

»Ich werde die Ochsentour durch sämtliche Wirtshäuser, Verbandstreffen und Jägerstammtische antreten. Wenn meine Schwester und mein Schwager vor Gericht gestellt werden, werden meine Familie und mein Hof das einzige Thema in der Gegend sein.«

»Da hast du einiges vor dir.«

»Aber ich muss mich in der Öffentlichkeit sehen lassen. Ich muss den Leuten Rede und Antwort stehen. Nur so kann ich unseren Hof retten und erhalten. Und das ist und bleibt mein oberstes Ziel.«

»Ich wünsche dir und deinem Lebensgefährten viel Kraft dafür«, sagte Agathe aufrichtig.

Als Schuhbauer weiterhin auf seinen Acker starrte, merkte sie, dass es Zeit war, zu gehen.

Die Versicherungsdetektive hatten zuvor vereinbart, dass Agathe die Neuigkeiten dem nächsten Verwandten von Chiara überbringen und Leitner den geschäftlichen Part übernehmen sollte. Er war also zur Holzkugel gefahren, bei der seit Mittwoch wieder normaler Betrieb herrschte. Dort hatte er die Wirtin Huber in Kenntnis davon gesetzt, dass es sich beim Vorfall in der Rutsche um einen Mord handelte und somit die Jacortia für den Verdienstausfall nicht zur Rechenschaft gezogen werden konnte. Das Ergebnis ihrer Ermittlungen würde Leitner und Agathe zwar sicherlich eine – wenn auch sehr zurückhaltende – Form des Lobes von ihrer Chefin Chris Wendell einbringen, doch damit war bei Frau Huber nicht zu rechnen.

Während das Samstagsgeschäft auf Hochtouren lief und sie mit dem Eintippen der Getränke und Speisen kaum nachkam, drehte sie sich halb zu Leitner, der hinter ihr stand. »Das werden wir ja sehen!«, schimpfte sie. »Ich zahl mich jeden Monat dumm und dämlich für euch, und dann lasst ihr bei einem solchen Fall nichts springen? Damit gehe ich zu meinem Anwalt, darauf können Sie sich verlassen!«

Leitner antwortete, dass dieser Schritt ihr selbstverständlich freistünde. Dann beendete er, da seine Aufgabe erfüllt war, seinen Besuch in der »Kugelwirtschaft«.

Draußen auf dem Vorplatz tummelten sich Hunderte Menschen, die entweder gerade angekommen waren und sich auf dem Gelände orientieren wollten oder eine Begehung der Kugel schon hinter sich hatten und sich nun auf eine »Kugelhalbe«, ein Schnitzel oder eine Tasse Kaffee und ein Stück Kuchen freuten.

Während Leitner sich auf den Weg zum Parkplatz machte, sah er vor Vergnügen schreienden Kindern zu, die auf dem großen Schiff auf dem Spielplatz tobten oder sich vom Adlerhorst daneben abseilten. Vor den Geschäftsräumen des Zweckverbandes Oberpfälzer Seenland waren zwei junge Frauen in ein Gespräch mit einem Radfahrer vertieft. Der Mann blickte abwechselnd auf eine auseinandergefaltete Landkarte und winkte einer Gruppe von etwa zehn Radsportlern zu, die anscheinend darauf warteten, dass ihr Reiseleiter mit den gewünschten Informationen zum weiteren Streckenverlauf zu ihnen zurückkehrte.

Kurz vor dem aufgeschütteten Wall aus Baumrinden am Parkplatz kam Leitner seine Kollegin entgegen.

»Na, ist alles noch dran? Oder hat dir Frau Huber den Kopf oder andere edle Körperteile abgerissen?«

»Versucht hätte sie es wahrscheinlich gern«, erwiderte Leitner. »Aber da drin war so viel los, dass sie beide Hände zum Kassieren brauchte.«

»Und noch eine Leiche an der Holzkugel hätte Frau Huber wohl am wenigsten brauchen können«, meinte Agathe und grinste. Dann blickte sie an der Holzkugel empor und hielt sich im Spätnachmittagslicht die Hand vor die Augen. »Du kannst mich idiotisch schimpfen, aber ich würde da jetzt gern raufgehen. Der Blick über den See muss phantastisch sein.«

Leitner sah zum Kassenhäuschen, an dem keine Menschenschlange wartete. »Der Moment wäre perfekt.«

So machten sich die Detektive auf den Weg die Kugel hinauf. Schon auf halber Höhe trat Agathe ans Geländer, um die Aussicht auf den Steinberger See zu genießen. Mehrere Besucher passierten das Duo auf ihrem Auf- oder Abstieg. Eine Familie hatte eine ältere Frau in einem Rollstuhl dabei. »Schön, dass ihr heute an mich gedacht habt«, sagte die Dame.

»Freilich nehmen wir dich mit rauf auf den Schusser, Oma«, keuchte ein Mann, der den Rollstuhl bergauf schob.

Agathe und Leitner hatten die Szene beobachtet und lächelten sich amüsiert zu.

Wenig später erreichten sie die Plattform mit dem Rutscheneinstieg. Die Kinder, die nacheinander in ihre Rutschteppiche stiegen und die schnelle Fahrt antraten, jauchzten vor Vergnügen.

Sowohl Agathe als auch Leitner sahen schweigend über das Geländer die Röhre hinab. Beider Augen blieben an der Stelle haften, an welcher das Geschoss aus dem Präzisionsgewehr von Adam Messner in die Rutsche eingedrungen war. Das Loch war geflickt und die Rutsche selbst nach Freigabe durch die Polizei natürlich einer gewissenhaften Grundreinigung unterzogen worden. Die Detektive tauschten einen wissenden Blick aus, dann sagte Agathe: »Komm, wir nehmen diesen Weg nach ganz oben.« Sie deutete auf eine Hängebrücke.

»Die erinnert mich an Indiana Jones. Nur hat diese Art Brücke in Hollywoodfilmen immer die Aufgabe, zu reißen oder sonst wie zerstört zu werden.«

»Schisser!«

Leitner beobachtete, wie Agathe ohne zu zögern über die Hängebrücke schritt. Er vertraute zwar der Ingenieurskunst der Kugelerbauer, überquerte den fast dreißig Meter tiefen Abgrund aber dennoch mit einer gehörigen Portion Wackelpudding in den Beinen.

Oben angekommen, sahen sie, dass es sich auf dem Holzrondell in der Mitte der Aussichtsplattform einige Pärchen gemütlich gemacht hatten und die Nachmittagssonne genossen. Andere Besucher hielten sich Selfiesticks mit ihrem Handy vor die Nase. Das nervöse Summen einer Kameradrohne schnitt durch die Luft.

Leitner stellte sich ans Geländer und blickte nach Norden, zur Wakeboardanlage, dem Segway-Verleih, dem Minigolfplatz sowie dem Wirtshaus In der Oder mit seinem Kirwabaum. Als Agathe neben ihm auftauchte, meinte er: »Du, sag mal, eine Sache schwirrt mir immer noch im Hirn herum. Ich habe doch gestern deutlich gesehen, wie Angelika Hammer Leon Schuhbauer Geld für etwas gegeben hat.«

Agathe konnte sich das Lachen kaum verkneifen.

»Hat Hauptkommissar Deckert in dieser Sache irgendwas rausbekommen?«, fragte Leitner, dem ihre Reaktion entgangen war.

Unter größter Anstrengung gewann Agathe wieder die Kontrolle über sich. »Ja«, sagte sie, »Deckert hat das ihm gegenüber zur Sprache gebracht.«

»Und?«

»Nun … es hat sich herausgestellt, dass du recht hattest.«

»Womit?«

»Dass der Preis, den du Angelika Hammer genannt hast, um sie von Leon abzuwerben, viel zu hoch war. Also bitte, Gerhard: siebentausend Euro für zwei Hufeisen!«

»Hufeisen?«

Agathe nickte vergnügt. »Ja. Es ging um Leon Schuhbauers Hufschmied.«

Leitner sah sie bestürzt an. »Nicht dein Ernst, oder?«

»Mein voller. Angelika Hammers Hufschmied hat sich das Bein gebrochen und kann deshalb einige Wochen nicht arbeiten. Da ihr Pferd Prinz aber dringend neue Hufeisen braucht, hat ihr jemand vom Reiterhof den Tipp gegeben, mal mit Leon zu sprechen, der ihr dann auch prompt mit einem Schmied aus der Tschechei weiterhelfen konnte. Nachdem der auf Leons Hof fertig war, ist er direkt zu dem Pferd von Angelika Hammer gefahren. Aber leider hatte sie selbst an diesem Tag keine Zeit, und der Hufschmied hat auch nur zwei Eisen aufgezogen.«

»Darum hat Angelika Hammer zu Leon gesagt, dass der Job

noch nicht vollständig erledigt wäre! Und deshalb wollte sie wissen, wer es getan hat. Sie hat den Hufschmied selbst ja nicht gesehen ...«

Leitner ließ diese Information sacken, dann hielt es auch ihn nicht mehr, und er lachte aus voller Kehle los.

Als er sich wieder beruhigt hatte, rannen ihm Lachtränen über die Wange. »Ich Rindviech biete ihr an, dass sie für siebentausend Euro einen Profikiller bekommt, obwohl alles, was sie gebraucht hat, neue Schuhe für ihren Gaul waren, nicht zu fassen.«

Wieder kicherten die beiden, bis Leitner innehielt.

»Was hast du denn auf einmal?«, fragte Agathe.

Er zog verwundert die Augenbrauen zusammen. »Dass mir das jetzt erst einfällt ... das ist wirklich ein Zufall!«

»Was denn, um alles in der Welt?«

Leitner zeigte nach links. »Siehst du das?«

»Sieht aus wie ein Wirtshaus.«

»Richtig, das Wirtshaus In der Oder.«

Agathe betrachtete es gebührend lange, bevor sie fragte: »Was ist damit?«

Leitner drehte sich mit den Rücken zum Geländer. »Dort findet jedes Jahr eine wunderbare Kirwa statt.«

Agathe dachte an ihren ersten Fall, den sie in der Oberpfalz gelöst und der sie mit Gerhard Leitner zusammengebracht hatte. »Eine Kirwa? So etwas feiert ihr wohl wirklich noch in dem kleinsten Kaff, oder?«

»Das ist ja das Schöne an unserer Gegend. Aber dort drüben, da hat bei der Kirwa früher immer der Moser Hias aufgespielt.«

»Wer ist denn das schon wieder?«

»Der Mann hat eigentlich eine Gärtnerei gehabt, aber bekannt geworden ist er durch die rustikalen Auftritte mit seiner Combo hier in Schwandorf und Umgebung.«

»Jetzt weiß ich aber immer noch nicht, was daran so ein Zufall sein soll.«

»Es geht um sein Hauptlied. Das, was sozusagen überregional seine Erkennungsmelodie war. Auf dem Schwandorfer

Volksfest hat das Kultcharakter gehabt. Aber eben nur, wenn es der Moser Hias gespielt hat.«

»Und was war das für ein Lied?«

Leitner lächelte amüsiert. »Es hieß ›Rund ist die Kugel‹.«

Auch Agathe wurde nach einigen Momenten die mehrfache Bedeutung des Titels für ihren Fall klar.

Wieder schwiegen die Detektive einige Minuten, dann meinte Leitner: »Es wird ganz schön an Leon Schuhbauers Substanz gehen, wenn er den Hof seiner Familie halten will.«

»Das ist ihm klar. Aber ich glaube, der packt das.«

»Ist schon ein schneidiger Bursche«, warf Leitner vorsichtig ein.

»Du meinst Leon?«

»Wen sonst?«

»Ja, ganz adrett ...«

Leitner hörte auf die Nuancen in ihrem Tonfall. Er war sich nicht zu hundert Prozent sicher, doch in ihrem geschmeidigen cis-Moll glaubte er, unterschwellige Enttäuschung herauszuhören.

»Aber wenn man deiner Erzählung glauben kann, ist auch Anja Bandermann eine attraktive Frau«, sagte Agathe. »Und erst Angelika Hammer mit ihren Hammerargumenten ...« Sie deutete mit ihren Händen zwei volle Brüste an.

»Schon«, erwiderte Leitner, als hätte sie ihn bei einem unanständigen Gedanken ertappt. »Beide sind sehr hübsch. Aber wieso ... reden wir jetzt eigentlich darüber, ob der oder die attraktiv ist?«

Agathe zuckte mit den Achseln und sagte frech: »Der Frühling?«

Leitner lachte.

»Na, auf jeden Fall wissen wir, dass wir diesmal keine Verbandelungen mit Verdächtigen oder Zeugen zu befürchten haben.«

»Stimmt. An diesem Samstagabend steht kein romantisches Spiel mit dem Feuer auf dem Programm.«

Als Musikant mit feinem Gehör konnte Leitner nicht umhin,

eine gewisse Anspannung in Agathes Stimme wahrzunehmen, als sie sagte: »Jetzt muss ich auch an einen Film denken. Aber nicht an Indiana Jones, sondern an James Bond.«

»Und an welchen von den vielen?«

Agathe sah ihn mit schwarzem Feuer in den Augen an. »An ›Sag niemals nie‹.«

Danksagung

Das Entwerfen der neuen Geschichte von Agathe Viersen und Gerhard Leitner hat wieder einmal unbändig viel Spaß gemacht. Herzlicher Dank ergeht dabei an die Personen, die mir in äußerst inspirierenden Stunden ihre Zeit für Fachgespräche gewidmet haben. Für die medizinische Beratung danke ich Dr. Martin Baumann, Dr. Detlef Schoenen, Dr. Heinrich Giewekemeyer sowie Viktoria Kröplin. Des Weiteren ergeht Dank an Michael Wiglenda von der Firma Gerresheimer sowie an die Mitglieder des Jägerstammtisches in Kreith, deren Sprüche allein schon ein weiteres Buch füllen würden.

Ich danke den Betreibern der Holzkugel, Tom Zeller und Kim Kappenberger von inMotion PARK, sowie dem Zweckverband Oberpfälzer Seenland für ihr stets offenes Ohr und ihre tatkräftige Unterstützung meiner Recherchen.

Zuletzt danke ich meiner Familie für ihre unendliche Geduld.

Fabian Borkner
KIRWATANZ
Broschur, 304 Seiten
ISBN 978-3-7408-0166-3

Als auf der bekanntesten Kirwa im Landkreis Schwandorf eine Leiche im Gülletank gefunden wird, muss Agathe Viersen, Versicherungsdetektivin aus Norddeutschland, tief in die kriminelle Vergangenheit einer Oberpfälzer Kleinstadt und ihrer Bewohner eintauchen. Der Zufall führt sie mit dem Musikanten Gerhard Leitner zusammen – und geradewegs in ein dunkles Geflecht aus Erpressung, Drogen und Intrigen ...

www.emons-verlag.de

Fabian Borkner
BERG, FEST, MORD
Broschur, 272 Seiten
ISBN 978-3-7408-0410-7

Ein Mann bricht auf dem Annabergfest am Zapfhahn zusammen, getötet durch einen Stromschlag. Die Versicherungsdetektive Agathe Viersen und Gerhard Leitner machen sich an die Ermittlungen: Handelt es sich um einen tragischen Unfall, oder war womöglich Absicht im Spiel?

www.emons-verlag.de